사치와 고요

기준영 소설집

사치와 고요

초판 1쇄 발행 2020년 7월 6일
초판 2쇄 발행 2020년 9월 7일

지은이   기준영
펴낸이   이광호
주간   이근혜
편집   박선우 최지인 이민희 조은혜
펴낸곳   ㈜문학과지성사
등록번호   제1993-000098호
주소   04034 서울 마포구 잔다리로7길 18(서교동 377-20)
전화   02) 338-7224
팩스   02) 323-4180(편집) / 02) 338-7221(영업)
전자우편   moonji@moonji.com
홈페이지   www.moonji.com

ⓒ기준영, 2020. Printed in Seoul, Korea

ISBN 978-89-320-3752-3 03810

이 도서의 국립중앙도서관 출판예정도서목록(CIP)은 서지정보유통지원시스템 홈페이지
(http://seoji.nl.go.kr)와 국가자료공동목록시스템(http://www.nl.go.kr/kolisnet)에서
이용하실 수 있습니다. (CIP제어번호: CIP2020025324)

이 책은 서울문화재단 '2019년 창작집 발간 지원사업'의 지원을 받아 발간되었습니다.

사치와 고요

기준영 소설집

차례

마켓

담당 의사는 시연에게 아이가 자연유산됐으며, 다른 이
상 소견은 없으니 충분히 휴식을 취하라고 했다. 임신 7주
만의 일이었다. 시연은 진료실 밖으로 나와 남편 지섭과
친언니 유경에게 전화를 걸어 이 소식을 전했다.

병원 문을 나서자 따스한 햇살이 얼굴로 쏟아졌다. 햇빛
은 눈부시고 바람은 선선한 봄날 오후였다. 시연은 가방에
서 카디건을 꺼내 원피스 위에 걸치고는 대로변을 따라 좀
걷다가 빈 택시에 올랐다. 운전기사는 젊은 남자였는데, 국
악 방송의 애청자인가 보았다. 라디오에서 구슬픈 해금 산
조가 흘러나오는 중이었다.

"끌까요? 싫어하는 손님도 있어서."

운전기사가 룸미러를 흘끔거리며 뒷좌석에 앉은 시연에

게 물었다.

"괜찮아요."

시연은 목적지를 말하고는 창밖으로 고개를 돌렸다. 차가 출발했다. 해금 연주가 나지막이 잦아들며 잠깐의 정적이 찾아왔다가, 디제이의 짧은 멘트와 함께 다음 곡인 가야금 산조로 이어졌다. 시연은 국악을 배경으로 창밖에 흘러가는 도시 풍경들을 약간 초현실적인 느낌으로 바라보았다. 그리고 택시가 두 차례 커브를 돌아 집 앞에 다다랐을 때쯤 지섭과 부부의 연을 정리하자고 마음먹었다.

"안녕하세요?"

시연이 택시에서 내리자마자 이웃집 여자가 인사를 하며 다가와 섰다. 시연은 순간 고개를 폭 떨어뜨렸다가는 웃음을 지으면서 도로 들었다.

"네."

"어디 다녀오세요?"

여자가 명랑한 톤으로 물었다.

"병원에요."

"어디가 안 좋아요?"

"몸살이 났어요."

"날이 좋죠? 안 아프면 같이 좀 걷자고 할 텐데요."

"어디를요?"

"제 친구가 요 앞 사거리에 조그만 카페를 차렸어요. 개업 선물하려고 화분 하나 사러 가요."

"저도 꽃하고 차, 다 필요해요. 잘 다녀오시고 다음에 어딘지 저한테도 알려주세요."

시연의 말에 이웃집 여자는 대답 대신 함빡 웃고는 뒤돌아섰다. 검정색 트레이닝복에 머리칼을 하나로 묶어 정수리 쪽에 틀어 올린 모습이 매끈하고 날렵해 보였다. 시연은 그 여자와 석 달 전 한날한시에 이 아파트의 아래위 층으로 이사를 왔다. 시연은 4층, 이웃집 여자는 8층이었다. 시연은 번번이 먼저 안부를 물어오는 여자의 사교적인 모습에 아직 자연스러워지지 못했다.

시연은 집으로 들어서자마자 창문을 열어 환기를 시켜놓고 청소기로 집 안을 간단히 청소한 뒤 세안을 했다. 그리고 그간 태교를 위해 사들였던 그림책 네 권을 소파 위에 늘어놓고서 해가 질 때까지 그걸 읽었다. 그중 한 권은 처음부터 끝까지 차분히 읽은 뒤에 무작위로 아무 페이지나 펼쳐 읽기를 다섯 번 반복해, 같은 이야기의 일부들을 다섯 개의 낱장으로 새로이 접했다. 의성어와 의태어를 다양하게 활용한 이야기로, 전체 흐름은 초록색 구두를 신은 소녀와 검정색 모자를 쓴 소년이 친구를 찾아 언덕을 두개 넘었다가 돌아오는 작은 모험에 관한 것이었다. 씩씩대며, 호호 불며, 조롱조롱 매달려, 두 귀를 활랑 젖혀, 콜록 콜록 기침하며, 새근새근, 반짝 눈을 뜨고는, 간질간질, 후들후들, 복슬복슬, 오물거리며, 똑똑 두드리고는, 팔짝 뛰다 뒹굴며, 같은 단어들을 따라가다 보니 이야기 속의 밤이 깊어 모자와 구두, 소년과 소녀가 모두 잠이 들 시간을 맞았다. 시연은 마지막 책장을 덮으며 "평안하길" 하고 소리 내어 기원하고는 베란다에서 종이 상자를 찾아가지고 와 그 속에다 그림책들을 정리해 넣었다. 그리고 그 그림책들과 같은 용도로 함께 사들였던 자연의 소리 음반과 뜨개질 세트도 그 속으로 옮겨두었다.

그날 저녁 지섭이 평소보다 일찍 귀가했다. 8시를 조금 넘긴 시각이었다. 시연은 현관문 앞에서 그를 힘주어 꼭 안았다. 지섭은 시연에게 안긴 채로 그녀의 등을 토닥이며 물었다.

"오늘 힘들었지?"

시연은 포옹을 풀고 그를 바라보았다.

"씻고 밥 먹어."

부부는 오른손으로 서로의 왼팔을 한 번 쓰윽 쓸어내리고는 흩어졌다. 시연은 주방 쪽으로, 지섭은 안방으로. 지섭은 샤워 후에 갈아입을 속옷가지를 챙겨갖고 화장실로 들어갔고, 시연은 저녁 식탁을 차려놓고 소파로 가 앉았다.

지섭과 시연은 비누를 따로 썼는데, 그 때문에 둘이 함께 샤워를 하면 두 가지 냄새가 욕실에 섞이곤 했다. 지섭이 즐겨 쓰는 것은 풀냄새가 나는 제품들이었고, 시연이 좋아하는 것은 바닐라 냄새가 나는 것들이었다. 지섭은 그 저녁에 시연을 위해 시연의 비누로 씻고 나왔다. 바닐라 냄새를 풍기며 식탁 쪽으로 가 앉는 지섭을 바라보며 시연이 미소를 지었다.

"왜 거기 있어?"

지섭이 시연에게 손짓을 하자, 시연은 고개를 가로젓고는 잠시 말없이 그와 눈을 맞췄다. 지섭은 가끔 그렇게 예기치 않은 때에 시연이 자기를 지그시 바라보는 경우가 있다는 걸 되새기며, 그때마다 그녀가 자기를 원하고 있다고 생각하곤 했던 습관대로 자신 역시 그녀를 원한다는 메시지를 눈빛으로 보내려 했다. 그래서 시연이 "천천히 먹고 들어와" 하고 말하고는 자리에서 일어서서 방으로 들어가버리자, 서둘러 따라 들어가야 할 것인지 아니면 그녀의 말대로 천천히 움직여야 할지를 짧게 생각했다. 그는 '천천히'를 택했다. 밥그릇과 국그릇을 깨끗이 비운 뒤 설거지를 했고, 젖은 식기들을 건조기에 넣어 물기를 제거한 뒤에 칫솔질을 하고 방 안으로 들어섰다.

시연은 파자마 차림으로 침대에 누워서 그를 올려다보

마켓

았다. 배 부분만 이불로 덮었고, 두 팔은 기지개를 켜는 사람처럼 위로 뻗은 채였다. 지섭은 내달에 미국으로 출장을 가게 됐다는 말을 먼저 꺼낼 필요가 있을까 생각하며 그녀 옆에 누워 그녀를 안았다.

"할 말이 있어."

지섭이 시연의 가슴 위에 손을 얹고 말했다.

"내가 먼저 할게."

시연이 지섭을 향해 모로 누우면서 두 손으로 그의 얼굴을 덮었다. 양손으로 덮개나 가면을 만들어 씌우는 것처럼. 지섭의 콧김이 시연의 검지와 엄지 사이로 새어 나왔다. 시연이 말했다.

"우리 이혼해도 가끔은 볼 수 있겠지."

"뭐?"

지섭이 이런 말을 처음 들은 건 아니었다. 시연은 결혼 전과 후에 한 번씩 헤어지자는 이야기를 꺼냈던 적 있었다. 그는 자기가 아는 여자들은 대개 어느 정도는 변덕스러운 데가 있으며 자신은 비교적 포용력이 있는 사람이라고 여겼기에 시연의 말 자체를 크게 문제 삼지는 않았다. 흘려들은 척했고, 스스로 침착하게 그 순간을 잘 넘겼다고 생각해왔다. 그러나 이번엔 경우가 달랐다. 낮에 하혈을 하고 혼자 병원에 가서 유산 사실을 알게 된 아내의 심신에 대해서는 좀더 주의를 기울일 필요가 있을지도 몰랐다. 지섭은 시연의 손을 제 얼굴에서 떼어내고는 그녀의 눈을 들여다보았다. 시연이 말을 이었다.

"테이블하고 서랍장은 내가 가져가고, 자기한테 필요한 건 자기가 챙기고, 나머지는, 나머지는 마켓을 열고……"

지섭은 제 귀를 의심하며 당황했지만, 평정심을 되찾고자 했다. 그는 일단 시간을 두고 좀 생각해보자고 얼버무리고는 조심스레 덧붙였다.

"오늘은 아무 생각 마. 스스로를 괴롭히겠다는 심산이 아니라면 말이야. 지금 우리가 붙잡고 이야기해야 할 사실은 하나뿐이야. 우린 지난 2년 동안 잘 지내왔고, 앞으로도 그럴 거야."

시연은 이번엔 양손으로 제 얼굴을 덮고서 대답했다.

"그동안의 2년보다 한집에서 같이 보낸 지난 석 달이 난 더 좋고 의미 있었어. 이젠 혼자이고 싶어."

지섭은 그 대목에서 돌아누웠다. 시연은 지섭의 등을 향해 얼굴을 가리고 누운 채로 제가 한 말과 지섭의 반응을 차례차례 다시 반추해보다가 얼마 후 그가 코를 고는 소리를 들었다. 그리고 자기도 천천히 돌아누웠다.

그로부터 보름간 전과 비슷한 일상이 이어졌다. 시연은

마켓

이 기간 동안 이혼 이야기를 한 번 더 꺼냈다. 겉으로 보기에 아무것도 달라진 것이 없는 날들이었기에, 지섭은 그 말을 둘이서 함께 영화를 보자거나 저녁을 먹자는 이야기와 바꾸어도 무방할 것처럼 간주했다. 그는 휴일 오전에 침대에 기대앉은 채 시연이 화장대 앞에서 화장을 하는 모습을 바라보며 타이르듯 말했다.

"혼란스러웠을 거야. 지난 몇 달간 변화가 많았잖아."

지섭은 임신 3개월 내 유산이 드물지 않으며 대개 염색체 문제이지 누구의 잘못도 아니니 부부가 죄책감을 떠안거나 갈등을 빚을 만한 일은 아니라면서, 의사에게 전해 들은 바 그대로를 제 말인 것처럼 읊었다. 시연이 거울을 통해 그를 바라보자 그는 고개를 주억거리며 말을 이었다.

"아이는 금세 또 가질 수 있어. 자기가 괜찮아지면."

시연은 고개를 가로저었다.

"아니, 내가 잘못 생각했던 거 같아."

지섭은 그 말의 속뜻을 당장에 세세히 파고들고 싶지는 않았다. 생산적인 대화로 이어질 것 같지 않아서였다. 그에게는 시연이 컨디션을 회복하지 못한 나머지 주변의 상황이나 사람, 심지어 사물과의 사이에서도 긴장을 일으키며 에너지를 소모하는 것으로 보였다. 지섭은 새로운 문제에 직면할 때는 언제나 자신이 훨씬 냉정하고 유능하게 대처

한다는 걸 시연이 충분히 알아둘 필요가 있을 거라고 판단했다. 또 때론 시간이 해결해주는 일들도 있기 마련이므로, 출장 기간 열흘이 전환의 계기가 되리라고 내다봤다. 그래서 출장을 떠나기 이틀 전에는 일부러 힘주어 목소리를 높였다.

"나도 안타깝고 아파. 나도 속으로 피를 흘려!"

순간 시연은 추위를 타는 사람처럼 몸을 떨었다.

"제발 과장하지 마."

"내가 과장을 한다고? 네가 아니고?"

지섭은 자칫 화를 낼 뻔했으나 그쯤에서 자제했다. 아내가 미안한 마음을 가지고 남편을 기다리게 되기에 적당한 정도, 그 선을 넘어서는 건 애초의 의도에서 벗어나는 일이었다. 그는 출장을 다녀온 뒤 연차를 써서 시연과 함께 여행을 다녀오면 좋으리란 생각에 지인을 통해 한 여행사의 담당자를 소개받았다. 그쪽에 괜찮은 관광지들을 코스에 넣어 A안과 B안 두 가지로 스케줄을 짜 달라고 요청해두면서, 자기가 서울에 없는 동안 아내에게 직접 전화를 해서 아내의 의견도 묻고 반영했으면 좋겠다는 당부도 해뒀다. 실패할 수 없는 이벤트를 기획했다고 자족하고 있던 차라, 그는 출장을 가는 날 평소와 다름없는 태도로 문밖으로 나섰다. 아침에 나갔다가 저녁에 곧 돌아올 사람처럼.

마켓

그리고 샌프란시스코 공항에 도착해서는 어머니에게 전화를 걸었다.

"엄마?"

그는 시연이 임신을 했다고 말했다. 민감한 사람이라 2주 차에 그 사실을 알게 되어 바로 알린다고.

"나 없는 동안 엄마가 한번 들여다봐줘요."

지섭은 가까운 미래를 예측하고 미리 몇 걸음 마중이라도 나가는 사람처럼, 혹은 자기 바람을 기정사실로 선언하려는 차원에서 그렇게 말했다. 그걸로 두 여자에게 동시에 화해를 청했다고 여기면서. 결혼을 반대했다는 데 대한 응징을 하듯 한동안 연락을 끊고 지냈던 아들의 전화에 어머니는 마음이 약해질 것이었고, 시연은 이제 남편의 의중에 대해 숙고하는 게 현재로선 필요하고 또 자연스러운 일이라는 내적 타협을 볼 것이었다. 그는 그렇게 믿으며, 그 믿음을 의심하거나 회의하지 않으려는 노력의 일환으로, 시연에게 연락하는 일은 이틀 뒤쯤으로 미뤄두기로 했다.

시연은 올해로 스물다섯이 됐고, 지섭을 만나기 전까지는 한 사람과 석 달 넘게 연애를 해본 적이 없었다. 일방적으로 그녀를 쫓아다닌 남자들과 짧게 만나다 만 게 다였는데, 그들은 시연이 빈틈을 보이면 언제 어디서라도 바지부터 벗고 볼 사람들이었다. 조급하게 구는 남자들처럼 시시하면서도 위험해 보이는 게 없었다. 시연은 관계가 깊어지기 전에 어떻게든 핑계를 만들어 도망쳤다. 그 핑계들 속에서 그녀가 처한 상황이나 가족의 부정적인 성향이 극대화됐다. 시연은 아버지와 어머니를 구제 불능의 난폭한 폭군과 알코올중독자로 묘사했고, 빚더미에 올라앉은 자매가 있다며 고통스러워했다. 이 방법은 상대의 욕구를 순식간에 찌부러뜨리곤 했는데, 그러다 보니 "사실은 이래"라는 말이 어느새 그녀가 적당한 때 상대에게 던지는 최후의 통첩 같은 게 됐다. 지섭에게 그 방법이 제대로 통하지 않았던 건 의외의 일이었다.

"흥미로운 이야기인데, 이렇게 풀어가도록 하자."

지섭은 그렇게 말하고는 바로 시연에게 청혼을 했다. 살면서 한 번도 겪어보지 못한 유형이라 시연은 무슨 계시라도 받은 듯했다.

시연이 지섭과 결혼식을 올린다는 사실이 주변에 알려졌을 때, 시연의 형편을 어느 정도 안다고 여기던 사람들은 그녀가 애송이들을 혼란에 빠뜨리던 재주로 일찌감치 '평생의 직장'을 얻었다는 평가를 내렸다. 너와 내가 익히 아는 주제로 핵심적인 농담을 즐기고 있다는 것처럼 도통한 듯한 표정으로. 구두 매장에서 재고 물건들을 싸게 팔아치우는 걸로 먹고살던 애가 얼굴 하나 반반한 걸로 거머쥘 수 있는 최고의 것이 결혼이었다고 말하는 사람들과 어떻게 하면 새로이 우애를 나눌 수 있는 것인지 시연은 알 수 없었다. 그래서 얼마간은 주변인들의 기대에 부응하고자 속없는 사람처럼 우스갯소리들을 뱉기도 했는데, 가벼운 웃음과 모멸감을 공유하는 그 지루한 경험들은 오래 이어질 것 같지 않았고, 실제로도 그랬다.

지섭은 시연에게 재미있는 사람이라는 칭찬을 끝없이 했다. 시연이 일하던 구두 매장의 매니저가 전직 야구 선수였다는 것, 경마에서 베팅한 돈의 열한 배를 땄던 걸 인생의 가장 큰 모험담으로 자랑 삼는 그녀의 형부, 학창 시절에 줄기차게 장래 희망 란에 슈퍼 모델이라고 적어 넣었던 친언니, 술에 취하면 아무 데서나 잠이 들어 동네방네 찾으러 돌아다니고 난 후에야 집으로 끌고 들어올 수 있던 엄마, 간판도 내걸지 않은 가게에서 낡은 물건을 수리하는 일을 하며 가끔씩 성질에 맞지 않는 사람들과 주먹 다툼을 하던 아빠. 시연은 이런 이야기들을 빙글거리며 듣는 지섭에게 호기심을 느끼면서, 그 미소 뒤쪽의 세상은 무엇인지 궁금해졌다. 나중에 그녀가 알게 된 사실은 지섭에게도 자기처럼 바라보는 각도에 따라 특별한 유머가 될 만한 고유의 문제들이 있다는 것이었는데, 이를테면 지섭이 출장을 가고 난 다음 날 저녁 무렵에 그녀에게 일어났던 일이 그랬다. 시연은 갑자기 시어머니로부터 전화를 받았다.

"네, 어머니."

시연은 인사말을 생략했지만 '어머니'를 발음하면서 빈 방에서도 전화기를 붙들고 고개를 수그렸다.

"지금 백화점 과일 코너에 서 있다. 먹고 싶은 게 있니? 사갖고 그리 가려는데."

"지금요?"

"지섭이한테 다 들었다. 너희들 애 가졌다며?"

"……"

"길이 안 막히면 30분 내로 도착할 거 같은데, 괜찮겠니?"

"네에, 고맙습니다."

"그래? 흐흠, 또?"

또 뭘 말하면 좋을까. 시연은 잠시 주춤거리고 있다가 조용히 대꾸했다.

"아이스크림, 그게 먹고 싶어요."

"어휴, 너도 참 어지간히 기막힌 애다. 임신했을 땐 찬 걸 가려야 해. 그 정도 상식은 있어야지. 아무튼 곧 간다, 그럼."

시어머니가 그 말을 끝으로 전화를 끊었다. 시연은 침대 위에 앉았다. 그리고 서서히 누웠다. 지금부터 아파야만 할 것 같았다. 그 생각과 함께 땀이 솟았다.

시연은 자리에서 일어나 따뜻한 물로 샤워를 하고 시어머니를 맞을 채비를 했다. 전날 밤부터 아무것도 먹지 않았고 또 아무도 만나지 않았다는 것, 또 지난 수개월 동안 지섭 외에는 누구에게도 자신의 상태나 감정에 관해 표현해보지 않았다는 사실을 떠올렸다. 시연은 아이를 유산했다는 사실을 비밀에 부치고 임신했다는 거짓말로 고부간을 한자리에 엮어두려 한 남편에게 화가 나지는 않았다. 그는 부모에게 이해보다는 협조를 원하는 자식이었다. 원하는 걸 끌어내기 위해 임신 소식을 금세 알리지 않았던 게 뒤늦은 후회로 남았을 수도 있었다. 그렇더라도 가정사를 비즈니스처럼 풀어가는 그의 태도는 합리적으로 보이는 면도, 정떨어지는 구석이 있는 것도 사실이었다.

시연은 아무 소음이라도 필요했기에 텔레비전을 틀었다. 안녕! 난 주주, 잰 도도야. 어린이 프로그램의 진행자들이 동물 모양 모자를 쓰고 손을 흔들었다. 시연은 채널을 다른 데로 돌리면서 중얼거렸다.

"안녕! 나는…… 내가 누구더라? 하여간 지금은 여기 있어."

실업률과 자살률의 증가, 부패한 위정자, 갑의 횡포, 복지 사각지대에서 동반 자살을 택한 일가족 넷, 기분 나쁘게 웃었다는 이유로 도보 중 칼에 찔린 젊은이는 주야로 아르바이트를 뛰던 대학생이고, 칼을 품고 다니던 중년 남자는 대기업 하청 업체에서 산재를 겪고 부당 해고를 당했다. 세상은 점점 더 끔찍해지고 있는 중이고 사람들은 간신히 희망의 끈을 놓지 않고 있으며, 가수는 춤추며 랩을 하고, 내일 서울에는 간간이 비가 흩뿌릴 것이다. 매일 한결같이 열렬하게 기적을 이야기하는 사람들은 쇼핑 호스트들뿐이다. 달팽이 진액 크림의 효과는 매우 드라마틱해서 사용 후 15일이 지나면 서서히 피부 속부터 콜라겐이 차올라 주름이 희미해지는 걸 느낄 수 있으며…… 특수 삼중 필터를 장착한 공기청정기는 미세 먼지를 효과적으로 빨아들이는 동시에 피톤치드를 집 안 구석구석으로 방출해 집에서도 대자연의 기운을…… 심신의 안정감은 혈압 조절에도…… 그때 벨이 울렸다. 시연은 리모컨의 음 소거 버튼을 누르고 자리에서 일어섰다.

시어머니는 과일 바구니와 쇼핑백을 양손에 하나씩 들고 집 안으로 들어섰다. 시연은 그것들을 받아 들고 주방으로 가 거기서 멜론을 꺼내 잘랐고, 아이스크림과 함께 흰 접시에 보기 좋게 담았다.

"좀 앉으세요."

시연은 접시를 들고 거실 쪽으로 걸어가면서 먼저 말을

마켓

건넸다.

"어떠니, 넌?"

"아무렇지 않아요. 그냥 좀 잠이 쏟아져요."

"그럼 누워 있지 그랬냐?"

시연은 눕거나 앉는 문제로 형식적인 실랑이를 벌이고 싶지는 않아서 그대로 방향을 틀어 안방으로 들어갔다. 시어머니가 뒤따라 들어왔다. 시연은 들고 온 접시를 협탁에 내려놓고 화장대 의자를 침대 앞에 끌어다놓고서 침대 위에 걸터앉았다.

"그래, 넌 사양이란 걸 모르는 애지. 내 그걸 깜빡했다."

"네, 전 기회를 놓치는 법이 없어요."

"대꾸도 꼬박꼬박 잘하고."

시어머니가 시연이 끌어다놓은 의자에 앉으며 말했다.

"그걸로 벌어먹고 산걸요."

시연은 그 말끝에 웃음을 흘리며 포크로 멜론 한 조각을 찍어 시어머니에게 건넸다. 그리고 자기는 아이스크림을 한 스푼 떠 입에 넣고는 천천히 침대 위로 올라가 다리를 뻗었다. 베개를 세워 등받이 삼았고, 눈을 게슴츠레하게 뜨고서 차고 단 맛을 음미했다.

"어머니도 피곤하실 텐데 잠깐이라도 누우시겠어요? 불편하실까요? 안 그래도 어머니가 지섭 씨 가졌을 땐 어떠셨는지 듣고 싶었어요. 제가 모르는, 지섭 씨가 가진 좋은 것들이요. 그리고 어머니, 저한테도 좋은 점이 있어요."

"말이 나왔으니 내 짚고 넘어가지 않을 수가 없다. 본 지 몇 번이나 됐다고 사돈네로 득달같이 찾아와 다짜고짜 사업 자금 좀 융통해달라는 네 식구들에게 네가 사랑을 배우며 자랐을 것 같지는 않았다. 내가 나쁜 사람이라서가 아니야. 너도 엄마가 되면 내 심정을 알 거다."

"네, 그래도 제 식구가 뭘 어쩐 건 없으니 마음 푸세요, 어머니. 어머니 바람대로 저도 가족을 못 보고 가족도 저를 못 봐요. 여기가 저의 현주소고, 전 예전보다 생각할 시간이 많아졌어요. 사랑이 뭘 변화시킨다면 그걸 믿는 사람들과 함께이기 때문이고, 그렇지 않다면 그냥 속설에 불과한 거죠. 제 생각엔, 얻은 것뿐 아니라 잃은 걸 통해서도 사람들은 뭘 배우고자 하면 배워요. 지섭 씨는 그걸 존중하는 사람이에요. 전 구두 말고 다른 것도 잘 팔 수 있어요. 저도 잘하는 게 있어요, 어머니. 저 사람들처럼요."

시연은 그렇게 말하며 맞은편 벽 쪽을 손가락으로 가리켰다. 시어머니는 고개를 돌려 그쪽을 바라봤다. 텔레비전 모니터 속에서 쇼핑 호스트가 실내용 운동기구들을 판매하고 있었는데, 음을 소거해놓았기 때문에 운동하는 사람들과 제품 구석구석을 가리키며 성능을 설명 중인 쇼핑 호

마켓

스트의 모습만이 분주해 보일 뿐 그들의 목소리는 들리지 않았다.

시어머니는 리모컨을 찾아 텔레비전의 전원을 껐다. 그리고 시연을 한동안 말없이 쳐다보다가 고개를 가로저었다.

"하고 싶은 말이 많았던 모양이지?"

"……"

"병원에서는 뭐라니?"

"병원에서는 자연…… 자연스럽대요, 모든 게. 특이 사항은 없다는 말인 거죠, 그니까."

시연은 약간 말을 더듬댔고, 시선을 차분히 아래로 내려뜨렸다. 그녀는 이불을 당겨 배를 덮으면서 이불을 그러쥔 손을 소원 비는 아이처럼 모았다.

"좋은 걸 상상해라. 지섭이를 가졌을 때 내 어머니는 그렇게 가르쳤다. 너희 집에서 네가 배운 그 뭔가의 어쩌고들은 네 안에만 넣어둬. 밖으로 꺼내지 마라. 나도 이제부터 노력을 할 건데, 그게 우리가 살아온 이력 같은 거라고 보면 된다. 넌 운이 좋으니까 앞으로 전보다 좋은 사람들과 어울릴 거야. 알겠니? 그래야만 하고. 널 어떻게 받아들여야 할지 솔직히 고민이 많이 됐고, 지금도 마찬가지다. 지섭인 좋은 애지만, 제 나이보다도 훨씬 젊은 애지. 흐트

러진 걸 바로잡는 걸 좋아하고, 자기가 그런 걸 할 수 있다
고 믿어 의심치 않아. 그게 그 애의 장점이고 취약점이란
게 지금 내가 통탄할 일이 됐다. 내 심정을 다 안다고는 하
지 마라."

시연은 학창 시절에 볕 잘 드는 교실 창가에 앉아 종종
그랬던 것처럼 몽롱하고 나른해졌다. 하품을 할 뻔했지만
잘 참았다. 시어머니의 '좋은 상상' 속에서 그녀는 새로운
생을 살고 있었다. 그녀의 친정 식구들은 모두 해외에 산
다. 베트남 혹은 일본, 하여간 여기가 아닌 다른 어딘가에.
그리고 그녀는 그들과 떨어져 여기 이 집에서 새로 태어날
것이다. 지금, 아니 언젠가는 배 속에 있게 될 아이와 함께.

"어머니, 저 너무 졸음이 쏟아져요."

시연은 병약한 환자처럼 중얼거렸다. 과중한 숙제를 체
벌로 내리던 옛 선생님들의 모습이 그녀의 기억 속에서 고
개를 들었다. 그때도 어지럽고 의기소침해진 채로 죄송하
다고 읊조리는 듯한 어조로 무엇이든 말해야 했다. 시연
은 몸을 미끄러뜨려 누우면서 등을 받쳐뒀던 베개를 잡아
당겨 거기 머리를 베고 눈을 감았다. 시어머니는 자리에서
일어서서 한동안 시연이 '눈물이 쏟아져요'를 '졸음이 쏟아
져요'로 둘러댄 것은 아닌지 살펴보고자 했으나 이내 그 마
음을 접고서 방 밖으로 빠져나왔다.

마켓

다음 날은 예보대로 비가 내렸다. 시연은 비가 흩뿌리는 창밖을 내려다보며 친언니 유경에게 전화가 오기를 기다렸다. 둘은 5년 3개월 차로 태어난 쌍둥이 같았다. 마음이 잘 통하고 식성도 비슷하고, 좋아하는 가수가 같아서 같은 팬클럽 회원이었고, 한방을 쓰면서 천장에 함께 야광의 세계지도를 붙였던 시기가 있었다. 유경이 가상의 왕관을 쓰고서 방 안을 뱅그르르 돌 때 시연은 일당백의 팬이 되어 손뼉을 치며 환호를 해주었다. 훗날 유경이 임금을 제대로 쳐주지 않고 잠적한 사장을 잡으러 다닐 때는 열을 내며 함께 뛰어다녔다. 또 유경이 1년간 그야말로 미친 듯이 푹 빠져 지냈던 남자와 헤어지고 났을 때 열심히 유경을 웃기려던 광대도 시연이었고, 유경이 이상형과는 정반대의 덩치 큰 허풍선이와 결혼식을 올릴 때 하객 자리에서 눈물을 줄줄 흘리던 사람도 시연이었다. 하지만 그날들은 지나갔다. 저 멀리로 물러났다. 유경은 시연에게 연락하지 않았다. 유경도 유산 경험이 있어서 시연의 몸과 마음 상태를 잘 알고 있을 것만 같았는데도, 꼭 그게 아니더라도 알은척해줄 수는 있을 것 같았는데도 그런 일은 일어나지 않았다. 그런 일이 일어나지 않은 이유는 유경이 그러고 싶어 하지 않기 때문일 터였고, 그건 존중받을 만한 감정일 것이었다. 시연은 자신을 둘러싼 정황들 속에서 다른 사람들의 시선으로 스스로를 바라보면서 전보다 희미해졌거나 또렷해진 것들을 의식하려 했다. 그녀는 제 가족을 수치스러운 얼룩처럼 취급한 다른 가족의 질서 속에서 새 삶을 시작했다. 그리고 불화의 씨앗처럼 날아와 도둑처럼 깃든 이 존재는 아직 제 목소리랄 게 없었다. 아이의 유산 사실을 의사가 확인해주었을 때, 시연은 아주 또렷한 망상을 접했다. 아이는 엄마가 어떤 사람인지 알아냈다는 망상이었다. 불안한 엄마와 새 삶을 시작하는 것이 어떤 의미라는 걸 엄마가 아는 만큼은 잘 알고 있었을지 몰랐다. 그녀는 이렇게 생각했다. 아마도 피, 유전자 정보 속에 이 삶이 살 만하지 않을지 모른다는 내용들이 흘러 다녔을 것이고 아이는 선언을 했다고. 난 여기서 내립니다. 어머니, 다음 생에서 만나요.

시연은 유경이 그리웠고 유경하고만 나눌 수 있는 이야기가 있었지만, 당장에 가능해 보이지 않는 일들은 현재로서는 단념하는 수밖에 도리가 없다고 받아들였다. 그랬기에 창가에서 몸을 돌려 거실을 가로지를 때 마침 휴대폰 벨이 울린 것을 환청인가 보다 여겼다. 시연은 냉장고에서 캔 맥주를 꺼내 한 모금 마신 뒤에야 폰을 들여다보았다. 발신자를 알 수 없는 전화가 왔다가 끊어진 상태였다. 그녀는 맥주를 마저 죽 들이켰다. 다시 벨이 울렸다.

"여보세요."

"아, 사모님, 지금 통화 괜찮으신가요?"

자신을 세광여행사의 김 대리라고 밝힌 발신자는 시연의 휴대폰 번호를 알려준 사람이 바로 지섭이라고 하며 웃음을 흘렸다. 그가 덧붙이기를, 자기는 텔레마케터가 아니고, 이 전화도 보이스 피싱 같은 건 아니라고 했다.

"아, 지금 그이는……"

"예, 압니다. 출장 중이시죠. 사모님 의견을 확인하고 진행해야 할 게 있어서 전화드렸습니다."

시연은 얼굴을 모르는 김 대리의 목소리가 부드러운 미성이라는 것, 그와 자기가 모두 부슬부슬 내리는 빗속에서 잘 모르는 상대에게 말을 걸고 또 듣고 있다는 사실에 집중했고 나머지는 크게 괘념치 않았다. 시연은 김 대리가 여행 상품들을 세세히 설명하는 동안 잠깐씩 제 생각 속으로 빠져들었으나 그런 와중에도 그가 전달하고자 하는 이야기의 골자를 파악했다. 김 대리가 언급한 A코스와 B코스는 매력과 가격이 각기 다른데, A코스의 숙소 한 곳은 옛날 성곽을 그대로 구현한 것으로 창밖으로 절경이 펼쳐져 있고, B코스는 유람선과 산악 열차를 타고 이동하게 되며 고객의 만족도가 굉장히 높다는 것이었다. 그녀는 잘 알아들었다고 대꾸하고는 잠시 머뭇거리다가 다시 말을 이었다.

"둘 다 가보고 싶어요. 근데 다음으로 미뤄야 할 것 같아요."

"네? 하지만 사장님께서 말씀하시기로는……"

"병원에서 임신 초반에는 조심해야 한다고 해서 그러려고요. 가을쯤에 무리하지 않고 다녀올 수 있는 데를 다시 부탁드려도 좋을까요?"

"아! 그러세요? 네네, 그럼요. 그렇게 하세요."

"실례지만…… 김 대리님 혹시 아이가 있으세요?"

"저요? 전 큰애가 세 살입니다. 작은앤 이제 막 돌 지났고요."

"제가 죄송해서 그러는데, 아이들 그림책을 몇 권 보내드려도 될까요?"

시연은 여행사 주소를 확인하고 전화를 끊었다. 그리고 곧바로 그림책과 음반, 뜨개질 세트를 넣어두었던 상자를 꺼내 따로 챙겨두면서 인형과 장난감, 예쁜 상자와 리본, 파스텔 톤의 충전재가 있다면 더 좋을 것이란 생각에 메모를 해두었다. 그녀는 만일 자기가 유능한 영업 사원이라면 집 안의 물건 중 일부, 이를테면 거의 사용하지 않은 것이나 다름없는 오븐기와 아직 포장도 풀지 않은 새 압력솥,

마켓

커피 머신 등등을 가을 즈음에 시세보다 약간 웃도는 가격으로 김 대리에게 판매해볼 수 있으리라는 데 생각이 미쳐 웃음이 났다. 그녀는 스스로를 위한 광대가 되었다. 고양된 거짓 감정을 에너지 삼아 무엇이든 해볼 수도 있지 않을까. 잠시 후 시연은 엘리베이터를 타고 8층으로 올라가서 이웃집 여자가 사는 호수의 현관문 앞에 서서 그 집 벨을 눌렀다. 꽃집이나 막 오픈한 카페의 위치를 묻기 위해서, 굳이 빗속을 걸어 나가 꽃이나 차를 사 오겠다는 충동 때문에, 아니 무엇이든 질문하고자 하는 마음을 누군가는 들어야 했기 때문에. 하지만 8층의 굳게 닫힌 문 안쪽에는 아무도 없었다.

다음 날 비슷한 시각, 시연은 아파트 단지를 나서면서 8층에 사는 여자와 부딪쳤다. 그때는 전날 8층의 초인종을 누르던 때의 감상 따위는 빗물과 함께 말끔히 씻겨간 뒤였다. 평소와 마찬가지로 이웃집 여자가 먼저 시연에게 인사를 건넸다. 두 사람은 가벼운 문답을 나누고는 눈웃음을 지으며 서로를 지나쳐 갔다.

시연은 집에서 조금 떨어진 곳에 위치한 대형 마트까지 걸어갈 요량이었다. 각양각색의 상품과 그 브랜드가 모든 사람을 환대하는 장소에서 "어서 오십시오"라는 공평한 인사를 들을 것이었다. 그때 지섭으로부터 전화가 왔다. 시연은 걷는 속도를 늦추며 휴대폰의 통화 버튼을 눌렀다. 지섭이 나지막한 목소리로 물었다.

"집이야?"

"아니, 잠깐 바람 쐬러 나왔어."

"그래? 여긴 밤이야."

"일은 잘 봤어?"

"응, 중요한 건은. 아직 미팅이 더 남아 있긴 해."

"자기 엄마 들러 가셨어. 어떡하려고 그런 거짓말을 했어?"

"미안해. 미안해서 꿈을 다 꿨나 봐. 막 소리 지르면서 깼났어. 깨자마자 바로 전화하는 거야."

"지섭 씨는 꿈 잘 안 꾸잖아."

"들어봐. 나 아직도 심장이 두근두근해."

시연은 지섭이 평소답지 않다고 생각했던 까닭에 저도 모르게 긴장이 됐다. 걸음을 멈추고 가로수에 기대섰다. 벚나무에 벚꽃이 한창이었다.

"나는 없고 너만 있어. 네가 굉장히 많은 사람 속에 있어. 더러 아는 얼굴들도 보이는데, 그 사람들이 딱히 날 아는 것 같지는 않아. 그럴 만한 분위기도 아니고. 거기가 어딘지 잘 모르겠어. 너는 집이라고 하는 것 같은데, 우리 아파트는 아냐. 그냥 물 위에 떠 있어. 커다란 뗏목이나 판자처럼. 바람이 많이 불어서 위험해 보이는데도 네가 어딜 가겠다고 하는 것 같아. 무슨 말인지 난 알아들을 수가 없어. 그냥 네가 큰 상자를 하나 맡았는데, 넌 너한테 버거운 걸 팔겠다고 나서는 거야. 네가 해결해야 한다고. 아니, 난 내가 해결할 거라고 하지. 근데 이런 말은 너한테 들리지 않아. 네가 있는 곳에는 내가 없고, 나 있는 데서 너는 너무 멀어."

시연은 울기 시작했다. 그 이야기가 사랑한다는 말이 아니면 무엇일 수 있을까. 시연은 간밤에 제가 꾼 악몽이 고스란히 지섭에게로 옮겨 간 것에 놀라워하며 깊이 죄의식을 느꼈다. 그 악몽은 그녀의 비밀이 됐다. 다음 날 그녀가 눈을 뜨고 깨어나자마자 그 알 수 없는 상자에 지섭의 어머니가 들어 있으리라고 예상하는 제 무의식을 읽어냈기 때문이었다. 그러나 지섭의 이야기를 듣고 났을 때는 다른 아무런 생각이 들지 않았다. 시연은 그 순간 사랑한다는 말만큼 온당한 말이 없으리란 걸 알면서도 입 밖으로 꺼내지 못했다. 그건 진실일까. 그 진실은 어떤 색, 어떤 모양, 어떤 질감일까. 시연은 아이에게 들려주고 싶었던 동화의 도막들을 빠르게 떠올렸다. 간질간질, 후들후들, 복슬복슬, 두 귀를 활랑 젖혀, 콜록콜록 기침하며…… 그러고는 심호흡을 한 번 하고서 할 수 있는 말을 했다.

"보고 싶어."

벚나무 그늘 아래, 사람들이 숱하게 걸어 다니는 길 위로 한 번뿐인 꽃잎들이 떨어졌다.

여기 없는 모든 것

주말 오후 4시경이 되어 그들은 쇼핑몰 내에 있는 한 카페에 들어섰다. 인주는 맥주를, 이석은 무알코올 칵테일을 한 잔씩 주문해 받아 들고는 빈자리를 찾아 실내를 둘러봤다. 폭이 좁은 공용 테이블의 가장자리 좌석만이 비어 있기에 그들은 그리로 갔다. 나란히 앉은 한 커플과 마주 보는 자리였다. 커플은 말끝마다 서로를 '여보'라고 불러대고 있는 것으로 보아 부부인 듯했다. 남편은 졸음에 겨운 표정으로 손등에 턱을 괴었고, 아내는 그런 남편의 앞 머리칼을 쓸어 올리며 팬지와 오로라에 대해서 이야기하고 있었다. 인주는 그게 이 부부가 기르는 새나 고양이, 개의 이름인가 보다고 생각하며 저도 모르게 귀를 기울였다가, 이내 이들 사이에서만 호환되는 성적인 신호들이 있다는 걸

여기 없는 모든 것

알아차렸다. 빙글거리는 표정과 간지러운 접촉으로 예열되는 빨간 팬지나 부드러운 오로라의 세계. 그때 이석이 부부의 말투를 흉내 내 인주에게 장난스럽게 말을 걸었다.

"그래 내가 어떡하면 좋겠어요, 여보?"

인주는 미간을 살짝 찡그리며 대꾸했다.

"마시고 일어나자."

인주는 맥주 한 잔을 단숨에 거의 다 들이켰다. 부부가 동작을 멈추고 인주와 이석을 바라보았다. 이석이 칵테일 잔을 입가에 갖다 대 입술만 축였다 떼고서 다시 "여보" 하고 운을 떼자, 인주는 천천히 두 번 고개를 가로저었다.

"여보 소린 그만둬."

이석이 마저 말을 이었다.

"오늘 내가 잘할게, 걱정하지 마요."

인주는 가방을 둘러메며 자리에서 일어섰다. 부부가 그들을 흘깃거리며 귓속말을 나눴다. 이석이 인주를 뒤따라 나섰다.

카페를 벗어나자마자 인주는 부루퉁한 얼굴로 이석을 흘겨보았으나, 이석은 괘념치 않았다.

"하하. 미안합니다. 근데 좀 웃어요, 누나. 너무 긴장하셨네."

인주는 못 말리겠다는 듯 헛웃음을 흘리며 앞서 나갔다.

그러다 두 사람은 점점 보폭을 맞춰 걷기 시작했다.

　일주일 전, 이름난 한 인테리어 숍의 분점이 이 쇼핑몰에 새로 들어섰다는 광고 메일을 받아봤을 때, 인주는 엄마의 생일 선물 품목을 마음으로 정해두고 이석에게 전화를 걸었다.

　"하루만 애인 노릇 해줄 수 있어?"

　이석은 잠깐 사이를 뒀다가, 이내 웃으며 대꾸했다.

　"지금 도형이랑 같이 있어요?"

　도형은 이석의 친구이자 인주의 사촌이었다. 도형이라면 이런 질문에 상대가 내보일 만한 반응을 점치면서 그저 웃자고, 재미 삼아 인주와 내기를 해봤을 수도 있겠다고 이석은 생각했다. 그런데 인주가 되물었다.

　"도형이가 왜? 걔가 나에 대해 뭐라 해?"

　이석은 자연스럽게 말길을 돌렸다.

　"도형이랑 본 지가 좀 돼요, 그래서……"

　이석은 인주의 다음 말을 가만히 기다렸다. 인주가 조곤조곤 용건을 늘어놓기 시작했다.

　"나한테 좀 복잡한 사정이 있어. 너한테는 어려운 일이 아닐 거 같아. 다음 주 토요일이 엄마 생일인데, 혼자서는 도저히 못 찾아뵙겠어. 엄마 생각에는 내가 지금 죄인이거든. 넌 워낙 분위기를 잘 맞춰주니까 같이 있으면 한결 내 숨통이 트일 거야. 새로운 사람을 데려가면 엄마도 해묵은 걱정거리에는 신경을 덜 쓰겠지."

이석은 '해묵은 걱정거리'와 '새로운 사람'이라는 표현 뒤에 놓인 배경이 무엇일까 가늠해보았지만, 내막은 알 수 없었다.

"애인치곤 내가 아는 게 별로 없잖아요. 실수하면 어떡하시게요?"

이석은 동행하겠다고 마음을 먹었기에 이런 질문을 했다.

"선입견은 거추장스럽기만 하지 뭐. 내키지 않으면 거절해도 돼."

인주는 가부간 서로 불편해지지 않도록 미리 이렇게 말해뒀다.

"뭐라도 도움이 된다면 그렇게 해요."

인주는 그제야 안도한 듯 한숨 섞인 웃음을 내뱉었다. 두 사람은 얼굴을 보고 얘기를 나누기로 하고 인주가 출강하는 학교 근방의 카페를 약속 장소로 정해뒀다.

그로부터 이틀 후 이석이 집을 나서면서 머릿속으로 그려본 다음 상황은 이러했다. 인주를 만나 그간의 근황을 주고받은 뒤에 인주의 어머니를 대하는 데 조심할 것들이 무엇인지 간단하게나마 파악한다. 다가올 주말의 일을 놓고 서로 좀더 편안해진다. 함께 식사를 한다. 웃는다. 헤어진다. 돌아온다. 그런데 전철에 오르고 얼마 지나지 않아 인주에게서 약속을 미뤄야만 할 것 같다는 전화가 걸려왔다. 왜냐고 묻는 이석의 말에 인주는 선뜻 대답하지 않았다. 전화를 먼저 끊으려 들지도 않았다. 그래서 이어지는 침묵만이 두 사람 사이의 대화가 되었다.

"어디예요? 괜찮으면 제가 그리로 갈게요."

이석은 전철에서 내리며 그렇게 말했다. 그리고 지하도 밖으로 나와 택시를 잡아타고서 인주가 있다는 동물 병원으로 향했다.

인주의 열두 살 난 반려견이 오랜 병치레 끝에 이날 늦은 오후에 숨을 거두었다. 이석은 그 암컷 발바리의 이름이 승희였다는 것도, 반려동물 장례업체라는 게 있다는 사실도 그 자리에서 처음 알게 됐다. 그는 인주의 차에 인주와 죽은 개를 태우고서 교외에 있는 한 반려동물 화장터로 운전을 해 갔다. 화장터는 그의 짐작보다는 자그마한 곳이었는데, 죽은 동물들을 안고 차례를 기다리는 사람들이 그들 말고도 세 명 더 대기석에 앉아 있었다. 그들 중 누구도 옆 사람에게 말을 붙이지 않았다. 화장하는 기계가 돌아가는 소리만이 그 공간을 비현실적으로 흔들고 있는 듯했다.

여기 없는 모든 것

이석은 묵묵히 자리를 지키며 인주가 예를 치르고, 또 값을 치르는 것을 바라보았다.

돌아오는 길에 인주는 차 뒷좌석에서 양쪽 관자놀이를 손가락으로 문지르며 조금 울다가는 잠이 들었다. 그렇게 예상치 못한 방식으로 하루가 저물어간 탓에, 이석은 무언가를 더 묻고 말고 할 타이밍을 놓쳐버린 채로 인주의 그 '복잡한 사정'의 일부가 됐다. 애인 노릇에 대해서는 어떻게 해야 할지 감이 잡히지 않아 석연치 않은 기분이 들기도 했지만, 제 집 현관문을 열고 안으로 들어설 즈음에는 '그날'을 위해 적당한 옷이라도 찾아두는 게 좋겠다는 데 자연스레 생각이 미쳤다.

그들은 카페와 음식점이 모여 있는 A구역을 돌아 생활용품과 잡화, 옷 가게들이 모여 있는 B구역으로 들어섰고 거기서 인테리어 숍을 발견했다.

"이런 데가 있었네. 여기 들러 가요?"

이석은 인주가 멈춰선 데서 걸음을 멈추었다가, 눈치껏 그녀를 뒤따라 안으로 들어섰다. 인주는 젊은 여자 점원에게로 다가가 말을 건넸다.

"장식장 안에 둘 예쁘장한 장식품을 찾아요."

점원이 첫번째로 권한 것은 춤추는 발레리나와 발레리

노 한 쌍이 서 있는 오르골이었고, 두번째로 권한 것은 크리스털로 만든 손바닥만 한 첼로 모형이었다. 점원은 어떤 신혼부부는 조금 전 두 가지를 다 사 갔다며 구매를 부추겼다.

"첼로요."

인주는 망설이지 않고 바로 크리스털 첼로를 골랐다. 그게 칠십대 노인을 위한 선물이 될 거라고는 굳이 밝히지 않았다.

"좋은 선택이세요. 너무 예쁘죠."

점원은 그렇게 의례적인 추임새를 넣고서 뒤돌아서더니, 투명한 플라스틱 상자를 들고 와 그걸 인주 앞으로 스윽 밀어놓았다.

"3호점 오픈 기념이에요. 운 좋으면 사은품이 딸려 갑니다!"

점원은 인주에게 상자 속에 작게 접힌 색색의 종이 중에서 하나를 골라내라고 시키고는, 충전재가 들어 있는 검정색 케이스에 크리스털 첼로를 넣었다. 인주는 그제야 이석을 돌아보았다.

"해보겠어?"

이석은 인주가 이끄는 대로 플라스틱 상자에 난 구멍 속으로 손을 집어넣었다. 이석이 끄집어낸 종이에는 숫자

여기 없는 모든 것

4가 적혀 있었다. 4번 사은품은 도자기로 만든 연노란색의 자그마한 알 모양 장식품이었다.

"애들 건가요?"

이석이 물었다.

"한번 열어보시죠."

점원은 그 알 속에 대답이 들어 있기라도 하다는 듯 웃음 지으며 그렇게 대꾸했다.

"연다고요?"

이석은 그 작은 물건이 위아래로 절반이 나뉘어 있는 걸 확인했다. 뚜껑에 해당되는 윗부분을 들어 올리자 아랫부분에 역시 도자기로 만들어진 조그만 나비 한 마리가 들어 있는 게 드러났다.

"하아! 애들 거네요."

이석은 개구쟁이처럼 히죽 웃었다. 점원은 알 모양의 사은품을 도로 가져가서는 얇고 하얀 종이로 몇 번 감싼 뒤에 비닐 백에 따로 담아주었다.

두 사람은 각기 다르게 포장된 두 개의 장식품을 받아 들고서 숍을 빠져나왔다. 인주는 이석이 뽑은 물건보다도 그걸 받아 들고 좋아했다는 사실이 마음에 든다고, 요사이에는 작은 데서 행복을 느끼는 사람들이 무척 부럽다고 했다. 이석은 답례를 해야겠다는 생각에서 그녀의 푸른 블라

우스 소매 끝에 달린 마름모꼴의 금색 단추가 마음에 든다고 했다.

인주는 이석을 조수석에 태우고서 제 어머니가 사는 아파트 단지까지 속력을 내 달렸다. 시간에 쫓기는 것도 아니었고, 거리가 먼 것도 아니었는데, 그녀는 신호 대기 때마다 운전대를 손끝으로 두드리며 신경을 곤두세웠다. 이석은 방해가 되지 않으려고 말없이 창밖만 보았다. 인주는 아파트 단지 내로 들어서서야 그에게 첫마디를 꺼냈다.

"다 왔어. 여기야."

그리고 어린이 놀이터 앞에 차를 세우고는 피아노 연주곡을 나직하게 틀어놓았다.

"한 곡만 듣고 올라가자."

이석은 막연히 그 연주자가 손이 큰 중년 여자일 거라고 상상하면서 제 상상이 맞는지 확인하러 그녀를 돌아봤으나 질문을 건네지는 못했다. 인주는 눈을 감고 있었다. 그러면서도 용케 그의 시선을 느꼈던지 "담배 끊은 지 16일째야"라고 중얼거리면서 검지와 중지 사이에 담배 한 개비를 끼워 든 것처럼 손 모양을 만들어 보였다.

"엄마 때문이야. 엄마는 폐가 안 좋아. 본인은 전혀 몰라. 그저 내 걱정뿐이지. 난 걱정거리거든. 부모들이 자식을 구

　　　　　　　여기 없는 모든 것

속하는 흔한 방법이지 뭐. 엄만 다음 주에 입원하게 될 텐데, 그냥 간단한 검사를 더 하는 줄로만 알고 있어. 한꺼번에 많은 것이 내 곁을 떠나가고 있는 것 같아서 무섭고 두려워."

"아이쿠, 담뱃재 떨어지는데요."

이석이 싱거운 농담으로 분위기를 흩뜨렸다. 인주는 담배 한 개비를 바닥에 떨어뜨리는 듯한 동작으로 화답하고는 갑자기 발끝에 뜨거운 게 닿은 사람처럼 눈을 반짝 떴다.

"아! 잠깐, 좋은 게 떠올랐어."

인주가 음악을 끄고는 한동안 차창 밖을 응시했다. 이석은 그녀를 따라 시선을 멀리 두었으나 별다른 볼거리를 발견하지는 못했다. 인주가 멜로디를 흥얼거렸다. 라이라라라, 디오리디디.

"즐거운 날, 비가 내리는 소리 같네요."

이석의 말에 인주가 콧바람을 내며 작게 웃었다.

"기분이 엉망이라 금세 잊어버릴 거 같아."

이석은 방금 들은 멜로디, 인주의 발음과 표정을 죄다 머릿속에 담아두려고 했다. 그는 인주가 만든 곡들에 대해 특별한 찬사나 소견, 그저 듣기 좋은 빈말 모두 길게 늘어놓을 만한 재간은 없었다. 하지만 기억하는 일에 관해서는 노력해보고 싶었다.

"이제 올라가야 해."

인주가 그렇게 말하고는 한숨을 내쉬며 두 팔을 들어 양 손바닥을 제 눈두덩에 올려놓았다.

"가서 내가 어떡하면 좋겠어요?"

이석이 물었다.

"아무래도 오빠가 먼저 와 있을 거 같아. 오빤 나 때문에 화가 나 있어. 오빠나 엄마가 나에 대해서 물으면, 아무렇 게나 내 좋은 점을 둘러대. 나머지는 흘러가게 두고, 곤란 할 땐 그냥 웃어. 내달에 내가 이삿짐을 쌀 때 너랑 네 친구 들이 와서 도울 거라고 해. 전에 사귀던 사람은 마르고 나 이 든 사람이었고, 지구력도 생활력도 하나 없었어. 애도 하나 딸렸고. 그 사람 딸이 내 집에서 석 달을 살았어. 아 토피가 있는 애라 새집으로 옮기는 걸 미뤘는데…… 엄마 가 나 때문에 병난 게 아니면 좋겠어. 그런 일들이 나 말고 다른 사람을 망칠 수 있다고 생각하니, 너는?"

"글쎄요. 난 다 모르는 척할까요?"

"굳이 그럴 것도 없어. 지난 일인걸."

인주가 차 문을 열고 밖으로 나갔고, 이석도 차에서 따 라 내렸다.

"날 뭐라고 생각해요?"

이석은 문득 흘리듯 그렇게 물었는데, 인주는 이 질문을 꽤 정확히 알아들었다. 그녀는 정색을 하며 이석을 돌아봤다. 이석은 짐짓 장난스러운 표정을 하고 다시 고쳐 물었다.

"믿나요?"

"집 앞까지 다 와서 왜 사람을 떠보니? 여기까지 오면서 난 널 재보지 않았는데."

이석은 실수했다는 걸 깨달았다. 그는 인주를 뒤따라가며 성급히 말을 이었다. 외할아버지가 드럼을 쳤다고. 하룻밤 새에 소주와 커피를 최소 여덟 잔씩 번갈아 마시며 당신 위장과 소화력을 과신했고, 여자들을 좋아해서 망신을 떨치며 길바닥에서 가족들과 종종 싸움을 벌였고, 빚에 쪼들리면서도 드럼을 팔지 않아서 엄마를 '드럼보다 못한 년'으로 만들어 서로가 서로의 원수가 됐다고. 그리고 이렇게 말했다.

"저한텐 리듬감이 있어요."

인주는 그 말을 놓쳤다. 그녀는 좀 전의 멜로디를 생각했다. 계단을 올랐다 내려오는 구둣발들이 그려졌다. 먹구름이 몰려와 후드득 빗방울들이 떨어지고, 아이들이 두 팔로 머리통을 가리고서 비를 피하려 광장을 가로질러 달려나가고, 휘파람 소리가 어디선가 들려오고, 저만치 서 있는 먼 집의 문이 열리며 누군가 나와 팔을 쳐들고는 "이리로 오세요!"라고 외치는 풍경이.

인주의 어머니는 새카맣게 물들인 숱이 적은 머리칼을 어깨까지 늘어뜨리고서 딸을 맞았다. 회색 스커트 아래로 뻗어난 얇은 두 다리에는 반짝이는 살색 스타킹을 신은 채였다.

"오빠는?"

인주는 옆에 선 이석의 존재를 까맣게 잊은 사람처럼 대뜸 그 질문부터 던졌다. 인주의 어머니가 천천히 이석을 돌아봤다.

"이분은 누구시니?"

인주는 "전에 말했던 사람" 하며 말끝을 묘하게 끌어 올렸다. 마치 그에게 '네 차례야' 하고 신호를 주려는 것처럼. 이석이 꾸벅 인사했다.

"송이석이라고 합니다. 처음 뵙겠습니다."

인주의 어머니는 이석을 아래위로 훑어보고는 주름진 손을 들어 거실 한쪽을 가리켰다. 거기 가죽 소파와 테이블이 놓여 있었다.

"들어와 앉으세요."

이석은 신발을 벗고 소파 쪽으로 다가갔다. 인주의 어머니는 이석의 뒤쪽에서 그를 의식한 게 분명한 혼잣말들을 중얼거렸다. 아들딸이 서로 많이 닮았다고, 두 사람 다 인정하고 싶지 않겠지만 사실이 그렇다고. 이석은 소파 중앙 즈음에 살며시 앉았다. 인주가 제 어머니 옆으로 다가와서더니 좀 전에 했던 질문을 반복했다.

"오빠는?"

"수진이랑 같이 온다더라. 수진이 학원 끝나면 데려온다고."

인주의 어머니는 이석을 돌아보면서 그 뒷말을 이어 갔다.

"열에 아홉은 곤란한 일이 생긴 게죠. 분명 부탁할 게 있는 거지. 늙은이 생일이 뭐 대단하다고 여태 안 하던 짓들 하면서 자식들이 요란들을 떨겠어요. 우리 인주랑 심각한 사이는 아니죠? 얘는 지금 제정신 아니에요."

"아, 엄마!"

인주가 말을 가로막으려니까 어머니가 고집스레 뾰족한 한마디를 더 보탰다.

"너는 어려서부터 그게 문제였다. 물을 엎지르고 나서 그걸 불로 닦으려고 하지."

인주는 피하듯 주방 쪽으로 갔다.

"저, 수진이라면……"

이석은 알고 넘어가야 하리라고 생각되는 것을 자연스럽게 짚어내고자 했다. 인주가 주방에서 목소리를 높이며 힌트를 내주었다.

"수진이는 미친 고모를 선망하는 나이니까 자기한텐 아주 친절할 거야."

이석은 인주가 서 있는 쪽으로 고개를 돌렸다. 거실과 주방의 경계쯤에 고풍스러운 갈색 장식장이 하나 서 있는 게 먼저 눈에 들어왔다. 상단은 텅 비어 있는 채였고, 하단에는 상패가 몇 개 늘어서 있었다. 인주는 그 옆쪽에서 커피를 내리는 중이었다.

"우리 인주랑은 어떻게 만났나요?"

인주의 어머니가 순간 이석의 곁에 바싹 다가앉으며 물었다.

"인주 씨는 저한테……"

이석과 인주가 처음 만난 건 8개월 전의 일이었다. 도형이 혼자 술에 취해 여기저기 전화를 돌린 사람 중에 다섯 명이 술집에 나타났는데, 그중에 이석과 인주도 있었다. 취중에 아무 말이나 거리낌 없이 늘어놓는 도형을 둘러싸고 친분이 각기 다른 다섯 명의 남녀가 당혹감 속에서도 나름 유쾌한 시간을 이어가다 기약 없이 흩어졌다. 그다음 만남은 그로부터 3개월 후의 일이었다. 이석이 인주가 출

여기 없는 모든 것

강하는 학교에 일이 있어 방문하게 되면서 두 사람은 시간을 맞춰 얼굴을 보았다. 강의실과 캠퍼스를 함께 돌아다니며 30여 분 정도 이야기하다 간단히 식사를 하고 헤어졌다. 햇살, 미풍, 그에게 도리어 강의실의 위치를 묻던 신입생들의 눈빛과 건물 높은 층에서 햇빛을 반사하며 반짝이던 유리창들, 그리고 인주의 톤 높은 목소리와 일정한 구둣발 소리가 그 봄날의 잔향처럼 남았다. 2개월 전에는 도형의 주도로 세 사람이 한자리에 모여 그들이 처음으로 합석했던 술자리를 떠들썩한 추억으로 미화하는 티타임을 가졌다. 그날 모임은 사실 목적이 따로 있었다. 도형이 한 여행 잡지의 창간을 준비하면서 지인들에게 금전적인 후원과 아이디어를 끌어내던 와중이었기 때문이다. 대화는 여행담, 세 사람이 품은 미지에 관한 로망으로도 번졌다. 인주는 봄이나 여름 한낮에 숲길을 나체로 걸어보는 기분은 어떨까? 하는 질문을 도형과 이석에게 던졌다. 그녀는 열다섯 살 때 제 이모, 그러니까 도형 엄마의 책을 훔쳐 읽었던 적이 있는데, 거기서 숲에 모인 남녀들이 자발적으로 나체가 되어 스스로를 나무나 새라고 생각하면서 움직이고 뒤엉키는 대목을 만났다고 했다. 그녀는 놀라움과 죄책감 때문에 그 책을 쓰레기통에 버리고 만 어린 시절을 회상하며 웃었다. 그리고 이런 의견을 덧붙였다. "고가의 테마 여행

코스 중에 그런 게 있다면 재미있을 것도 같아." 가장 최근의 만남은 3주 전, 우연히 말러의 교향곡을 연주하는 한 클래식 공연장에서였다. 인주는 다른 친구들과 함께였고, 이석은 혼자였다. 인터미션 15분 중 3, 4분간 서로 짧게 인사를 나눴다. 인주가 "혼자 왔어?" 하고 물었고, 이석은 "말러도 처음이고, 혼자도 처음이에요"라고 대답했다.

이석이 지난 일들을 되짚는 동안 인주의 어머니는 탐색하는 눈빛으로 긴장을 늦추지 않고서 그를 응시하고 있었다. 집요하게 대답을 기다리는 그 시선과 부딪치자마자 그는 상대와 맞서고 있다는 기분이 들면서 거기서 벗어나야겠다 싶었다. 도움닫기를 해 공중으로 점프하는 사람처럼 제 목소리에 탄력을 실었다.

"인주 씨는 저한테 자주 뭘 도와달라고 합니다. 전 그게 좋아요. 누가 저한테 도와달라고 말하는 게요. 제가 독립적으로 자라나 그런지 그런 걸 잘 못하거든요. 저는 못 하는 걸 자연스럽게 하는 사람인 게 좋고, 또 제 친구가 괜찮은 조율사예요. 실제로가 아니라 비유적으로 그렇다는 말씀이에요. 그 친구가 저보다 먼저 인주 씨를 알았고요. 예, 둥글둥글한 일이에요. 사람 사는 일. 구르고 닳고 엮이는 일이요."

그는 그 말끝에 큰 소리로 한 차례 웃고는, 인주가 출강

여기 없는 모든 것

하는 학교의 봄 축제 때 야외무대의 음향을 담당했던 이가 자기 대학 선배이고, 자기는 그 선배를 도우면서 일을 배우고 있다고 알렸다. 인주의 어머니는 대번에 흥미를 잃은 표정이었다.

"많이 어리네요. 어려 보여요."

"네?"

"아무리 많게 봐도, 스물다섯으로밖엔 안 보여요."

"스물여덟입니다."

"흠, 여섯 살 연하……"

인주의 어머니는 왼손을 들어 허공을 툭툭 치는 시늉을 했다. 마치 윙윙대는 작은 곤충을 쫓듯이. 그러고는 말을 이어갔다.

"서른이 되면 지금하고는 다른 게 보일 거예요. 자명한 이치죠."

"어머니, 편히 앉으세요."

이석은 그렇게 말하며 뭔가가 다르게 보이기 시작하는 시기가 따로 있으리라는 그 고루한 화젯거리로부터 멀어지려는 것처럼 인주의 어머니에게서 떨어져 앉았다. 인주가 커피 세 잔을 가져와 테이블 위에 내려놓았다.

인주의 어머니는 갑자기 몸에 힘을 풀었다. 구부정한 자세가 되면서 앉은키가 작아졌고 어깨가 내려앉았다. 이석에 대한 경계심을 놓은 듯했고, 그와 동시에 회색 치마와 반짝이는 살색 스타킹 속으로 존재를 잠시 감춘 것처럼 보였다. 이석은 어쩌면 그 속내가 읽히는 듯도 했다. '이자는 내 딸이 홀랑 반할 만한 사람은 아니야. 이 녀석도 홀린 듯 여기 온 건 아닐걸. 무능하고 애 딸린 남자에게서 벗어나 자마자 이십대의 끄트머리에 서 있는 활기찬 청년이 눈에 들었다는 점에는 어쩔 수 없이 납득할 만한 데가 있어. 그 렇더라도, 물을 쏟고 그걸 불로 닦아내려는 무모함은 여기 없어, 이 둘 사이엔.'

"엄마, 이거 끌러봐. 트로피 대신이야. 둘이서 같이 골 랐어."

인주가 어머니에게 선물을 건넸다. 인주의 어머니는 바로 포장지를 찢어내고는 케이스를 열었다. 그리고 투명하게 빛나는 첼로를 한 손에 그러쥐더니 깐깐한 표정으로 딸에게 물었다.

"이걸, 같이?"

"그렇다니까."

인주는 이석을 슬쩍 한 번 쳐다보고는 가방에서 흰 봉투를 꺼내 그것도 제 어머니에게 건넸다.

"어렸을 땐 금색 칠한 플라스틱 트로피만 갖고도 엄마를 펄펄 기운 나게 만들었는데."

여기 없는 모든 것

인주는 정말 그것 때문에 속이 상해 폐부에서 열이라도 올라오는 것처럼 한숨을 폭 길게 내쉬었다.

인주의 어머니는 크리스털 첼로 장식품을 테이블 위에 올려두고서 흰 봉투를 열어 그 안에 든 돈을 눈으로 헤아린 뒤에야 비로소 고맙다는 말을 했다. 표정만으로는 그저 무덤덤했다. 그래서 투명하게 빛나는 생일 선물을 아끼듯 들고 자리에서 일어난 사람은 인주의 어머니가 아니라 인주여야 했다. 인주는 장식장의 유리문을 열고서 그걸 상단에 잘 세워놓으며 말했다.

"기념일마다 하나씩 사서 여기를 오케스트라로 꽉 채워 넣을게."

그리고 제자리로 되돌아와서는 사랑받기를 원하는 아이처럼 중얼거렸다.

"생일 축하해, 엄마. 속 썩여서 미안해."

인주는 어머니를 포옹했고, 이석은 스스로를 껴안듯 제 팔짱을 끼고서 소파 등받이에 상체를 밀착했다. 그는 평온을 구하는 이 가족 드라마의 새로운 구성원, 혹은 특별한 관중이나 지휘자가 된 것만 같았다. 그러나 얼마 안 가 인주의 휴대폰이 울려대기 시작했고, 그녀가 거기서 어떤 메시지를 확인한 뒤 몹시 난처해하고 있다는 걸 눈치채면서부터 제게 주어진 넉살 좋은 젊은 애인 역할이란 얄궂은 모험의 다른 이름에 지나지 않으리란 걸 어렴풋이 예감했다.

*

"내가 아는 사람들 중에서는 고모가 제일 욕망에 충실하게 살아요."

스물한 살의 여름을 맞은 수진은 대학 기숙사의 제 침대 위에 인주와 이석을 나란히 걸터앉게끔 하고서 떠들어대고 있었다. 인주와 이석은 토요일 이른 아침부터 수진을 만나러 KTX를 타고 서울에서 부산까지 달려온 참이었다. 수진의 룸메이트는 방학을 맞아 고향인 제주로 가고 없었다.

"네가 사람들도 나도 다 잘 몰라서 하는 소리야."

인주가 수진에게 핀잔을 주며 자리에서 일어나 창가 쪽으로 다가갔다.

"주말엔 한나절 내내 소파에 누워 꼼짝 않고 숨만 쉬고 있는 게 행복한 사람, 그게 나야. 너 지금 그걸 모른 척하고 있네."

인주는 나이 마흔을 넘기며 크게 한 번 앓았고, 체중이 많이 줄었다. 야윈 얼굴 때문에 두 눈동자가 전보다 더 검고 커다래진 듯한 인상이었는데, 감정이 드러날 때 특히 더 그래 보였다. 이석은 조카와 고모 간의 이 애정 어린 말씨름을 바라보며 잠시 감회에 젖었다. 수진은 예전에 제 아버지가 인주를 힐난하며 했던 말을 '난 고모가 좋아요'라는 고백처럼 사용하고 스스로 흡족한 모양이었다. 마치 그게 이 집안에 전래된 유머 감각이기라도 한 것처럼.

수진이 다니는 대학 내 스포츠센터에서 이날 오전에 수영 대회가 열렸다. 수진의 애인은 오후 2시경 다이빙 종목에 출전하기로 한 선수로, 이름이 최언이었다. 수진이 종종 '우리 언이'라고 부르는 스물넷의 과묵한 청년. 우리 언이는 노력파야. 침착해. 꾸준해. 언이는 다이빙 실력보다는 다른 능력으로 수진에게 감동을 주는 듯했다. 수진은 언이가 어렸을 때 사고로 한쪽 귀의 청력을 잃었는데, 그 때문에 후천적인 노력을 통해 사람들의 표정을 읽어내는 감각을 키웠다고 주장하곤 했다.

"언이가 우리 온 것 눈치 못 챘을까? 네 얼굴이 온갖 힌트로 가득한데."

인주가 물었다.

"괜찮아. 대회 앞두고 다른 생각은 내려놓거든."

수진이 대답했다.

인주와 이석은 오늘 저녁 식사 자리에서 그간 수진에게

말로만 숱하게 들어온 '우리 언이'를 비로소 마주하게 될 것이었다. 그리고 이 만남에 관해서 언이에게는 아직 비밀이었다.

"오늘 사진 많이 찍어요, 우리."

수진은 최근에 필름 카메라를 새로 샀다면서 카메라를 찾아 들고 와 이석과 인주를 향해 내보였다.

"생각보다 재밌어요, 인화되기 기다렸다가 찍힌 걸 확인해보는 게. 고모, 이리 와요. 아저씨 옆에 앉아봐요, 아까처럼. 네, 찍습니다. 하나, 둘, 셋!"

이석은 수진의 들뜬 마음이 그대로 느껴지는 것 같아서 그 기대에 부응하기 위해 매력적인 피사체가 되어야만 할 것 같다는 긴장감으로 살짝 굳은 표정이 됐다가, 곧 그런 자신이 우스워져서 어깨를 들썩이며 웃었다. 그는 여전히 동안이었지만 웃는 눈가에 옅게 주름이 잡혔다.

이른 점심 식사를 마친 뒤 수진은 먼저 스포츠센터로 향했고, 이석과 인주는 한 시간 정도 바닷가에서 바람을 쐬기로 하고 해운대로 갔다. 8년 전 인주의 어머니가 죽었을 때 둘은 장지에서 곧장 차를 달려 무작정 해운대에 왔었다. 그때는 한겨울이었고, 각자 연인이 있던 시기였다. 이석은 인주와의 관계를 놓고 이따금 그를 의심하며 몰아세우던 연인과 그 후로도 1년 남짓 더 사귀다 헤어졌다. 항상 짧은

여기 없는 모든 것

커트 머리를 유지했던 연인은 사랑스럽고 상냥한 사람이었지만, 이석은 종종 그녀를 실망시켰다. 그녀는 이석이 다른 사람이 되기를 원하고 또 요구하다 환상을 지우며 떠나갔다. 이유 없이 일어나는 일은 없어. 그게 이석이 그녀에게서 들은 마지막 말이었다.

8년 전의 겨울 바닷가에서 애도의 눈물을 흘린 사람은 인주가 아니라 이석이었다.

"난 아무것도 원하지 않네. 이 삶에서 아무것도 원하지 않네."

이석은 그때 바다를 향해 서서 차가운 바람을 맞으며 아마도 오래된 노래, 혹은 시의 한 구절에서 따왔을 혼잣말을 되풀이했다. 그 순간의 그의 내적 진실이 무엇인지 탐색하고자 두 사람이 함께 옷을 벗고 침대에 오르는 일은 일어나지 않았다. 인주는 이석을 그대로 내버려두었고, 주위를 오가는 다른 연인들의 뒷모습을 바라보며 아무에게나 마음으로 인사를 건넸다.

이후 두 사람은 아주 친밀해졌다가 더없이 소원해지는 시기들을 경험했다. 그리고 다른 사람들이 대신할 수 없는 '최초의 자리' 같은 것을 서로에게 부여하고 있다는 것을 차츰 깨달아갔다. 그 최초의 자리란 그들 관계의 맨 첫머리에 놓일 일화들을 고르고 거기 명예나 작위를 부여하는 일과도 같았다. 어떤 날은 겨울 바다를 향하고 서서 우는 이석의 뒷모습이 가장 앞자리에 놓였고, 또 다른 날은 "하루만 애인 노릇 해줄 수 있어?"라고 묻는 인주의 모습이 그 자리를 새로 차지했다. 완벽한 가상의 오케스트라를 이루지 못한 채 고풍스러운 장식장 상단에 홀로 남게 된 크리스털 첼로 모형 장식품이 첫머리에 놓일 때도 있었고, 또 어떤 장면보다 먼저 추억의 소리들이 스윽 끼어들어와 공명할 때도 있었다. 변치 않는 분명한 사실 하나는 인주에게 감정적으로 가장 의존적이던 두 존재가 그녀를 떠나갈 때 이석이 모두 함께했다는 것이었다. 이것이 누구의 욕망에 충실한 과정이고 현존인가는 이제 알 수가 없게 돼버렸다.

인주와 이석은 아무 말 없이 여름 바다를 바라보았다.

스포츠센터 내의 관람석은 많이 비어 있었다. 이석, 인주, 수진은 나란히 앉아 다이빙 경기를 지켜보았다. 다부진 몸의 선수들이 다이빙대를 발로 구르며 높이 떠올랐다가, 유연하게 몸을 틀어 회전을 하고는 흐트러짐 없이 깨끗하게 물속으로 떨어지는 모양새를. 때로 첨벙! 하는 요란한 소리와 함께 튀어 오르는 물을. 점수판을.

네번째 선수로 최언이 다이빙대에 오르자, 수진은 양손

을 입가에 갖다 댔다. 수진의 '우리 언이'가 그들 모두의 시간 속으로 동시에 미끄러져 들어오는 첫 순간이었다. 그 순간은 아주 짧게 번쩍였다 물밑으로 사라졌다. 사람들이 낮은 탄성을 울렸다.

"아!"

안도감과 벅찬 감회로 수진의 얼굴에 순식간에 많은 표정이 떠올랐다 사라졌다.

"잘한 거 같아. 그죠?"

다섯번째, 여섯번째, 일곱번째 입수가 이어지는 동안 수진의 세계는 언이로만 부풀어 올랐고, 인주와 이석은 그 곁에서 바닷가의 여운으로부터 이어져온 무언의 대화를 이어갔다.

다섯번째 선수가 입수하던 때 인주의 마음속에서는 초인종 소리가 울렸다. 그녀는 그것을 '최초의 자리'에 놓았다. 열한 살 된 수진이 제 아빠와 함께 거실에 발을 들여놓자 이석은 그들에게 인사했다. 호기심 어린 소녀의 미소와 입술을 굳게 다문 중년 남자의 얼굴이 뚜렷이 대조를 이루는 가운데 자기 병세에 대해서는 아직 알지 못하는 노인이 '물을 쏟고 그걸 불로 닦으려는' 자의 무모함과 생각 없음에 관해 한탄하며 시작되는 생일날 늦은 오후의 풍경. 이석은 침착하게 제 소개를 하며 수진의 마음을 열었다. 수진은 다른 사람의 기분이나 상태에 자기를 전부 내주지 않는 듯한 이석의 태도가 제 아빠와는 완전히 다르다는 걸 간파할 만큼은 영리하고 예민한 아이였다.

여섯번째 선수가 긴장으로 다이빙대에서 멈칫하며 숨을 고르는 동안, 이석은 아파트 거실 한가운데서 길을 잃은 것처럼 초조해하던 10년 전 인주의 모습을 '최초의 자리'에 놓았다. 어떡해. 애가 날 찾아. 우는 것 같아. 인주가 그에게 다가와서 속삭이며 제 휴대폰을 슬쩍 손에 쥐여주었다. 늦여름인데도 긴장으로 그녀의 손이 차가웠다. 아줌마, 미안해요. 저 때문인 거 알아요. 그렇게 시작된 문자메시지는 긴 말줄임표로 이어지고 있었다. 우는 것 같아. 내가 그 사람하고 헤어진 건 이 애 탓이 아니야. 누구 탓도 아니야. 책임지지 못할 아이에게 정들이고 만 건 내 잘못이야. 인주는 그러면서도 궁리 끝에 긴 답신을 보냈다. 이석은 그때 인주가 짐작과는 달리 헤어짐에 능숙한 사람이 아니란 것, 그리고 그녀의 금연 계획이 곧 깨지고 말리란 걸 알아차렸다. 하루 한낮에 자기도 모르게 타인의 삶 깊숙이 발을 들여놓았다는 걸, 돌이킬 수 없게 돼버린 눈앞의 일들을 받아들였다.

영원히 최초의 자리에 놓이지 않을 순간들도 있었다. 인

여기 없는 모든 것

주의 어머니의 임종을 지키게 된 사람은 우연히도 어린 수진이었다. 수진은 할머니의 팔다리를 주무르다가 그 순간을 맞이했다. 병세에 비하면 평온한 마지막이었다. 입관 때 수진은 이석에게서 선물 받은 작고 노란 알 모양의 소품을 제 할머니의 머리맡에 넣어두었다. 알 속의 나비가 죽은 이를 천국으로 데려가주기를 기원하면서. 이 이야기는 영원히 수진의 몫이 될 것이었다. 또 다른 일화들 중에는 이석과 인주가 지난 10여 년간 네 번, 함께 나체 삼림욕장을 찾은 것도 있었다. 각자 지인들에게 서로 다른 이유를 꾸며내어 짐을 꾸렸고, 삼림욕장에 들어서면서는 부부로 가장해 한낮의 숲속에서 벌거벗고 지냈으며, 그 밖에는 아무 일도 없었다. 이 일을 은밀한 사생활의 영역에 남겨두고자, 둘은 삼림욕에 관한 무슨 이야기든 함구할 것이었다. 수진의 상상력이 둘 사이를 놓고 때로 불꽃처럼 활활 타오르는 때가 있다면 그 역시 수진의 몫으로 남겨둘 요량이었고, 이제는 기꺼이 그들 사이에 한 사람을 더 맞아들일 준비가 됐다.

다이빙 경기가 종료됐다. 최언은 순위권 안에 들지는 못했지만 실망스러워하는 기색은 아니었다. 그는 수진을 알아보고 관람석 쪽으로 손을 흔들어 보였다. 이석과 인주는 수진과 함께 그와 그 너머를 향해 손을 흔들었다.

사치와 고요

화창한 5월 아침, 미주는 고속도로 휴게소에 있는 화장
실로 향하는 길에 한 남자와 어깨를 부딪쳤다. 그녀가 저
를 부딪고 간 그를 돌아보았을 때, 남자도 그녀를 향해 뒤
돌아섰다. 그는 과도로 그녀의 왼쪽 복부를 찔렀다. 순식간
에 일어난 일이었다. 미주는 제대로 비명도 지르지 못하고
다리에 힘이 풀려 그 자리에 주저앉았다. 근처에서 그녀를
기다리던 남자친구는 놀라 굳은 채로 들고 있던 뜨거운 커
피를 제 몸에 쏟았다. 당일 새벽에 미주와 같은 관광버스
에 오르며 눈인사를 나눴던 모녀가 괴한을 붙들고 때리고
넘어뜨리며 비명을 질러댔다.

　나중에 밝혀진 바로 미주에게 상해를 입힌 자는 반쯤은
정신이 나간 사람이었다. 사채업자에게 쫓기는 중에 부인

　　　　　　　　　　　　　　　　사치와 고요

마저 대장암에 걸려 공황 상태에서 낡은 승용차를 몰아 고속도로 위를 달리던 참이었다. 그의 영혼을 찢고 간 고통의 수레바퀴에 미주의 옷자락이 휘말린 이유는 단지 희박한 확률로 운이 나빴기 때문이었다고들 했다. 엇비슷한 위로의 말들을, 그녀는 여러 사람에게서 들었다. "이만하길 얼마나 다행인가요."

미주는 일곱 차례 병원에 오갔다. 상처는 깊지 않아 염증이 번지지 않도록 주의하는 동안 큰 고통 없이 아물어갔다. 그 외의 거의 모든 것이 전과 같지 않았다.

미주는 사고 직전에 변두리의 작은 빌라로 이사했다. 구옥이기는 하지만 낮에 해가 잘 드는 데다 다용도실이 딸려 있었고 보증금을 높여 월세 부담을 줄일 수 있었다. 여름이 되기 전에 남자친구를 동거인으로 들일 생각이었기에 봄날의 여행길에서 서로 주고받을 대화가 중요했다. 하지만 상황이 바뀌었다. 그녀는 사고 현장에서 보인 남자친구의 태도를 상기하며 그의 말들을 신뢰하기 힘들어졌고, 남자친구는 미주에게서 예민하고 변덕스러운 점들을 발견하고 비난했다. 그들은 서로를 좋아하게 됐던 것보다 빠른 속도로 서로를 미워하게 되었다.

미주가 최근 새로 사들인 유일한 가구는 침대였다. 그녀는 거기 허리를 곧게 펴고 누워 꿈도 없는 정갈한 잠 속으로 떨어지기를 바랐다. 식탁 위에는 늘 생화를 꽂아 넣은 꽃병을 두고, 창틀과 화장실, 방과 거실 구석구석을 수시로 청결히 닦고, 귀여운 오리 모양의 조명등을 식탁 위쪽의 천장에 달아놓을 셈이었다. 하지만 바람들은 실현되지 않았고, 소소한 일상의 계획들이 뒤로, 더 뒤로 미뤄져갔다. 그녀는 현관문의 안전 고리와 디지털 도어록, 방범창과 블라인드를 최신품으로 교체하고 난 후에도 쉽게 잠을 이루지 못해 뜬눈으로 아침을 맞는 날이 많았다. 그리고 이따금 아무런 연고도 없이 자기를 위험에서 구해내려 했던 그 모녀를 떠올렸다.

미주는 밤마다 새 침대에 걸터앉아 동화를 지어내 노트에 적기 시작했다. 어린 날, 특히 무섭거나 슬펐던 날에 어머니가 동화를 읽어주던 기억이 아름답고 따뜻하게 남아 있었다. 짧은 동화 한 편이 완성되었을 때 그녀는 텍사스 휴스턴에 사는 어머니의 옛 친구에게 편지를 썼다.

작년 가을에 엄마의 장례식을 치렀어요. 지금에야 소식을 전하는 건 제게 슬픔이 가시고 난 후라 담담하게 말할 수 있어서예요. 사인은 심장마비, 다행히 고통은 길지 않았을 거예요. 강렬하고 짧은 마지막은 언제나 우리가, 그러니까 엄마와 제가 동시에 꿈꾸던 것이었어요. 이제 그 결말을 엄마가 가져가셨네요.

사치와 고요

세리 이모, 엄마는 이모를 항상 '먼 곳에 있는 다정함'이라 여겼어요. 엄마를 대신해 인사를 전합니다.

깨끗한 미색 종이에 검정색 펜으로 씌어진 그 편지는 반듯하게 한 번 접힌 채 연한 하늘색 한지로 된 봉투에 담겼다. 미주는 그걸 어머니가 생전에 잔잔한 물결무늬 그림을 그려서 완성한 푸른 스카프 한 장과 함께 우체국 국제 특송 편에 실어 보냈다.

이후 미주는 일로 복귀하려던 계획을 틀어 다니던 직장에서 나오기로 결정했다. "좀더 쉬고 돌아와"라고 원장이 안타까움을 드러냈고, 그녀는 "네, 감사해요"라고 대꾸하여 예를 표했다. 서로의 사정이 여의치 않았으므로 구체적인 기약을 할 수는 없었다. 미주의 편의, 진심, 관록은 모두 제 능력과 수완 안에서 스스로 조율해 재편해야만 하는 것들이었고, 그녀는 그 점을 잘 알고 있었다.

미주는 보육 교사로 일하며 열한 명의 미취학 아동들을 담당했다. 아침마다 아이들에게 서로의 손을 맞잡게 하고서 함께 동네를 산책했고, 오후에는 둘러앉아 그림을 그리고 노래를 불렀다. 흐르는 침과 콧물을 닦아주고, 오줌과 똥을 누이고, 밥을 먹이고, 양치질을 시키고, 자장가를 불러주고, 체조를 하게 하고, 예절과 숫자와 단어를 알려줬다. 저녁에 부모들이 아이를 데리러 오면 부드러운 표정과 차분한 목소리로 아이가 점심때 잘 먹은 반찬이나 누군가와 싸웠다거나 즐겨 참여한 놀이가 있었다거나 하는 소식들을 전했다. 과하지 않은 친절함, 애정과 선의를 전하는 섬세한 태도로 그녀는 아이들과 그들의 양육자에게서 모두 호감을 샀다. 그녀는 아이들을 좋아했다. 단, 그녀 자신보다는 아니었다. 헌신을 할 수는 있었지만, 누구도 그걸 필수 덕목으로 그녀에게 요구할 수는 없었다. 미주의 월급은 그 일에 요구되는 노동력보다는 늘 부족했다.

작년 초여름, 뛰놀다가 넘어져 무릎을 꿰맨 아이의 어머니가 아이를 곁에 세워둔 채로 보육 교사들에게 큰 소리로 욕설과 비난을 퍼부었던 적이 있었다. 많은 사람이 이 소요 속으로 머리를 들이밀며 주변을 에워쌌고, 결국엔 미주의 동료 보육 교사와 아이, 아이의 어머니 모두가 눈물을 글썽이며 각자의 사정과 안타까움을 토로하고 돌아서는 걸로 일단락됐다. 그때 미주는 책임과 의무와 신뢰로 얽혀 있는 이 관계에 어느 정도의 사명감과 양심이 상호 요구될 뿐만 아니라 수시로 광기와 유감스러움이 호환된다는 깨달음을 새삼스레 얻었다.

일을 그만두고 한 주가 흘렀을 때였다. 미주는 어린이집의 원장을 찾아가 추천서를 한 장 써달라고 해야 하는 순

사치와 고요

간을 맞았다. 두 통의 전화를 받고 나서였는데, 우선 첫번째는 휴스턴에 사는 세리 이모의 전화였다. 세리 이모는 미주가 "여보세요" 하자마자 목소리를 떨면서 조금 울었다. 그러고 나서는 나지막이 심호흡을 한 번 하고 평정을 찾아갔다.

"미주야, 편지를 보내려다 그냥 너한테 전화를 걸기로 했다. 여기 네가 보낸 봉투에 네 번호가 적혀 있으니까. 전화는 이럴 때 연락하라고 있는 거니까. 하지만 사실 이 숫자들을 보면서 조금 망설이긴 했다. 우리가 직접 통화하는 건 처음이네."

세리 이모는 자신을 기억해내고 편지를 보내준 미주에게 고마움과 애정을 전하려 애쓰면서, 근 2년 동안 미주의 어머니와 연락을 못 하고 살아온 걸 못내 안타까워했다.

"이렇게 갑자기 가다니 믿을 수가 없어."

"전조 증상이랄 게 없었어요. 소화 기능이 떨어져 그걸 염려했지, 심장은 생각도 못 했어요."

미주는 세리 이모와 소소한 추억의 도막 몇 개를 맞추어갔다. 세리 이모가 이민을 가기 전의 일이었다. 세리 이모와 그녀의 두 딸, 그리고 미주, 미주의 어머니가 함께 계곡으로 놀러 갔다. 세리 이모의 작은딸이 고슴도치 인형을 잃어버려 통곡을 했고, 미주가 그 인형을 찾으러 계곡 깊은 데까지 발을 들이려 했다. 세리 이모가 소스라치며 미주의 이름을 목청껏 소리 높여 불렀다. 돌아오는 길에는 모두 녹초가 되어 승용차 안에서 다디단 추잉 껌을 씹었다. 도심으로 들어서면서, 미주와 세리 이모의 두 딸은 차창 밖으로 반짝이며 흘러가는 글자들, 간판 위에 떠오른 그 상점 이름들을 경쟁하듯 앞다투어 소리 내 읽었다.

세리 이모의 두 딸은 이제 모두 텍사스를 떠났다. 큰딸은 LA의 한 백화점에서 패션 디자이너로, 작은딸은 볼더의 한 캠핑용품점에서 판매원으로 일했다.

"휴, 세월 참."

"네, 모두 먼 시간을 흘러왔네요."

"아이들하고 같이 지내서인지 네 말투가 꼭 조숙한 아이 같다. 목소리도 아직 여리고."

"전 일을 잠깐 그만뒀어요."

"음, 쉬어 가는 것도 필요하지. 혼자 있을 때는 주로 뭘 하니?"

"요즘 지키고 있는 규칙은 단순해요. 비타민을 챙겨 먹고 산책하면서 한 시간씩 햇빛을 받아요. 바싹하게 잘 마른 빨래처럼 되려고요."

미주와 세리 이모는 잠깐 사이를 두었다가 거의 동시에 나지막한 웃음을 나눴다.

사치와 고요

"내가 한동안 생각날 때마다 전화해도 되겠니?"

"네, 그럼요."

"평안을 빈다."

"저도요."

두번째 전화를 걸어온 사람은 그녀가 재작년 여름에 잠깐 사귀었다 헤어진 상운이라는 남자였다. 그는 미주가 근무하던 어린이집 맞은편의 정형외과에서 물리치료사로 일했다.

"많이 놀랐겠어. 난 이제야 들었지 뭐야. 잠깐 좀 봐."

미주는 그의 위로가 필요하지는 않았지만, 그의 선의에 답하고 싶었다. 그는 취하지 않았을 때는 그럭저럭 괜찮은 사람이었고, 함께 차 한 잔을 나누지 못할 만큼 서로의 바닥을 다 드러내 보이며 헤어진 사이는 아니었다.

카페에서 마주한 상운은 미주에게 묻지도 않고 아이스 밀크티를 시켰다.

"이거 잘 마셨잖아?"

상운이 아는 척을 했고, 순간 미주는 그가 무슨 이유로인가 조바심을 낸다는 느낌을 받았다. 그가 시선을 짧게 두 번 피했기 때문이다.

"내가 아는 환자분의 딸이 믿을 만한 보모를 찾아. 한 일주일 정도. 아마 페이가 괜찮을 거야. 네가 일 그만뒀다는 얘기를 서라 씨한테 전해 들은 날이라 바로 네 이야기를 꺼내게 됐는데, 무슨 의도가 있어서는 아니었고, 그냥 떠올랐으니까. 근데 그쪽에서 바로 볼 수 있겠느냐고 하더라고. 어때, 연락처를 전해도 될까?"

서라는 미주가 다니던 어린이집의 동료 보육 교사였다. 아이를 자주 안아주다 보니 손목과 어깨에 무리가 와서 가끔 정형외과를 찾곤 했다.

"그쪽에서 널 굉장히 신뢰하나 봐. 이런 걸 다 부탁하고."

"글쎄, 나보다는 말이야, 그쪽에서 널 신뢰할 만한 뭔가가 더 있으면 좋겠지."

"재미있는 생각이네."

미주는 비공식적으로 짧게 누군가의 보모가 되기 위해 공식적인 문서를 내밀어야 한다는 데, 또 제게 실용적인 조언을 한다는 듯이 나섰으면서도 어쩐지 조금은 자신 없어 하는 그의 태도에 미묘하게 자극받았다. 그녀는 그 일을 원해야 할 아무런 이유도 없었기에, 하필 그런 제게 때마침 잘되었다는 듯이 말을 거는 이 우연이 저를 어디로 데려갈지 살피겠다고 마음먹었다. 그래서 '그쪽'에 제 연락처를 넘겨줘도 좋다고 허락하면서, '그쪽'의 연락처 또한 챙겨 받았다. 상운과 헤어지고 나서는 곧바로 어린이집의

사치와 고요

원장을 찾아갔다.

원장은 그럴 줄 알았다는 반응이었다.

"처음부터 솔직했음 좋잖아. 새로운 델 알아보고 있다고 말이야."

미주는 "그러게요, 죄송하게 됐어요"라고 고개를 수그리고는 추천장을 받아 들었다. 근무 기간과 성실성, 책임감 정도를 보증하는 짧막한 내용이 매우 많은 여백과 함께 A4 용지 한 장에 담겼다.

"감사해요. 건강하세요."

미주는 어린이집을 나왔다. 어린이집 밖에 서 있다 미주를 알아본, 미주가 예뻐했던 여자아이 둘이 조심스레 다가와 미주의 옷자락을 만지작거렸다. 아이들의 내면은 때로 너무나 투명해서 어른들의 심상을 그대로 흡수해버린다. 울어야 할지 웃어야 할지 모르는 얼굴로 "선생님" 하고 속삭이듯 내뱉는 한마디 속에 무수한 질문과 감정을 담아냈다. 미주는 두 아이를 차례로 꼭 안아주었다.

"사랑한다, 얘들아."

*

7월 첫 주, 해가 쨍한 평일 오후 4시경에 미주는 마치 납

치되듯이 한 전원주택으로 끌려 들어갔다. 아니, 사실은 그렇지 않았다. 콜택시에 오르자마자 누군가가 저를 훔치듯 낚아채 목적지로 빨아들이고 있다고 느꼈을 따름이다. 운전기사는 말수가 별로 없는 노인이었는데, 미주에게 라디오를 틀어도 되겠는지 묻고는 미주가 "그럼요"라고 대답하자 곧장 라디오를 틀더니 그녀 쪽을 흘끔거리는 법도 없이 매끄럽게 도로를 탔다. 한 시간 남짓 걸린 이 여정을 경쾌하고 비트가 빠른 가요들이 쏟아져 나와 함께했다. 미주는 가끔 차의 룸미러에 비친 자신의 모습을 확인하며 매무새와 머리칼을 정돈했다. 그녀가 이날 골라 입은 옷은 검정색 원피스였다. 옆자리에는 옷가지와 세면도구, 화장품이 담긴 검정색 보스턴백이 놓여 있었다.

낮은 철제 울타리 앞에 다다라 차가 멈춰 섰다. 출입문 안쪽으로 잔디가 깔려 있었고, 그 잔디 마당 끝에 복층 주택이 단정한 모습으로 서 있는 게 보였다. 기사는 라디오를 끄고 미주에게 그 집이 지중해풍으로 지어진 것인지를 물어왔다. 미주는 정확한 답을 알지 못했으므로 "어느 정도는요"라고 대답하며 택시에서 내렸다. 기사는 자기도 전원생활을 하고자 땅을 보러 다니는 중이라 하더니 "그럼 들어가세요"라는 인사를 남기고 떠나갔다.

집 뒤쪽으로는 산이 인접해 있었고 앞쪽은 저만치의 도

시를 향했다. 외관은 깔끔하고 단출했다. 1층 외벽은 붉은 고파벽돌, 2층은 하얀 회벽으로 마감했고 그 위에 붉은 점토 기와를 올렸다. 아름답고 위풍당당해서 보는 이를 압도하는 상상 속의 저택 같은 건 전혀 아니었다. 하지만 잠깐 눈을 붙였다 나가는 집, 퇴근하고 쉬러 들어가는 집이 아니라 오랜 시간을 전망처럼 펼쳐두고 그 안에서 움직일 사람들의 행동반경과 취향을 섬세하게 반영한 결과물 같았다. 즉 '살아간다'는 감각을 환기하며 구축한 공간. 그녀는 출입문에 부착된 초인종을 눌렀다.

"조금 여유 있게 도착했어요."

이름을 밝히기도 전에 문이 열렸다. 미주는 안으로 들어서면서 집의 현관으로부터 우측으로 열댓 걸음 정도 떨어진 곳에 위치한 나무 벤치에 나란히 앉아 있는 두 사람을 보았다. 새파란 트레이닝복을 입은 젊은 남자와 흰 원피스를 입은 백발의 여성이 이야기를 나누고 있었다. 방문객에 무관심해 보이는 걸로 봐서는 이곳에 잠깐 들른 손님들인지도 모르겠다고 생각했다.

잔디 사이로 난 디딤돌을 밟고 집 앞까지 걸어갔을 때 비로소 현관문이 열리며 육십대 중후반 정도로 보이는 여성이 나와 미주를 맞았다. 꽃무늬 블라우스에 하얀 리넨 바지 차림의 여성은 다부진 체격에 완고해 보이는 각진 얼굴이었고, 짧은 단발머리에 목소리가 카랑카랑했다.

"어서 오세요. 안 그래도 딸애랑 통화를 하고 난 참이었어요. 지금 막 비행기가 이륙했을 거예요."

나무로 만들어진 현관문 중앙에는 세로로 긴 타원형의 불투명한 창이 나 있었다. 미주는 그 문 안쪽으로 발을 들이면서 고개를 틀어 뒤쪽으로 잠깐 시선을 주었다. 벤치에 앉아 있던 두 사람은 어느새 잔디밭을 가로지르고 있었다. 고개를 다시 안쪽으로 돌렸을 때 방금 본 풍경의 잔상이 감은 눈 안쪽으로 떠올랐다 사라지며 짧게 현기증이 일었다.

현관에서 마주 보이는 곳 끝에 주방이 있어, 검정색 식탁 일부가 보였다. 거실과 주방이 연결되는 곳에는 낮은 계단이 놓여 있었는데, 두 계단을 밟고 올라 왼쪽으로 돌면 위층으로 통하는 폭 넓은 계단이 이어졌다. 계단 아래쪽에는 작은 수납함과 진열대가 위층을 받치는 블록처럼 들어차 있었고, 맨 아래 중앙에 있는 수납함은 문짝이 없이 밖으로 트인 채였다. 그 안에 한 소년이 무릎을 세운 자세로 웅크리고 앉아 미주를 빤히 응시했다.

"훈아, 선생님 오셨어. 인사해야지."

아이가 엉금엉금 기어 나와 미주 앞에 서더니 고개만 까딱하고 인사를 했다. 부인은 훈이 일곱 살이라고 말했다.

사치와 고요

"거기서 뭘 하고 있었니?"

미주가 묻자 훈이 도리질했다.

"아무것도요."

훈은 이번에는 거실과 주방 사이에 놓인 계단에 걸터앉았다.

"나는 따라가고 싶지 않아서 여기 있는 거예요. 비행기는 답답하고, 난 병에 걸리긴 싫어요."

부인이 미주에게 훈이 한 말의 의미를 설명해주었다.

"얘가 지난번 여행 때 홍역을 옮아 앓았거든요."

"훈이 어머님이 제게 뭘 남기셨다고 하던데요."

"우선 여기 앉아봐요."

부인이 미주를 주방의 식탁 쪽으로 데려가 앉혔다. 거의 무의식적인 행동인 듯했다. 아마도 거실보다 주방이 부인에게 편안한 자리일지 몰랐다. 미주는 가방을 의자 옆에 내려놓고서 부인의 이야기를 들었다. 부인은 이제 막 집에 든 손님에게 차 한 잔을 내주자는 생각을 미처 해내지 못할 정도로 스스로의 말에 쫓기는 듯한 인상이었다. 이야기에 따르면, 부인의 큰아들은 강원도에 살았다. 4년 전에 귀농해서 감자와 옥수수 농사를 지었다. 아들은 어머니를 끔찍하게 챙겼지만, 부인은 어쩔 수 없이 딸에게 묶여 있다. 왜냐하면 딸은 액세서리 사업을 시작한 지 얼마 안 돼 집

안일에 있어 당신이 챙겨야 하는 부분이 늘 생기고, 무엇보다 이 집 아이들은 유별나기 때문이다. 여자애인 큰아이는 지금 2층에 '처박혀' 있다. 이 집을 당장 팔아치우지 못하는 것도 아이들 때문이다. 계절마다 한 주에서 한 달씩은 이곳에서 보내는데, 딸은 이곳을 좋아하지 않는다. 사위는 항상 비즈니스에 바쁘다. 사위의 막내 여동생이 라스베이거스에 있는 한 교회에서 결혼식을 올릴 예정이므로 가족들이 거기서 모이게 될 거다. 신의 은총 아래 복작복작할 거다. 그들은 다들 너무나, 미친 듯이 사이가 좋다……

미주는 상운이 제게 이 일 이야기를 하며 조급해하는 인상이었던 게 이 눈앞의 여인 때문이었을까 생각해보았다. 언젠가 상운이 제가 접한 노인들은 대개 말이 많고 목소리가 크다며, 노화는 귀가 어두워지는 만큼 목소리가 커지는 과정일 거라고 말했던 게 기억났다. 그때 미주는 '공포'의 감각도 사람을 그렇게 만들지 않느냐고 대꾸했었다.

"상운 씨한테 다 들었어요. 불안해 마세요."

미주는 상운에게서 받은 정보가 거의 없었지만 이미 이 상황이 말해주는 바가 있지 않은가 싶어 그렇게 말해버렸다. 부인이 갑자기 "흡" 하고 짧게 숨을 들이쉬더니 한 손으로 얼굴을 쓱 훔쳤다. 뺨의 파운데이션과 눈두덩의 색조 화장이 조금 얼룩졌다.

"뭐라고 하던가요?"

"예의에 어긋나는 말은 안 했어요. 상운 씨는 도의를 아는 사람이라 절 소개한 거예요."

"그렇죠, 그렇죠. 그이가 잘못을 바로잡아줬기에 망정이지, 내 참 기막혀서. 병원 물리치료실에 다 같이 엎어져서 치료받는 입장에 나보고 딸을 재취 자리에 보냈다고 지껄였던 그 영감탱이를 내가 물어뜯었어야 했어요. 사람 깎아내리는 취미밖에 다른 아무런 재미를 못 찾는 그런 좁쌀같은 영감탱이를. 조금 아는 사이가 세상에서 제일 무서운 거라오. 왜냐하면 그들은 적당히를 모르거든."

미주는 그 얘기를 흘려들으면서 부인의 손등에 제 손을 얹었다.

"훈이 어머님께서……"

"뭐, 애들도 자라면 알겠죠. 제 속으로 낳았대도 이만큼다 못 챙겨요."

"그게 아니라 훈이 어머님이 저한테……"

미주는 부인의 손등에 올려둔 손을 그대로 뒤집어 부인의 손 옆에 내려놓았다.

"아, 그렇죠, 그렇죠."

부인이 바지 주머니에서 종이봉투를 하나 꺼내 주었다. 미주는 풀로 봉해진 봉투를 뜯어서 그 속에 든 편지를 눈으로 읽어 내려갔다.

　1. 어머니 이야기는 다 듣지 마시고 적절히 자르고 볼일을 보세요. 어머니는 저녁에 와인을 좀 드시면 금방 주무세요.
　2. 식사나 간식은 어머니가 직접 챙기길 원하시니 그대로 두시고 선생님은 아이들이 제때 같이 식탁에 앉도록 도와주세요.
　3. 남매가 함께 지내는 시간을 잘 살펴 꾸려주세요. 방법은 선생님이 저보다 잘 아시겠죠.
　4. 선금은 입금했고, 나머지는 돌아와서 직접 현금으로 드릴 거예요. 저는 사람 보는 눈썰미가 좀 있어요. 하지만 추천서를 주신 원장님께, 그리고 박상운 씨에게도 미리 전화를 해보았답니다.
　5. 무리하지는 마세요. 건강한 모습으로 뵙지요.

　미주는 편지를 도로 접어 봉투에 넣고는 부인에게 공손히 고개를 수그리며 말했다.
　"잘 부탁드립니다. 전 어디서 지내게 되나요?"

　미주는 부인을 따라 2층으로 올랐다. 계단과 연결된 벽면이 매우 깨끗했다. 그곳뿐 아니라 보통 명화나 명화의 위작, 가족사진을 걸어두겠다 싶은 벽면들도 모두 비어 있었다. 2층 거실에서는 앤티크풍의 벽시계 하나, 벽 쪽으로 붙여 세운 조그마한 협탁과 그 위에 놓인 하늘색 물주전 자 정도가 눈에 들어올 뿐이었다. 부인은 가만히 선 채로 팔만 뻗어서 공간들에 대해 간략히 설명했다. 계단을 올라 바로 우측에 있는 방이 미주가 머물 방이었고, 아이들은 발코니와 연결된 다른 방에서 지낸다 했다. 계단의 좌측은 공용 욕실이었고 운동실, 드레스 룸이 따로 있었다.

"자, 이리로요."

미주는 부인이 안내해주는 대로 제가 머물 방의 문을 열고 들어섰다. 싱글 침대와 책상, 옷장이 있는 아담한 공간이었다. 한 소녀가 책상 위에 머리를 풀어헤치고 엎드려 있었다.

"계은아, 인사드려야지."

부인의 말에 계은이 귀찮아하는 표정으로 미주를 돌아다봤다.

"여긴 내가 벌 받는 방이에요. 학교랑 학원을 빠지는 대신에요."

"훈이랑 너를 봐주실 선생님이셔. 심통 부릴 시간을 따로 정해놓으면 좋겠구나."

미주는 책상 옆으로 가 들고 있던 가방을 내려놓았다. 부인이 계은의 양쪽 겨드랑이에 팔을 껴 넣어서 억지로 안아 일으켰다.

"계은이는 초등학교 4학년이에요. 작년에 키가 훌쩍 커서 나이보다 커 보이지만 거기 속아 휘둘리면 안 돼요. 툭하면 으르렁대는데, 호랑이 탈을 쓴 너구리라고 생각하면 비스무리할 거예요."

"놔요. 나하고 친한 척하지 마요. 감시하지도 말고요. 지친다고요."

계은이 앙칼진 목소리로 부인의 팔을 뿌리쳤다.

"저, 짐 좀 정리하고 이따 뵐게요."

미주의 말에 부인이 고개를 끄덕이고는 밖으로 나갔다. 미주가 가방을 풀어 옷가지를 옷장에 넣는 동안 계은이 도로 책상에 턱을 괴고 앉아 미주를 구경했다. 미주는 평상복을 골라 들고 욕실로 가서 손을 씻은 뒤, 흰 티셔츠에 폭이 넓은 초록색 면 치마로 갈아입고 거실로 나왔다. 방으로 다시 들어갔을 때 계은은 침대에 곧게 몸을 펴고 누워 있는 채였다. 미주는 가방에서 휴대폰을 꺼내 들고 침대에 걸터앉았다.

"침입자!"

계은이 천장 쪽으로 시선을 고정하고 말했다.

"얘, 난 며칠째 잠을 못 잤어. 일은 내일부터고. 넌 책상이나 침대 어디서든 너 좋을 대로 계속 벌을 받아도 돼. 하

87   사치와 고요

지만 난 내일을 위해서라도 오늘은 쉬어야 해. 넌 지친다
는 말의 뜻을 아직 모른단다."

미주는 계은의 옆자리에 누웠다.

"전에 왔던 선생님은 그래도 멀쩡했어요. 오자마자 눕지
는 않았어요."

미주는 나지막이 한숨을 내뱉으면서도 한편으로는 아릿
한 안도감을 느꼈다. 쓰러져 주저앉게 된 곳에서 문단속을
하고 있느니 차라리 한데서 문제들이 저를 선택하도록 스
스로를 열어 허락할 것이었다. 그러고도 너무 애쓰지 않는
당분간. 미주는 그걸 원했다.

*

"이쪽이에요! 여기요!"

미주는 꿈속의 어두운 평원에서 목이 쉬도록 소리를 지
르는 한 사람을 보았다. 끝도 없이 외치는 누군가를. 그녀
는 그 사람이 자기를, 또 제 뒤의 알 수 없는 존재들을 인도
하거나 유인하려 애쓰고 있다고 느끼며 어둠 속을 더듬어
가려고 손을 내뻗다가 눈을 떴다. 계은과 훈이 그녀를 내
려다보고 서 있었다.

"앗, 깼어."

훈이 손끝으로 계은의 팔을 건드리며 말했다.

"선생님인 거 맞아요?"

계은이 미간에 주름을 만들면서 제법 심각한 표정으로 물었다. 미주는 눈을 끔벅이며 일어나 앉았다.

"전화벨 소리 계속 울렸는데 못 들었어요?"

"못 들었다. 아무튼 고마워."

미주가 머리맡에 두었던 휴대폰을 들어 착신 정보들을 확인했다. 세리 이모가 두 번의 부재중 전화 끝에 긴 메시지 하나를 남겼다. 미주가 그걸 읽으려는데 계은이 갑자기 울음을 터뜨렸다.

"왜 그러니?"

"다 싫어서요. 나 우는 거 구경할래요?"

"계은이 원하면."

계은이 코를 훌쩍이며 눈물을 쏟는 동안 훈이 입을 비죽거리더니 팔뚝으로 제 눈가를 훔쳐냈다. 눈물 바람이 길어지려는가 싶을 때 노크 소리가 들렸다. 곧바로 불쑥 문이 열렸다.

"왜 애들을 울리고 그래요?"

부인이 눈을 동그랗게 치뜨고 경계하는 낯빛으로 말했다.

"운 거 아니에요!"

계은이 눈물로 얼룩진 얼굴을 들어 고집스레 우겼다.

"하아, 제가 시험에 든 거 같아요."

미주가 힘없이 웃어 보이자 부인은 얼른 수습하려 들었다.

"애들은 밥을 먹었어요. 선생님도 식사하세요."

미주는 들고 있던 휴대폰을 치마 주머니에 넣고 아래층으로 내려갔다. 거실 창으로 어둑어둑 어둠이 내려앉고 있었다. 손이 많이 갔을 나물 반찬들과, 아마도 아이들의 입맛을 반영했을 프랑크소시지, 그리고 계란말이와 김이 새하얀 찬기들에 담겨 있었다. 미주가 자리에 앉자 부인이 동태찌개와 잡곡밥을 내주었다.

"잘 먹겠습니다. 감사합니다."

미주는 밥 한술을 입에 넣고, 저를 빤히 쳐다보고 선 계은과 훈을 바라보았다. 밥과 찬을 씹어 삼키는 소리가 거슬릴 정도로 조용한 저녁이었다.

"무안해할 거 없어요."

부인이 말했다.

"네?"

"긴장을 하면 도리어 잠이 드는 사람들이 있어요. 어릴 때 내 딸이 그랬어요. 걘 너무 예민해서 여기 오래 머물지 못해요. 난 가끔 죽은 사람들을 위해 기도합니다."

"네?"

그때 훈이 끼어들었다.

"거짓말이야."

"누가 죽었나요?"

미주가 묻자 부인이 "뭐, 그렇다고요" 하고는 몸을 돌렸다.

미주는 밥과 찬을 꼭꼭 씹어 삼켰다. 저를 지켜보고 선 아이들이 제풀에 지쳐 바닥에 앉을 때까지 느릿느릿.

밤이 되어 1층 거실에 불이 밝혀졌다. 너른 창밖은 이제 짙은 어둠뿐이었다. 네 사람은 모두 하얀 가죽 소파에 앉아 있었다. 아이들은 거의 눕듯이 앉아 뒤척이며 가끔 창과 천장과 벽으로 시선을 주었다. 부인은 미주를 옆에 두고 와인을 홀짝였다.

미주는 부인이 지난 시간들을 이야기로 풀어내고 또 헝클어뜨리는 동안 간간이 아이들과도 대화하며 이 집 남매에 대해 조금씩 알아갔다. 계은과 훈에게는 텔레비전도, 음악도, 휴대폰도, 게임도 모두 금지된 상태였다. 그것들이 없는 채로도 이 집을 사랑하고 있음을 아버지에게 증명해 보여야 할 필요가 있었기 때문이다. 초여름 일주일 정도를 견딜 수 있다면, 적어도 올가을에는 집을 내놓지 않

사치와 고요

을 것이다. 아이들을 상대로 벌이기에는 가혹한 게임이지만, 미주는 이 집의 주인인 그 아버지가 자식들을 다루는 냉정하고 대담한 방식에는 감탄해야 했다. 이만한 걸 걸고 무언가를 지킬 수 있는 어린이들이 있다는 걸, 여기서 만나지 않았다면 믿지 못했을 것이다. 이 집에는 죽은 친엄마와의 추억이 있다고 계은은 말했다. 훈은 '진짜 엄마는 여기 있다'고 표현했다. 두 아이 모두 제가 말한 것을 마치 껴안을 힘이 남아 있는 한은 끝까지 껴안고 있어야 할 소중한 진실인 것처럼 여기는 듯했다.

미주는 남매의 동그란 얼굴과 통통하고 발그레한 볼, 무언가 못마땅할 때 입술을 오므리는 표정이 서로 닮은 걸 알아채고는 "예쁘다"라고 읊조렸다. 계은이 무얼 보고 예쁘다는 건지 묻지도 않고서 냉큼 대꾸하고 나섰다.

"나도 알아요."

훈이 "나도요" 하고 계은의 말을 따라 하더니 팔짱을 끼고서 미주를 빤히 올려다보았다. 미주는 유년의 기억이 한 사람의 생에 지울 수 없는 무늬를 만들어놓는 방식에 대해서 생각했다. 모든 이가 온전히 '진짜'들로 이뤄진 세계에 무언가를 비밀스럽게 묻어두고 다른 날들로 걸어 나간다는 것에 대해.

"그래, 어때요?"

부인이 미주에게 물어왔다. 무슨 말 끝에 동조를 구한 모양이었는데, 미주는 그 뜻을 파악하지 못한 채 저도 모르게 다쳤던 왼쪽 배에 손을 가져다 댔다. 부인은 미주의 대답을 기다리지 않고서 "전에 왔던 선생은……" 하더니 고개를 수그리고 발가락 끝에 힘을 주어 바닥을 문질러대며 말을 이었다.

"거실 바닥에 미끄럼 방지 코팅을 했다는 걸 제일 먼저 눈여겨봅디다."

지난 계절에 이 집에 들었던 선생은 애들이 안팎에서 모두 뛰어놀 수 있도록 계획을 세웠다가 금세 포기한 모양이었다. 부인은 "애들은 애들대로 청개구리 놀이를 했으니까" 하고는 고개를 가로저었다. 미주는 할 수 있는 대답을 찾았다.

"여긴 참…… 넓고 평화롭네요."

부인은 와인을 세 잔째 마시는 중이었다. 잠들 기미는 보이지 않았다. 부인의 길고 긴 이야기는 여전히 진행 중이었다. 부인은 젊었을 때 서울 복판의 무역 회사에서 장부를 적는 일을 했다. 일했던 10여 년 중 4년간은 이중장부를 적는 일에도 동원됐다. 젊은 날의 부인에게 장부를 꾸며내는 건 코바늘뜨기보다는 흥미롭고, 또 돈이 되는 일이었다. 부인은 학교에 다닐 때 다른 많은 소녀처럼 꿈이 있

사치와 고요

었고, 자기를 부지깽이 정도로 취급하던 아버지 대신에 입사 면접일에 입고 갈 하늘색 원피스를 사 준 한 수녀님을 잊지 못했다. 아마 영원히 잊지 못할 것이라 했다. 수녀님의 임종을 보지 못한 슬픔이 아직 가슴에 응어리져 남아 있으며, 내일 아침이 어떤 모양새일지 알 수가 없어서 가끔씩 어떤 밤은 세상의 마지막인 것처럼 느껴진다고도.

"마지막 밤은 문밖에 와 있는걸요."

미주는 취하지 않은 채로도 발음을 흘리며 자리에서 일어나 창가에 가 섰다. 아이들과 그들이 응시하는 어둠 사이에.

"마지막 밤이라고요?" 계은이 물었다. "겁주려는 거죠? 하지 마요."

미주는 광막한 어둠 속에 이름이 호명되기를 기다리는 사람들이 서 있는 것만 같았다.

"손님들을 초대하면 좋을 텐데. 그렇지 않겠니?"

"손님? 누굴요?"

"울어야 할 자리를 잃어버린 사람이랑, 사랑이 많은 사람이랑, 그리고……"

"아이고, 아니 왜 애들을 홀리고 그래요?"

부인이 자리에서 일어나 주방으로 갔다. 술을 더 가져오려는가 보았다.

"……참, 세리 이모."

미주는 주머니에서 휴대폰을 꺼내 들고 세리 이모가 보내온 메시지를 찾았다. 어머니가 창가에 서서 세리 이모와 통화했던 날이 기억났다. 전화를 끊고서 한동안 우두커니 서 있던 어머니에게 미주는 텍사스에 카우보이 마을이 있는 걸 아느냐고 물었다. 어머니는 그런 것은 아무래도 상관없다는 듯 웃으며 고개를 가로젓고는 '과카몰리'를 인터넷으로 검색해달라고 했다. 레시피를 찾아 한번 만들어봐야겠다고. 미주는 그날 매미가 울어댔던 게 떠올랐다. 그러니 아마도 한여름의 일이었을 것이다.

잘 지내고 있니? 여기는 지금 새벽 3시 반이다. 강아지들이 내보내달라고 해서 잠에서 깼어. 세 살 된 보더콜리는 이름이 베어고, 개 공장에서 구조한 닥스훈트는 루. 이제 여섯 살이야. 기분 좋은 바람이 부는 아득한 새벽, 가로등 불빛에 흔들리는 나무들을 개들과 바라보다 들어왔어. 어제 낮에는 평소처럼 일을 했고, 우연히 생상스의 「백조」를 들었는데 왠지 눈물이 나더라. 저녁에는 동네 수제 피자집에서 피자를, 오는 길에는 초코 시럽을 뿌린 아이스크림을 사 먹었어. 오늘은 아마 어제와 비슷할 거고, 보트를 사고 싶어 하는 친구가 있어서 어쩌면 오후에 같이 구경 갈지도……

사치와 고요

"뭐예요?"

계은이 묻자 미주는 소파로 돌아가 두 아이 사이에 앉았다. 휴대폰을 계은에게 건넸다.

"궁금하니? 읽어볼래?"

"아이…… 이런 거 금지란 말이에요."

미주는 거기 담긴 게 영영 만나볼 수 없게 된 친구를 그리워하는 사람이 쓴 편지라고 일러주었다. 그리고 훈을 부르며 물었다.

"훈아, 진짜 엄마 여기 계시니?"

훈이 몸을 들썩이며 대답했다.

"네! 있어요, 있다니까."

"그럼 가지 말고 조금만 더 계시라고 전해줘. 선생님이 잘 자라고 노래할 거니까. 밖에 있는 사람들도 다 들어오라고."

"밖에 누구요? 누가 있는데요?"

"누구든."

미주는 생상스의 「백조」 멜로디를 떠올려보았고, 기억이 부드러운 음률을 더듬어가는 동안 환각처럼 눈앞에 그림이 펼쳐지는 걸 지켜보았다. 집을 둘러싸고 회전목마가 돌아간다. 거기에 사람들이 올라탄다. 그녀가 아는 죽음과 슬픔과 사랑, 또 깊숙이 이해할 수 없는 다른 삶과 고통, 환희가 수많은 사람의 형상으로 목마에 올라타고 있다. 노크 소리가 들려온다. 현관문이 열린다. 미주는 입 밖으로 「백조」를 흥얼거려보았다. 훈이 미주의 팔에 머리를 기대며 곁을 파고들었다. 계은이 조그만 목소리로 메시지를 읽어나갔다. 영원에 부쳐진 소박한 오늘의 안녕들을 묻고 또 헤아리듯이 또박또박 신중하게.

"잘 지내고 있니? 여기는 지금……"

비둘기와 백합과 태양에게

여름방학을 며칠 앞두고 나는 4인조 중견 록밴드 '히아신스'의 공연장에서 내 대학 생활의 거의 모든 것이 들어 있는 USB를 잃어버렸다. 128기가짜리 은색 USB에는 지난 3년간의 강의 내용 기록과 과제물들, 졸업 작품으로 연출하고자 했던 단편 시나리오의 네 가지 다른 버전, 스물한 살에서 스물세 살까지의 추억이 담긴 무수한 사진이 들어 있었다. 진작에 백업을 따로 해두지 않은 자신이 멍청하고 안이하게 느껴졌고, 무엇보다 그다지 좋아하지도 않았던 한 밴드의 야외 공연을 구경하는 동안 이 모든 걸 잃어버렸다는 데 한순간에 무력해졌다.

나는 사흘간은 할 수 있는 일들을 해보고자 분주히 움직였다. 공연 장소였던 가평의 캠핑장과 그 주변의 쓰레기통들을 절박하게 뒤지고 다닌 한편, 히아신스의 인터넷 팬카페에 잃어버린 물건을 찾는다는 글을 게시하기도, 혹시나 하는 마음으로 밴드의 소속사에 전화를 걸어 내 사정을 부질없이 읊조리기도 했다. 그러다 며칠이 더 지나면서 USB를 되찾을 가능성이 거의 없으리라는 포기 상태로 접어들게 됐다.

룸메이트 한진은 불과 일주일여 만에 내 얼굴이 못 봐줄 정도로 핼쑥해졌다면서 제 탓을 했다. 그녀는 스스로를 마이너한 감성의 아웃사이더로 생각하는 사람이었는데, 히아신스의 키보디스트 태오의 팬이자 그 공연장으로 나를 끌고 간 장본인이기도 했다. 한진은 내게 미안해하느라 불쑥불쑥 이런 질문들을 꺼내놓으며 저도 모르게 나를 괴롭히는 중이었다. "너, 그거 다른 데서 잃어버린 걸지도 몰라. 한번 잘 생각해봐. 오다가다 전철에서 흘린 건 아닐까?" "잘 둔다고 하고서 까맣게 잊은 거 아냐? 혹시 학교 사물함에 넣어둔 건 아닐까?"

공교롭게도 그때 어머니가 근 8개월 만에 내게 전화를 걸어왔다. 모든 게 백지가 돼버린 채로 대책 없이 졸업을 맞게 될지 모른다는 아득함에 판단력이 흐려지고 마음이 흐물흐물 약해지던 그때.

"은하야, 잘 지내지?"

어머니는 매우 다정한 목소리로 인사말을 건넸다. 어머니가 그렇게 말머리에 내 이름을 부드럽게 부르는 때는 나름의 이유가 있기 마련이었는데, 나는 그 순간에는 무얼 재볼 마음의 여유가 전혀 없었기에 요 며칠 힘든 날들을 보내고 있다고 실토했다. 참았던 기침을 콜록 내뱉듯이. 어머니는 대번에 이해한다는 대답을 들려주었다.

"은하야, 나는 네가 나를 미워한다고만 생각하고 있었지 뭐니. 사람은 나이를 먹었다고 저절로 현명해지는 건 아니거든. 말해줘서 고맙다. 나도 할 말이 있는데……"

그제야 아차! 싶어 가슴이 뛰었다. 나는 성급하게 끼어들었다.

"왜, 무슨 일 있어요?"

"7, 8월 두 달간 집을 세놓기로 했어. 네 물건들 중에서 챙겨둘 게 있다면 와서 챙겨 가. 난 친구네 가 지내려고 해. 친구네 부부가 올여름을 오사카에서 보낼 거라 그 집이 비거든."

어머니는 오사카에 가 있는 동안 집을 좀 봐달라는 친구의 부탁을 받고서 이참에 일을 잠깐 접고 그곳에서 휴식을 취해도 좋겠다는 생각이 들었다고 했다. 마침 주변에 단기 임대를 원하는 부부가 있어서 줄어든 수입은 부분적으로나마 그들에게서 받아낸 월세로 충당할 수 있을 테니 이 또한 다 쉬어 가라고 생기는 일들 같다고. 어머니는 근 7년간 문화센터 서너 군데서 '엄마와 아이가 함께하는 요리 교실' 강좌를 꾸려왔는데 여름방학 시즌에 특히나 인기가 높았다. 대목에 쉬겠다는 결심을 한 데, 혹시라도 내가 모르는 건강상의 이유가 있는 건 아니었으면 했다.

"아픈 건 아니죠?"

"글쎄, 늘 어딘가 조금씩 아프긴 해. 병은 아니야."

"저, 그럼 모레 아침에 집에 들러서 따로 챙길 게 있는지 볼게요."

어머니는 즉각 명쾌한 어조로 "그래, 그때 보자" 하고는 전화를 툭 끊어버렸다. 아마도 내게서 원하는 답을 끌어냈기 때문이었을 것이다.

상황이 좋지 않을 때 어머니를 마주할 생각을 하니 나는 한층 더 시무룩해졌다. 분실과 상심, 우유부단하고 엉거주춤한 태도가 내 존재의 핵심인 것처럼 느껴질 지경이었다. 그런 내가 신경이 쓰였던지 한진이 곁으로 다가와 말을 걸었다.

"있잖아, 내가 전에 무슨 책에선가 본 거 같은데, 어떤 사람들은 뭔가를 잃어버리는 방식으로 버리기도 한대. 그러니까 내 생각엔 어쩌면 너도……"

그 말에 내가 어떤 표정을 지었는지 나는 알 길이 없다.

그냥 등짝이라도 한 대 얻어맞은 사람처럼 저절로 입이 열렸다.

"언니, 나한테 더는 미안해하지 말았으면 좋겠어요. 우리 다 좀 이상해지고 있어. 날 아무 데나 끼워 맞추려고 하는 것도 좀 별로예요. 무슨 책, 어떤 사람, 그런 게 다 뭐야. 우리 그러지 말아요."

나는 USB 분실 이후로는 처음으로 한진에게 정색하며 퉁퉁거렸고, 한진은 그런 나 때문에 조금 놀란 것 같았다.

"응응, 그래. 너랑 나랑 우리 둘 다 예민했네."

한진이 중얼거리면서 돌아섰다.

이후 나를 기다리고 있던 일들은 내가 전혀 예상해보지 못한 것들이었다. 그 이틀 뒤 이른 아침에 "안녕하세요"라는 제목의 이메일을 받았다. 발신자를 알 수 없는 메일에 그런 제목이 붙어 있으면 스팸 메일이기 십상이라 보통은 열어보지 않고서 그대로 삭제한다. 그런데 그때는 그게 USB를 주웠다는 제보일 수도 있겠다 싶어서 일말의 기대감을 안고 클릭을 했다. 내용은 다음과 같았다.

잘 지내나요? 잃어버린 물건은 찾았나요? 우리 공연을 보러 왔다가 소중한 걸 잃게 됐다니 마음이 좋지 않습니다. 혹시 찾았

비둘기와 백합과 태양에게

는지 알려주세요.   —태오

태오? 그 키보디스트? 아니겠지. 누군가 태오를 사칭해 장난치는 건 아닐까? 내가 이 이메일을 한진에게 보여주자 한진은 멍한 표정으로 읊조렸다.

"직접 쓴 건지는 모르겠지만, 이 이메일 주소 공개된 적 있어. 맞아."

나는 바로 답신을 타이핑했다. 노력했으나 아직 찾지 못했다고, 하지만 이런 메일을 받게 돼서 당신의 팬인 내 룸메이트 한진과 너무나도 좋은 시간을 보내고 있다고. 한진은 초조해하며 좀더 인상적인 내용을 담아 회신을 유도해야 한다고 주장하고 또 거의 애원했다. 나는 그런 한진을 보며 궁금증이 일어 잠깐 상상의 나래를 폈다. 태오는 매우 섬세하고 친절한 사람일까? 혹 모든 기회와 선택의 순간에 이만큼은 여지를 열어두는 바람둥이? 물론 그 생각을 입 밖으로 꺼내지는 않았다. 그러기엔 그 사람에 대해 아는 게 별로 없었다. 내게 태오는 히아신스에서 키보드를 연주하는, 약간은 타란티노 감독이 연상되는 외모를 지닌 사십대 후반의 남자였다. 그 감독보다 10센티미터 이상은 키가 작아 보였지만. 나는 한진의 바람을 저버리고 "이 정도가 적당할 것 같아요" 하고는 그대로 답신을 발송했다.

한진은 그날 동기의 단편영화 촬영 현장에 스태프로 참여하기로 돼 있었기에 분주하게 움직였어야 했는데도 선뜻 내게 화장실 순서를 양보했다. 그리고 내가 샤워를 하고 나오자 바로 화장실로 들어가 간단히 세안을 한 후 재빨리 옷을 갈아입고서 외출 준비를 마쳤다. 한진은 문밖으로 나서려는 내 뒤에 바짝 따라붙으며 말했다.

"가져올 게 부피가 클 수도 있겠지? 무거울 수도 있고. 따라가 도와줄게. 너희 엄마한테 인사도 드리고."

"아니, 괜찮아요."

"실은 내가 안 괜찮아서 그래. 친구한텐 사정이 생겨 못 간다고 이미 전화했어. 태오한테 답신이 올지 궁금해서 아무 일도 손에 안 잡힐 텐데 뭐."

나는 한진이 무책임한 사람이라고 생각해본 적은 없었다. 그녀는 그저 약간 이성을 잃은 상태였다. 그러니 혼자 있다가 뜨거운 다리미에 손을 데거나 의자에서 미끄러져서 엉덩이뼈를 다치거나 한다면…… 나는 "그래요, 그럼" 했다. 그런데 가만, 공연 당일에는 왜 그녀는 멀쩡하고 내가 물건을 분실했더란 말인가! 나는 잠깐 번잡한 마음의 소용돌이 속에 빠져들었다가 다시 스스로를 가다듬고 어머니에게 문자메시지로 연락을 취했다. '같이 사는 언니랑 갈게요. 20분 정도 늦을 것 같아요. 엄마, 미안.'

어머니는 뜻밖의 손님을 맞아 즐거운 듯 보였다. 나를 보고 "은하야, 네가 집에 누굴 데려온 건 중학교 때 이후로 처음인 것 같네. 좋다" 하며 소리 내 웃더니 한진에게도 친근하게 말을 붙였다. "은하랑 나는 한동안 못 보고 지냈어. 둘 다 한 고집하거든."

내 방은 크게 달라진 게 없었다. 책상과 침대, 책과 옷장, 거울과 시계와 스탠드, 그리고 약간 빛바랜 흰 벽지와 잘 닦인 유리창. 어머니는 그 방에 얽힌 추억이 아니라 그 방의 미래를 한진에게 소개하고자 했다.

"아무래도 우리 은하는 졸업을 하고 바로 취업하지는 못할 것 같아. 언제든, 그러니까 밖에서 따로 생활을 꾸려가기 어려운 지경이 되면 이 방으로 들어와 살도록 이대로 두고 있어."

나는 그 말이 끔찍하다고 느껴져 얼굴을 찌푸렸는데, 한진은 내 옆구리를 슬쩍 건드리면서 웃어 보였다.

"엄마 되게 좋으시다."

한진은 우리 모녀에 대해 아무것도 모르니 그렇게 생각하고 말할 수 있었다. 내가 남들에게 가족 이야기를 늘어놓은 적은 거의 없었으니까. 내겐 어머니가 셋이다. 실제로는 한 사람이지만 각기 다른 세 명처럼 느껴진다. 내 유년 시절의 어머니는 약간 우울한 사람이었다. 내 머리칼을 빗겨주다 말고 하염없이 울기도 했고, 종일 방 안에 누워 거의 아무것도 안 하다가 내게 버럭 화를 내기도 했다. 내가 부푼 풍선을 그대로 가위로 자르면 어떻게 될까 하는 바보 같은 호기심을 해결하느라 잠이 든 어머니 가까이에서 풍선을 터뜨렸던 게 화근이 된 거였지만, 아무리 그렇더라도 아이한테 "죽어버려!"라고 소리치는 어머니가 얼마나 되겠는가. 나도 만만치는 않아서 "엄마나 죽어버려!" 하고 소리쳤었다.

사춘기 시절의 어머니는 주로 아버지와 맹렬히 싸우는 사람이었다. 싸우는 이유는 갖가지였는데, 내가 느꼈던 것은 하나다. 왜 이 두 사람은 당장 헤어지지 않는가? 그러다 어느 날 아버지가 떠났다. 아버지는 우리 모녀에게서 돌아서며 이제 여자라면 애나 어른이나 다 진저리가 난다고 말해 내게 상처를 주었다. 나는 크게 잘못한 것도 없이 '아버지를 질리게 한 여자들'의 범주에 들었다. 억울했고, 그랬기에 이후 어머니와 둘이 꾸려가는 새 생활이 힘겨워질 때마다 재난 속에 남겨진 사람의 심정으로 자조하는 청소년이 됐다.

세번째 어머니는 나날이 명랑해졌다. 전문적으로 요리를 배워 직업을 구했고, 말을 잘하고 사람들을 기분 좋게

비둘기와 백합과 태양에게

한다는 평판을 쌓아가 요리 자체보다 활기가 더 중요한 역량이 됐다.

나는 지나온 시간의 아름다움에 대해서도, 또 완벽한 사람은 없다는 사실에 대해서도 곰곰이 생각해보곤 한다. 부모의 선택에는 내가 존중할 만한 무게가 있다는 것도. 하지만 그렇대도 이 세 명의 어머니와 완전히 화해하게 되지는 않을 것이다. 나는 사람의 성장과 성숙의 가치에다 큰 의미를 부여하는 이야기들을 믿지 않는다. 되도록 그 필요와 당위로부터 먼 시간을 살고 싶다고 생각한다. 그렇게 된다면 겉치레가 줄고 잘못된 선택을 하거나 남에게 강요하게 되지 않을 것이다. 그 점에서 우리 모녀는 의견이 일치했다. 우리가 8개월 혹은 8년을 서로 안 보고 지낸대도, 또 내가 세 어머니를 영원히 버거운 존재로 규정한다고 하더라도, 결국 우리 모녀는 이번 생에서 서로에게 가장 특별한 친구로 남게 될 것이다.

나는 서랍과 책꽂이를 뒤적여 옛 일기장과 수첩, 사진들, 친구들과 주고받은 카드와 편지 뭉텅이를 발견해냈다. 그 내용을 살펴보며 잠깐은 즐거웠는데, 냉정히 따져보아 그것들은 지금의 원룸으로 끌어다 특별히 보관해둬야 할 물건들은 아닌 듯싶었다. 그래서 그것들을 큰 종이 상자에 담아 테이프로 단단히 감고 '겨울 집기류'라고 호기심을 차

단하는 메모를 붙인 뒤에 침대 아래쪽 공간에 넣어두었다. 이제는 사양이 낮아서 쓸 수 없게 된 컴퓨터 본체, 살짝 흠집이 난 모니터, 구식 디지털카메라들은 중고 물품을 처리하는 업체를 찾아 연락을 취해보기로 했고, 오래된 옷가지를 죄다 내다 버리려고 골라냈다. 그러니까 실은 뭘 챙겨오기 위해 거기 갔다기보다는 버릴 것들을 버리러 갔던 셈이 됐다. 한진은 내가 바닥에 늘어놓은 유행이 지난 옷가지 중에서 몇 개를 골라 들고 제 옷 위에 덧입어보면서 너무나 유쾌해했다.

"난 네 취향이 이렇게 원색적이고 알록달록한 건 줄은 정말 몰랐다."

파란 블라우스에 멜빵이 달린 빨간 나팔바지를 받쳐 입고서 한 손에 초록색 스타킹을 쥐고 흔들어대는 한진을 보면서 나 역시 그녀의 유희가 그런 모양새일 줄은 몰랐기에 웃음을 흘렸다.

우리는 가까운 중국 음식점에 전화를 걸어 점심을 시켜 먹었다. 어머니는 요리법을 가르치러 다니면서부터는 집에서 요리를 잘 하지 않았기 때문에 우리 모녀에게는 매우 익숙한 과정이었다. 손님이 왔으니 메뉴가 특별해야지 않을까 하는 질문 따위 서로에게 하지 않고 신속하게 움직인 결과, 배가 고프구나 하고 느끼게 됐을 즈음 깐풍기, 탕수

비둘기와 백합과 태양에게

육, 짬뽕, 짜장면이 턱 하니 눈앞에 놓이게 됐다. 그것만으로도 괜찮았다.

"너흰 자취하느라 배달 음식 질렸을 텐데, 이것 참."

어머니는 젓가락질을 하며 한진과 나를 번갈아 보고는 빙글거렸다. 미안하지만 뭐 하는 수 없지, 하듯이.

"아냐, 괜찮아요. 챙겨 먹기 귀찮아 가끔 거르는걸."

나는 '하는 수 없는 일들'에 이골이 난 사람처럼 헤실거렸다. 어머니와 나는 그렇게 넉살을 떨면서 '지금, 여기'에 부합할 서로의 거리와 균형 감각을 적절히 찾아갔다. 한진의 표정과 자세가 매우 편안해 보이는 게 그 점을 증명해주는 듯했다.

우리는 조미료를 많이 쓴 배달 음식에 턱없이 후한 점수를 주면서 만족스럽게 식사를 마쳤다. 어머니는 다 같이 드라이브를 하면 좋겠다면서 한진과 내 의사를 물었다. 어머니의 식후 산책 습관은 본래 아버지와 주로 식탁에서 말다툼을 벌였기 때문에 생겨난 것이었다. 어머니는 화를 식히러 쌩하니 밖으로 나가 한동안 걷거나 뛰다가 들어오곤 했는데, 그러면 기분이 나아지고 소화도 잘된다면서 내게도 동행하기를 권하곤 했다. 나는 기분이 내킬 때는 따라나섰지만, 그렇지 않을 때는 내 방으로 들어가 방문을 잠가놓고 불을 끄고서 컴퓨터 모니터로 영화를 보았다. 당시 몇 번이고 반복해 감상하던 영화들은 내가 태어나기도 전에 만들어진 것들이었다. 살아보지 않은 날들의 방황이 이해할 만한 것이 되기까지 무수한 순간을 재생하며 매번 다른 의미로 울고 웃었다.

"북악스카이웨이 돌고 오자. 그쪽에 귀엽게 생긴 샌드위치 가게를 하나 봐둔 게 있는데 거기도 들러보면 좋겠다. 보고 어떤지 너희가 좀 말해줘. 나중에 그런 가게 하나 내보고 싶거든."

어머니의 말에 나는 짐짓 툴툴거리면서도 자리를 털고 일어나 어머니를 따라나섰다. 귀엽다는 표현은 어머니가 사랑스럽게 보는 대상에 쓰는 말버릇이었다. 병아리, 조개, 미끄럼틀이나 외국 동전, 거짓말을 잘 못하는 늙은 남자나 맥주병 주둥이 같은 데도 썼다. 나는 어머니의 귀여운 딸이 되고 싶은 욕망은 전혀 없지만, 그 표현이 내 좌충우돌의 젊은 날에도 합당한 것이었으면 좋겠다고는 생각했다.

한진과 나는 조수석을 비워두고 차 뒷자리에 나란히 자리 잡았다. 한진은 내게 눈짓으로 태오에게서 답신이 왔는지 묻고는 내가 고개를 가로젓자 이내 어머니에게로 관심을 돌렸다. 어머니는 운전 중에는 말을 삼가는 편인데, 이 날은 한진과 이것저것 서로 묻고 또 답했다. 드라이브를 하는 동안 나는 '엄마와 아이가 함께하는 요리 교실'의 회원 중 다영이와 송규 남매가 있다는 것, 그 애들이 거북이 세 마리를 키우고 있다는 이야기를 접했고, 이어 한진이 파충류를 징그러워한다는 사실을 알게 됐다. 어머니는 한 진이 징그러움을 표현하기 위해 열 손가락을 오그라뜨리 고 한껏 어깨를 움츠리며 과장하는 모습을 흘깃거리며 재 미있어했다. 그리고 아마도 한진을 골려주기 위해 중국의 요리 중에 야생 거북이 요리가 있다고도 일러주었다. 거북 이 몸통이 등 껍데기째로 4등분돼 나오는, 일종의 스튜라 는 말에는 나도 모르게 "헉!" 소리를 냈다. 한진은 의외로 그 대목에서 히아신스 이야기를 꺼내놓기 시작했다. 나는 이제 내 문제가 한진의 문제와 한데 엮여 어머니에게 세세 히 전달이 되겠구나 싶어 난처해졌으면서도, 한편으로는 그렇게 남의 입으로 그 일들을 털어내버리고 싶기도 했다.

한진은 자기가 중견 록밴드 히아신스의 공연에 나를 끌 고 간 일이며, 내가 숱한 기록들이 저장된 USB를 공연장 에서 잃어버린 일, 그리고 아침에 태오에게 이메일을 받고 답신을 보냈던 일, 그가 메일을 확인했는데도 여태 회신이 없어 실망스럽다는 말들을 늘어놓았다. 한진은 히아신스 의 노래 가사 중에 바다를 향해 가는 거북이가 언급된 곡 도 있다면서 휴대폰으로 찾아내 들려주기도 했다. 록에 관 심이 없는 어머니는 그들의 히트곡 두 곡을 희미하게 알고 있을 뿐 보컬 외에는 누가 누구인지 구분하지 못했다. 우리는 바다를 향해 가는 거북이가 등장하는 노래를 들으며 아마도 각자 다른 상상을 벌이고 있었을 것이다.

어머니는 드라이브 코스를 돌고 나서 평창동의 어느 주택가 오르막길에다 차를 세웠다.

"저 앞에 친구가 살거든. 들러서 잠깐 인사만 하고 올게, 기다려봐."

어머니는 그렇게 말하고는 서둘러 차에서 내렸다. 주차가 가능한 곳이 아니라 오래 머물 수는 없었기에 한진과 나는 어머니가 시키는 대로 차 안에 그대로 앉아 있기로 했다.

어머니는 조금 더 걸어 올라 한 주택 앞에 멈춰 서더니 그 집의 초인종을 눌렀다. 잠시 후 그 집의 문이 열리면서 노부부가 밖으로 나와 어머니를 반겨 포옹해주었다. 그 모습이 내겐 무척 생경했다. 어머니는 내 친가와 외가의 나이 지긋한 어르신들과 모두 친밀한 관계가 아니었고, 그러다 보니 자연히 왕래도 드물었다. 어머니와 그 노부부가 친구라는 건, 따뜻한 미소를 주고받으며 서로 포옹을 한다는 건 내게 자연스럽게 받아들이며 감상할 만한 일은 아니었다.

어머니는 그들과 이야기를 나누다 손사래를 쳤다. 그리고 한진과 내 쪽을, 아니 아마도 차 쪽을 가리킨 후 노부부

비둘기와 백합과 태양에게

에게 고개 숙여 인사하고는 돌아섰다. 노부부는 어머니가 운전석에 오를 때까지 제자리에 서서 지켜보다가 집으로 들어갔다.

"혹시 저분들이 오사카로?"

내가 넘겨짚어 묻자 어머니가 핸들을 돌리며 대답했다.

"응, 거기 딸하고 손녀가 살거든."

"몰랐어요. 엄마한테 저런 친구가 다 있고."

"정확히 말하면 내 중학교 동창의 부모님들이야. 작년에 친구가 교통사고로 거의 죽다 살아났거든. 그때 일로 옛날 친구가 새 친구 됐으니까 좀 희한한 인연이긴 하지. 동창은 지금 오사카에서 잘 살아. 내후년에는 여기, 부모님 집으로 들어온다고 하네." 그러고 나서 어머니는 왠지 이런 말을 덧붙였다. "태오인가 그 사람 말이야."

"예, 맞아요. 태오."

한진이 마치 호출이라도 받은 것처럼 냉큼 그 말을 받았다.

"내가 너희라면 그렇게 답장을 기다리지는 않을 거야. 초대를 하지."

한진과 나는 서로의 얼굴을 쳐다보며 동시에 같은 외마디를 내뱉었다.

"에?"

한진의 표정에 순간 개구쟁이 같은 생기가 돌았다. 한진은 '태오를 집으로 초대한다'는 어머니의 발상을 여러 각도에서 즐겨보고 싶어 하는 듯했다.

'귀여운 샌드위치 가게'로 자리를 옮겨서도 두 사람은 그 이야기를 조금 더 이어갔다. 나는 뒤로 슬쩍 물러서 가게를 둘러봤다. 가게는 내 상상보다는 조금 더 컸는데, 그다지 특별해 보이지는 않았다. 어머니가 가게에 대해 물으면 솔직하게 그렇게 말해야지, 하고 생각하면서 나는 한진과 어머니가 미소를 나누는 모습을 가만히 바라봤다.

태오에게서 회신이 온 건 그로부터 3주 후의 일이었다. 그날 나는 몸살이 난 한진의 대타로 한 연회장에서 서빙 아르바이트를 했다. 연회장에서 신혼부부들을 촬영하는 아르바이트를 해본 적은 있어도 서빙을 맡아본 건 그날이 처음이었다. 나는 서툰 만큼 조심스럽게 일해야 했고, 또 대타로 뛰는 만큼 문제를 일으키면 안 되는 입장이었다. 그런데도 아버지뻘 되는 남자가 내게 침대에서 뜨거울 것 같은 인상이라며 자꾸 지분거리는 데는 미쳐버리지 않을 도리가 없었다. 나는 들고 있던 스테인리스 트레이로 남자의 머리통을 후려쳤다. 남자의 일행이 내게 욕을 하자 거기 침을 뱉었고, 매니저가 나를 제압하려고 팔뚝과 어깨를 힘주어 잡아끌자 그를 향해 "이 미친 새끼가!" 하고 소리를 질렀다. 홀 매니저와 손님 둘, 총 세 명의 남자와 목청 높여 싸우고 나니 당연히 내 꼴은 엉망진창이 됐다. 나는 제대로 더 뜨거운 맛을 보여주지 못한 것에 내내 분이 풀리지 않아 그 밤에 한진과 나란히 앓아누웠다. 한진은 내가 모욕을 당하고 구경거리가 됐다는 데 제 탓을 하며 미안해했고, 나는 좀더 현명하고 노련하게 대처하는 방법들이 있었을 텐데 그러지 못해서 한진이 아르바이트 자리를 잃게 된 걸 미안해했다.

한진은 감기약을 먹은 후라 약 기운에 수면 상태로 빠져들면서 잠꼬대를 했다. 저쪽으로 가라거나 불을 켜라는 등의, 맥락을 알 수 없는 말들이었다. 나는 잠이 잘 오지 않아서 컴퓨터 앞에 앉았다. 부팅 후 습관대로 메일함부터 열어봤는데, 태오에게서 불과 10분 전쯤에 회신이 와 있는 걸 발견했다.

잘 지내나요? 이런저런 일이 많아 정신없이 지내다 문득 생각이 나 지난 메일함을 찾아봤습니다. 룸메이트 한진과는 여전히 좋은 시간 함께하고 있는지요? 누구든 그립고 보고 싶어지는 밤이네요. 실망하지 않았기를.　　　　　　　　　　　　 ─태오

낮에 겪은 일들의 여파 때문이었겠지만, 나는 이 메일이 명백한 허튼수작으로 느껴졌다. 그래서 '한밤중에 갑자기 이런 메일을 보내신 걸 보니 아마도 오랜 습관인 것 같습니다만' 하는 문장으로 시작해 낮에 겪은 일들을 여과 없이 적어 내려갔다. 나와 한진은 이 일로 서로에게 미안해하고 있으며, 지금의 우리는 당신 음악을 듣지도, 찾지도 않는다고도. 나는 내 단호한 어조와 태도에 스스로 고양되어 망설임 없이 발송 버튼을 눌렀다. 그리고 얼른 잠들어버리고자 한진의 감기약 한 봉을 입안에 털어 넣고 자리에 누웠다.

몇 시간쯤 흘렀을까. 나는 잘못 맞춰둔 알람에 놀라 잠에서 깨어났다. 눈을 끔벅이며 자리에 누운 채로, 지난 하루가 어쩌면 죄다 꿈은 아니었을까 생각하며 휴대폰으로 이메일을 확인해봤다. 아아, 꿈이 아니라 모조리 실제였다. 태오의 빠른 회신이 그걸 말해주고 있었다. 나는 떨리는 손끝으로 메일을 열어봤다. 태오는 우리, 그러니까 나와 태오 모두 힘든 날을 보냈다는 걸 이해했다고 썼다. 내용은 길지 않았지만, 나는 부끄럽고 참담한 심정으로 그 메일을 반복해 읽었다. 그리고 인터넷 검색으로 전날 오후에 히아신스가 해체를 결정했다는 내용의 기사를 몇 개 찾아 읽었다.

*

이제부터 하게 될 이야기는 태오를 실제로 초대하려 했
던 여름 한때에 관한 것이다. 아마도 내 졸업 영화는 그 여
름에 대한 마음의 헌사로부터 시작해 번번이 내 욕망의 크
기만큼 실패할 운명이다. 아직은 오프닝이나 엔딩에 사용
할 음악만을 정해뒀다. 슈만의 가곡 「시인의 사랑」 중 세번
째 곡인 「장미, 백합, 비둘기, 태양」으로, 가사는 하이네의
시에서 왔다.

장미, 백합, 비둘기, 태양
이것들을 모두 옛날엔 무척 사랑했노라
지금은 그것들이 아닌, 단 한 사람
사랑스럽고, 아름답고, 깨끗한 사람을 사랑하노라
그 사람이야말로 모든 사랑의 환희
장미, 백합, 비둘기, 태양이리니

나는 어머니가 해보았던 가정을 실현해보기로 했다. 이
미 저지른 일이 그보다 훨씬 어처구니없다고 생각됐기에
태오에게 초대의 메일을 보낸다는 게 특별히 못 할 짓도
아닌 것 같았다. 나는 어머니와 한진의 조언을 구해가며

우선 공들여 사과의 글을 썼다. 그리고 꼭 만나서 함께 저녁 식사를 하고 싶다는 뜻을 전하고는 어머니와 한진에 관한 이야기도 담았다. 우리 모두가 그에게 친근한, 한 번쯤 만나보고 싶은 사람처럼 느껴지도록. 그는 며칠 후 간결한 답신을 보내왔다. '고마워요. 좋은 시간이 될 것 같네요.' 그리고 자기 연락처를 일러줬다. 이런 추신을 덧붙인 끝에. '그날 통화합시다. 내 번호는 비밀로 해주길 바랍니다. 곧 바뀔 테지만.'

약속일은 7월 마지막 주말, 연일 폭염이 이어지던 중이었고 장소는 어머니가 머무는 평창동의 친구 집이었다. 태오의 메일은 친절하고 우호적이었지만, 가부가 확실히 드러나 있는 대목은 없다고 봐야 했다. 나는 당일 태오가 나타날 것인지 아닌지를 두고 한진과 근심과 기대를 공유했다. 한진은 태오가 나타난다면 좋겠다고 하면서도, 어쩐지 기대를 접어둔 것처럼만 보였다. 그녀는 오히려 나를 걱정했다.

실상 나는 그날의 만남을 가장 고대한 사람이긴 했다. 상처를 입는 일에는 어느 정도 담담해질 수 있을는지 몰라도 상처를 주게 되는 일에는 결코 익숙해질 수가 없을 것 같았기 때문이다. 나는 왜 밴드 해체의 날에 하필이면 태오에게 '당신과 당신의 음악 모두 지금의 우리에게 아무런

비둘기와 백합과 태양에게

소용에도 닿지 않는 허튼수작'이라고 말하는 그런 이상한 사람이 되었을까. 시간을 되돌려 다시 쓸 수 있다면, 그 밤은 나와 우리에게 전혀 다른 것이 됐을 텐데.

"팬들이 얼마나 다양한데. 별의별 사람들 다 봐왔을 거야. 어쩌면 네가 생각하는 것만큼 그 일 그렇게 곱씹고 있지 않을지 몰라."

나를 다독이려는 한진의 말에는 뜻밖에도 약간 슬퍼졌다.

약속 당일 오후에 나와 한진은 어머니가 머무는 그 평창동 집으로 갔다. 어머니는 그곳의 공간 일부만을 사용했다. 방 하나와 거실, 주방과 화장실만을. 구조는 단순했지만, 집이 넓어서 이 공간만 오가도 동선이 꽤 길어졌다.

그 집의 특별한 장점은 쾌적함, 고요함, 채광, 고가의 자재를 사용한 인테리어, 높은 지대가 아니라 그 모든 걸 최적으로 갖춘 '남의 집'이란 것이었다. 낡은 운동화를 벗고 들어서서 손님의 마음으로 주인의 삶을 잠시 살다 나오는 펜션 같은 곳이라는 데에. 나는 바로 이런 곳, 방과 방 사이의 거리가 꽤 되어 서로의 문을 두드리기까지 좀더 시간을 들여 걸어야만 하는 이런 집에서 우리 가족이 손님인 듯 살았더라면 화목할 수 있었을까 하는 생각을 잠깐 해봤다. 소용없는 가정이란 걸 알면서도 그 상상은 삶에 다른 차원

의 문을 여는 듯한 착각을 불러일으켜 조금은 음미할 만
했다.

어머니는 집주인인 그 노부부에게 자신 외에 다른 사람
을 들이는 일은 결코 없을 거라 말했다고 한다. 정말 나는
이 세번째 어머니에 대해 아직 모르는 것이 많다는 생각이
들었다. 그리고 남달리 어머니를 신뢰하고 있을 그 부유한
사람들이 내가 보낸 이 여름날의 짧은 단상과 일과 들에
대해 영영 알지 못할 것을 생각하면 뭔가 조금은 짜릿하고
도 숙연해지는 기분이었다.

나는 그 집을 잠시 스쳐 갈 비밀스러운 존재가 되어 거
실을 찬찬히 걸어 다녔다. 벽 한 면에는 사진을 넣은 액자
네 개가 일정한 간격으로 나란히 걸려 있었는데, 모두 신
체의 일부를 찍은 것들이었다. 굵은 반지를 낀 주름진 손,
얼굴의 반을 하얀 가면으로 가린 소년의 얼굴과 목, 건장
한 남자의 벗은 상체, 선베드에 엎드린 여인의 등. 나는 내
가 그것들 중 하나를 내 것으로 가져올 수 있다면 무엇을
고를 것인지 잠시 고민해봤고, 현실에서와 마찬가지로 상
상 속에서도 아무것도 선택하지 않았다.

약속 시각은 저녁 7시였기에 나는 7시 5분쯤 태오에게
전화를 걸었다. 신호는 갔는데, 연결이 되지 않았다. 7시
반이 되어도 태오에게서 연락이 오지 않자 어머니는 요리

를 시작했다. 한진과 나는 요리 강좌를 들으러 어머니를 따라온 아이의 마음으로 서투른 주방 보조가 됐다. 그리고 어머니가 미리 장을 봐놓은 재료들로 서로 잘할 수 있는 음식을 하나씩 만들기로 했다. 나는 크림스파게티를, 한진은 그냥 감자 세 개를 삶았다. 어머니는 스테이크를 구워 접시에 담아냈고, 한진과 내가 그걸 먹어치우는 동안 작은 케이크도 하나 구워냈다. 그때쯤에 우리는 모두 손님을 기다리고 있는 입장이 아니었다. 한진과 나는 집에서 챙겨온 파자마로 갈아입고서 남은 음식들을 냉장고에 넣어두고는 빈 접시들을 설거지했다.

한진은 간간이 태오 이야기를 했다. 어쩐지 한 세기 전에 살던 사람 이야기를 하듯이 했다. 그녀는 자기가 무언가에 열광했던 한 시기가 그 밴드의 해체와 함께 막을 내린 기분이라고 했다. 글쎄, 난 그녀의 말과 기분을 다 잘 이해할 수는 없었다. 뭔가를 막 상실했을 때 우리는 그 감정의 깊이가 어느 정도인지 금세 체감하지 못한다. 나는 USB를 분실하고서 과장, 비약, 왜곡, 축약하게 된 내 감정들이 너무 소중하기도 했고 아주 성가시기도 했다.

한진은 밴드의 해체 후 제가 수집한 소문들도 보따리를 풀 듯 풀어놓았다. 오래전부터 멤버들 간에 불화가 있었다는 이야기부터 여자 문제와 돈 문제가 얽혀 있다는 설, 종교적인 갈등, 최근 몇 년간의 저조한 흥행 실적, 뚝 떨어진 인지도, 소속사의 불투명한 재무 관계 등. 활동해온 12년 동안 다섯 번이나 교체된 멤버가 있는데, 그건 다름 아닌 키보디스트였다고도. 태오는 밴드의 운명이 하향 곡선을 그리던 지난 4년간 히아신스의 일원으로 활동했다. 그런 대목은 새로운 정보가 아니었다. 생각해보면 한진은 이전에도 내게 다른 사람이 아닌 태오에게 자신이 사로잡힌 이유들에 관해 여러 측면에서 나를 설득하고자 했던 것도 같은데, 나는 히아신스라는 이름부터가 호감이 아니어서 신기하다기보다는 그저 미안했다. 미안했기 때문에 굳이 공연장에 나를 데려가려는 그녀의 마음을 모른 체할 수 없었다.

우리는 이런 이야기들을 거실에 모여 앉아서 했다. 나는 살아 있는 누군가와 눈을 맞추는 기분으로 이따금씩 벽에 걸린 사진 쪽으로 눈길을 주었다. 그 사진들이 우리의 숨은 청중이나 또 다른 화자라도 되는 것처럼.

그러다 어느 순간 내 휴대폰이 울렸다. 태오였다. 나는 깜짝 놀라 소리를 다 질렀다. 그는 요사이 많이 돌아다니지 않는다고, 솔직히 말하자면 그럴 기분도 상태도 아니라고 하며 양해를 구했다. 그러고는 이런 말은 절반의 진실이자 변명일 수 있다고, 그러니 감안하여 들으라고도 했다.

그는 독특하게 들리는 웃음소리를 냈다. 마치 저음의 딸꾹질이나 콘트라베이스의 스타카토처럼.

우리는 잠시 후 영상통화를 시도했다. 태오는 내 짐작보다는 훨씬 편안해 보이는 얼굴이었다. 그는 밴드의 해체이야기, 앞으로의 거취에 대해서는 거론하지 않았다. 올여름이 무척 덥다는 이야기를 꺼내고는 누가 은하이고 누가한진인지 묻고 확인한 뒤에 어머니에게 "좋은 시간을 보내시는군요" 하고 인사말을 건넸다. 그리고 우리가 이날을기념할 수 있도록 특별한 걸 선물하겠다고 했다. 그는 마치 모두가 자기를 전혀 모르고 있다고 생각하는 사람처럼자기소개부터 시작했다. 어떤 사교 모임에서 낯선 남녀가다가서 처음 말문을 틀 때처럼.

"난 이십대에는 클래식을 했습니다. 이후 한 5년간은 수입 오디오를 팔았는데, 그중 3년은 꽤 좋았고, 1년은 그럭저럭, 나머지 1년은 망한 느낌이었고요. 밴드에 합류하기전 한동안은 신부가 되고 싶어 아주 진지하게 그 생각을했어요. 이런 얘긴 한 번도 해본 적이 없습니다, 어디에도. 록은 내가 거쳐온 소란들을 단박에 뚫고 나가는 번개 같아좋았어요. 특히 공연장에서. 심장박동이 귀에 쾅쾅 울리는걸 느끼면 그 순간만 진짜 내 목숨인 것 같죠. 지난번 그야외 공연은 엉망이었지만요. 히아신스는 적어도 2년 전에 이미 끝난 밴드예요. 멤버들도 알고 있어요. 서로 미안해하지 맙시다. 이 얘기가 젊은 친구들한테도 쓸 만한 거면 좋겠네요."

태오는 마치 팬 서비스가 몸에 밴 왕년의 스타처럼 노련하고 다정하게 그 초대를 자기 방식으로 즐기고는, 짧은 퍼포먼스 후에 우리만의 마지막 무대에서 영예롭게 퇴장했다. 그는 오래전 자신의 출발이 어땠는지 우리가 상상해볼 수 있도록 클래식 곡을 하나 연주해주었는데, 경쾌하고 빠른 템포의 곡이었고 슈만이 만든 사랑 노래라고 했다. 정말 감질나게 짧은 곡이었다.

나는 이야기의 시작을 매번 다른 장면, 다른 톤으로 떠올리곤 한다. 새로운 시작이란 항시 어렵고 두렵고 또 조금은 외로워지는 일이므로, 이왕이면 설레며 감당하고 싶다. 떠오르는 것들을 흘려보내지 않기 위해 오늘은 이렇게 적어두기로 한다. 여름방학을 앞두고 나는 4인조 중견 록밴드 히아신스의 공연장에서 내 대학 생활의 거의 모든 것이 들어 있는 USB를 잃어버렸다. 그 일로 가까운 사람과 먼 사람이 한데 얽혀들게 되리란 걸 그때는 전혀 알지 못했다. 그 생각을 하면 고양이처럼 얌전하고 신중해진다. 모르는 집 문 앞에서 갸르릉거리며 시간의 발끝을 핥아본 기

비둘기와 백합과 태양에게

억이 있는 것처럼. 그런데 이건 고양이 편에서도 온당한
표현일는지? 쓰레기통을 뒤지고 남의 집 담장 밑과 골목
길을 헤매어도 충분히 귀여울 수 있을는지, 장미와 백합과
비둘기와 태양의 시절의 나는.

완전한 하루

주현이 다니는 회사는 아웃도어 상품들을 취급했고 캐나다에 본사가 있었다. 그녀는 한국 지사 홍보팀에서 일했는데, 브랜드의 모델이기도 한 유명 산악인이 히말라야 등정을 마쳤다는 소식을 회사 SNS 계정에 올렸던 날에 파혼을 맞았다. 그날 밤 큰 유성이 떨어질 것이라는 예보가 있었기에 그녀는 밤이 되면 하늘을 보고 소원을 빌 생각이었지만, 해가 저물기도 전부터 그저 컴컴한 굴 같은 데나 들어가 있고 싶었다. 그래서 퇴근길에 문득 눈에 들어온 한 칵테일 바 앞에 차를 세워두고 그리로 들어갔다. 흐린 오렌지빛 조명 아래 예닐곱 명의 손님만이 홀로 혹은 둘이서 앉아 있는 곳이었다. 젊은 남자 바텐더가 직업적인 미소로 그녀를 응대하며 이름에 '비치'가 들어간 하늘색 칵테일

완전한 하루

을 추천하자 그녀는 그걸 받아 들고 구석 자리로 가 앉았다. 그리고 조용히 울음을 터뜨리며, 제 감정이 온전히 슬픔이 아니라는 사실을 자세히 바라보아야 했다. 인내로 버텨온 약혼 후의 넉 달간은 예비 부부 모두에게 소모적이었다. 약혼자가 리조트 사업에 뛰어들어 큰 빚을 진 뒤로 성격이 포악해져서 스스로와 주변 사람들에게 저주를 퍼붓던 나날이었다. 악담이 실제로 어떤 악을 실어 날랐던 것인지 그녀는 두통과 몸살, 위경련을 앓으며 병원에 드나들었다. 가방 안에는 이런저런 상비약이 들어 있었다. 이제 비로소 결론이 난 것이었다. 그녀는 숨통을 조이던 그 관계에서 놓여났다.

"누굴 기다리세요?"

칵테일 잔을 테이블 위에 올려놓고 멍하니 그걸 바라만 보고 있을 때 그녀에게 다가와 말을 건 남자가 있었다. 낮고 조심스러운 그 목소리의 주인은 언제까지라도 대답을 기다리겠다는 듯이 차분히 서 있다가 그녀가 힘없이 고개를 수그리자 그걸 수락의 행위로 이해하고 맞은편에 앉았다. 그녀는 불쑥 히말라야 이야기를 끄집어내 그를 당황케 했다. 이어 새로 나올 방한복 허리께에 무지개 모양이 프린트돼 있고, 캐나다 본사에 있는 회장 제임스가 한국에 채식주의자들을 위한 식당을 하나 내게 될지도 모른다면서 제가 아는 정보들을 줄줄 흘렸다. 남자의 목울대에 시선을 고정하고서.

"어쨌거나 저는 슬프네요."

그녀는 그렇게 말하며 어깨를 움츠리고서 양손을 교차해 제 목을 감싸 쥐었다. 남자는 주춤거리며 자리에서 일어났고, 그녀가 정신이 나간 게 아니라면 그 모든 말과 행동은 그만 혼자 내버려 둬달라는 거절 의사라고 받아들였다. 그는 불쾌한 표정으로 홱 돌아섰다. 그녀는 10여 분 더 자리를 지키고 있다가 취기 없이 차를 몰아 집으로 돌아왔다.

이후 그녀는 빠르게 건강을 되찾아갔다. 술집에서 홀로 술잔을 마주하거나, 숨죽이며 눈물을 쏟는 일도 다시 없었다. 그저 예전과 똑같은 사람일 수 없었을 따름이다. 북적이는 곳에서 지인들과 다닥다닥 붙어 앉아 밥을 먹어야 하는 경우에 쉽사리 피로를 느꼈기 때문에 점심 식사를 거르는 습관이 생겼다. 정 허기가 질 때는 사무실 창가에 서서 창밖을 내다보며 사과 하나를 천천히 씹어 먹었다. 이따금 정물처럼 고요해 보이는 그녀의 뒷모습을 놓고 사람들이 실어 나르는 '그럴 만한 사정들'이 구구한 소문으로 떠돌았다. 비약과 흥분감, 연민이 공존하는 뒷이야기들. 그러던 어느 날 영업팀 과장이 그녀를 따로 불러내 휴대폰에 저장

완전한 하루

되어 있던 사진을 한 장 보여주며 "어때?" 하고 말을 건넸다. 사진 속 테이블에는 네 명의 남자가 둘러앉았는데, 과장이 손가락으로 가리킨 곳에 가장 서글서글해 보이는 인상의 남자가 있었다. 과장은 "이 친구가 이민규, 한번 만나나 봐. 괜찮은 사람이야" 하고는 헤실헤실 웃었다.

그녀는 '괜찮거나 괜찮지 않거나 하는 표현들은 그 자체로는 아무런 의미가 없지 않은가?' 하고 생각하면서도 "네, 좋아요"라고 대답했다. 제가 입 밖으로 막 내뱉은 말이 부적절하고 진부하며 성의 없는 느낌이었는데, 그래서 아이러니하게도 딱 적당한 상황을 만들어낸 사람처럼 웃음이 났다.

두 남녀가 처음으로 인사를 나누던 3월의 첫 일요일 저녁 무렵은 좀 묘하게 흘러갔는데, 결국 그녀는 그 자리에서 애인이 아닌 동료를 구하는 방식으로 알 수 없는 시간의 문을 열었다고 할 수 있다. 둘은 일식집 방 한 칸에 들어앉아 회 정식과 사케를 깨끗이 비우면서 대화가 끊기지 않도록 다양한 화젯거리를 찾아갔으나 그녀가 귀담아들은 것은 그가 이십대에 만화책을 한 권 냈다는 사실과 앞으로 그의 작업들이 이전에 벌인 일들의 연장선상에 있으리란 희미한 비전 정도였다. 그가 "일이 잘 풀리면 홍보에 관해서 주현 씨한테 도움을 좀 받을 수도 있겠네요" 하고 형식적인 인사치레를 하자 그녀는 눈을 반짝 치뜨며 물었다.

"같이 일할 사람을 구하시겠네요. 그렇잖아요?"

"네, 내달에 친구 둘이 합류할 거예요."

"책은 한 권으로 완결됐나요? 저한테도 아이디어가 좀 있어요."

그는 조금 당황해하며 웃음을 흘리면서도 아직 새 프로젝트를 준비하는 단계일 뿐이지만 원한다면 언제 한 번 사무실에 들러 가라고 했다. 그녀는 휴대폰을 꺼내 제 일정을 확인하고는 그 자리에서 바로 날짜를 잡았다.

다음 날 아침 그녀는 팀원들에게 그 주 금요일에는 휴가를 쓰겠다고 말해뒀다. 그리고 이후 매 점심시간마다 사무실 맞은편의 몰 안에 있는 멀티플렉스에서 시간대가 얼추 맞는 아무 영화나 찾아봤다. 그녀는 특별히 많은 문제의 다채로운 묘사를 원했다. 누군가 밖으로 나서자마자 총을 맞으며 시작되는 영화, 검붉은 피가 하수구의 깊숙한 어둠 속으로 흘러 들어가는 장면을 보게 되기를. 점심 시간대에 러닝 타임이 딱 들어맞는 영화는 없을 것이므로, 온전히 감상할 수 있는 영화 또한 영영 존재하지 않을 것이었다. 그래서 월요일부터 목요일까지 그녀가 찾아본 네 편의 영화는 어떤 일들과 일들 사이, 사람들과 사람들 사이에서 멈춘 이미지들로 그녀의 마음에 남았다.

*

　3월 둘째 주 금요일, 민규는 여느 때처럼 사무실에서 혼자 점심시간을 맞았다. 그는 노트북으로 스티비 원더의 「lately」를 틀어놓고는 커피를 한 잔 내렸다. 이날은 그의 생일이었으므로 그 노래를 처음 들려주었던 사람을 떠올리기에 적합했다. "1980년, 네가 태어난 해에 나온 노래야." 다섯 살 연상의 그녀는 그때 서른이었고, 그에게는 없는 애수 어린 취향이 있었다. 미성숙한 남자들이 빠져들기 좋은 타입! 중학생 시절부터 그와 가까이 지내오던 그의 여자 친구가 알은체하며 그런 평을 했었다. 또 선심을 쓴다는 듯한 태도로 일러주길, "여자는 여자가 봐야 잘 알지"라고도. 그때 그는 "그게 뭐가 잘못이야? 모르는 것에 끌리는 게 뭐 어때서?" 하며 얼굴을 붉혔다.

　같은 멜로디가 몇 차례 반복되는 동안 그의 마음이 가수를 앞질러나갔다. 미리 가 기다리는 곳은 대개 같았다. '나쁜 예감이 빗나갔으면 좋겠어…… 이 시간이 안녕을 의미할 수도 있으니까' 하는 후렴구. 그는 그 대목이 흘러나오자 따라 부르려다 말고 와이오밍에 살던 때를, 드라이브 중에 느닷없이 나타난 사슴을 칠 뻔했던 기억을 떠올렸다 천천히 지워냈다. 그리고 창가에 다가서서 다른 소절들을 맞았다. 내가 당신 마음속에 담아둔 생각이 뭐냐고 물으면 당신은 그저 말했죠. 아무것도 변한 건 없어.

서정적인 멜로디와 가수의 슬픈 음색에 푹 젖어드는 때라도 그는 필요하다면 원하는 만큼 생기를 회복할 수 있었다. 세월이 쓸어가는 감정과 그 잔재들을 그저 살펴야만 하니까. 시간이 모든 문제를 해결해주는 건 아니니까. 누군가는 이런 태도를 두고 생활의 지혜나 연륜이라고 포장하고도 싶겠지만 그는 무엇에도 섣불리 아는 척하고 싶지 않아진 지 꽤 되었다. 적어도 그런 생각으로 보낸 하루하루가 모여 7백여 일 이상은 될 것이다. 게다가 오늘은 스스로가 그리 바라는 게 많은 남자가 아니란 사실을 수긍하기에 더없었다. 때가 되니 자연스레 시장하다는 사실 정도에 소박하게 감사할 뿐. 그는 도로 책상 자리로 와 앉았다. 출근길에 사 온 샌드위치를 꺼내 한입 베어 물고 따뜻한 커피한 모금을 삼켰다.

그가 명륜동 집 근처에 사무실을 구한 지 이제 2개월째 되었다. 대체로 자신이 희망하는 생활과 여건을 가늠해본 기간이었다. 최근 미팅을 한 회사 세 군데는 모두 전에 그와 함께 작업했던 사람들과 닿아 있는 곳이었는데, 그중 한 군데는 사업의 규모를 키울 계획이라 그들 말에 의하면 '열려 있고 진취적'이었다. 그런데 그는 일로 복귀했다는

데 한껏 고양되어 있는 상태가 아니라서 떠맡지 못할 것들을 우선적으로 가려내야 했다. 조바심 내지 않는다는 게, 궁지로 내몰리는 기분일 때라도 최소한 그렇게 보이지는 않는다는 게 제 장점이란 걸 알고 있었다. 그게 어디에서 부터 왔고 또 어떤 경험으로부터 자라났는지도.

그는 일찌감치 제 재주를 돈으로 환원해주는 시장을 만 났는데, 시작은 만화였다. 군 입대 전에 그린 펜화 『클라라 와 한슨』은 A5 노트 190페이지에 담긴 네 개의 일화로, 매 회 클라라라는 묘령의 여자가 성적인 자부심이 대단한 한 슨이라는 남자를 곤경에 빠뜨리고 그의 누나와 어떤 집의 담을 넘는 내용으로 끝이 나는 거였다. 알 수 없는 집의 담 을 넘어 들어가는 두 여자의 꽁무니를 쫓느라 한슨은 에피 소드 마지막에 늘 화가 나 있었다. 그리고 새로운 집으로 들어가 다시금 애정의 줄다리기를 시작하는 두 여자와 한 남자는 그 집 가족들과 부조리극 같은 상황 속에 놓이곤 했다.

『클라라와 한슨』은 그의 군 복무 기간 중 필명을 달고 책으로 출간돼 제대를 할 무렵엔 관련 업계에 꽤 흥미로 운 포트폴리오로 통했다. 졸업 후에는 친구 셋과 함께 그 의 사촌 형이 다리를 놓은 회사와 협업 프로젝트를 진행하 며 제가 만든 캐릭터들이 유리컵, 텀블러, 스탠드, 가방, 손

수건, 방석과 쿠션 세트에 새겨져 판매되는 걸 보았고, 『클라라와 한슨』의 애니메이션 제작에 관심을 갖는 재미 교포 사업가가 나타나자 바로 뉴욕행 비행기에 올랐다. 그는 마음만 먹는다면 크게 사기를 쳐볼 수도 있겠다는 식으로 제 자질을 과신할 뻔했으나 투자자들의 변심으로 애니메이션 제작이 무산됐고 그 과정에서 교포 사업가와는 완전히 등을 졌다. 그는 이 경험을 일종의 좌절기, '통 크게 망한 경험'으로 부풀려 이야기하기를 좋아했는데, 이보다 형편없는 내용을 생의 이력으로 가진 늙은이들도 수두룩하다는 걸 알고 있기 때문이었다. 다시 말해, 진실로 누군가의 위로가 필요치는 않았다. 그런데 3년 전 아버지가 죽고 난후, 그래서 제주도에 있는 아버지의 농장과 펜션을 판 돈으로 형제가 우애롭게 무엇이든 함께해볼 수도 있으리라고 주변 사람들이 마음을 모아 독려하던 그때, 친밀한 사람들을 아연실색하게 하는 우여곡절의 주인공이 되는 길로 내처 달렸다. 거기에는 위로고 자시고 할 만한 무슨 말 같은 말이 따라붙기조차 어려웠다. 그는 한때 자기를 사로잡았던 연상의 여자와 돌연 와이오밍으로 사랑의 도피행을 떠났다가 1년 후에 돌아왔다. 그 일로 어머니, 형, 친척들과 절친 등, 그를 둘러싼 관계도가 한동안 균열과 소란을 일으키며 엉망진창이 됐다. 상대가 형의 전처, 3년 동안 그의 형수였던 사람이기 때문이었다. "그 친구는 괜찮아. 재미있게 살아. 막힌 데가, 꼬인 데가 없어." 그를 두고 그렇게 평하는 사람들은 당연히도 그를 속속들이 알지 못했다. 잘 알지 못하는 것들의 숨은 천국과 지옥에 대해서 약간 유머러스한 시각을 유지할 수 있다면 그는 거기에 '클라라와 한슨'이라는 이름을 부여할 만한 사람이었다. 같은 노래가 세 번 반복되는 동안 커피는 미지근해졌다. 그는 차분하고 만족스러운 생일날 점심 무렵이라고 생각했다.

*

"제가 내려갈게요."

민규가 건물 2층의 열린 창밖으로 고개를 빼고 주현에게 손을 흔들어 보였다. 휴대폰을 귀에 대고 있으면서도 건물 밖에 서 있는 그녀를 향해 목청을 돋우며. 그녀는 통화 종료 버튼을 누르고서 그를 올려다보며 고개를 가로저었다. 그리고 한 손으로 자신과 위쪽을 번갈아 가리키면서 금세 올라가겠다는 의사를 전달했다. 그래서 그도 휴대폰 든 손을 내려놓고서 고개를 끄덕였다.

주현은 잠시 바닥에 내려놓았던 히아신스 화분 두 개를 집어 들고 왼팔로 품에 안듯이 해서 엘리베이터 쪽으로 걸어가 상향 버튼을 눌렀다. 엘리베이터가 3층에 머물러 있다 내려왔고 문이 열렸다. 안에는 부피가 큰 상자들이 들어차 있었다. 머리에 회색 두건을 쓴 몹시 마른 여자가 상자에 손을 짚은 채 긴장된 자세로 서서 누구를 찾는지 바깥을 두리번거리고는 내리지 않았다.

"도로 올라가야겠어요. 타세요. 타실 수 있을 것 같은데."

주현은 안쪽으로 한 발을 들이밀었다가 다시 밖으로 나와 계단 쪽으로 몸을 틀었다. 엘리베이터 문이 닫혔다. 그녀는 건물 1층이 액세서리 매장인 걸 보았고, 2층은 민규의 사무실인 걸 알았지만 그 위층과 위층의 위층들이 무엇을 하는 곳인지 확인해보지 못했다는 걸 깨달았다. 엘리베이터 안에는 층별 안내표가 있을 테지만, 계단 쪽으로는 아무런 표식이 없었다. 눈에 뜨일 만큼 오래되거나 세련되거나 무슨 특징이 있는 건물이 아니었다. 대로변에서 조금 걸어 들어와야 했는데, 마침 건물 가까이에서 민규와 통화를 했기 때문에 금세 찾아낼 수 있었다.

주현이 계단을 올라 2층에 다다랐을 때, 민규가 엘리베이터 앞에서 기다리고 서 있다가 멋쩍은 웃음을 지으며 그녀를 맞았다.

"오늘 위층에서 인테리어 공사한다는 걸 제가 깜박했어

완전한 하루

요. 소음이 나서 좀 불편하실 텐데 잠깐 있다가 밖으로 나가요. 좋은 델 알아요."

그녀는 그의 말에 대꾸하지 않고 그에게 화분 두 개를 차례로 건넸다.

"오는 길에 샀어요."

민규는 청보라색 꽃이 든 화분과 연분홍색 꽃이 든 화분을 하나씩 받아 들고 "예쁘네요" 했다. 더 무슨 말을 해야 할지 모르는 얼굴이었다. 그래서 그녀는 그게 히아신스라고 일러주었다.

"흙을 갈아줄 때는 구근을 만지면 안 돼요. 독이 있거든요. 그러니까 눈 같은 델 비비지 마요. 아예 장갑을 끼고 하는 게 좋을 거예요. 혹시 향을 싫어하세요?"

"싫긴요. 감사하죠."

그녀는 그를 뒤따라 사무실 안쪽으로 들어서서 그가 내주는 슬리퍼로 갈아 신었다. 그 혼자 쓰기에 너른 공간이라고만 들어 알고 있었는데, 네댓 명이 함께해도 여유로울 크기로 보였고, 가정집 거실 같은 느낌으로 꾸며져 있어서 그의 취향인가 궁금해졌다. 중앙에는 소파와 원목 테이블이, 창가 쪽에는 아담한 커피 테이블이 놓여 있었다. 커피 머신, 커피, 찻잔과 티백 들이 세팅되어 있었고, 거기 앉을 만한 의자는 딸려 있지 않았다. 그의 책상 위에는 노트

142

북과 책 몇 권이 놓여 있을 뿐 장식 하나 없이 깨끗했다. 책상 뒤쪽 벽면에는 아마도 그가 만들었을 축제와 박람회 포스터 네 장, 메모를 한 색색의 포스트잇이 촘촘히 부착돼 있었다. 그는 책상 위에 화분을 내려놓고는 그녀를 중앙의 소파 쪽으로 안내했다.

"점심 식사는 하셨어요?"

"아뇨, 일부러 걸렀어요."

그때 천장 쪽에서 소음이 울리더니 둔중한 무언가가 길게 대각선을 그리며 이동하는 게 느껴졌다. 그가 고개를 젖혀 위쪽을 바라보다가 다시 그녀에게로 관심을 돌려 근심스러운 표정으로 물었다.

"3시가 넘었잖아요. 시장하실 텐데요."

"요새 일을 좀 줄여서 먹는 것도 줄였어요. 불필요한 에너지를 덜어내는 거예요."

"희한하네요. 그런 걸 조절하신다는 게."

그는 커피 테이블로 가서 그녀에게 무엇을 마실 것인지 묻지도 않고 커피를 내렸다. 그리고 두 잔을 들고 와 테이블 위에 내려놓았다.

"여기 있는 차 중엔 커피가 제일 좋아요."

"네, 저도 이게 좋아요."

둘이서 눈을 맞추며 웃음 지었다.

완전한 하루

"실은 전에 만났을 때 커피 맛 좋다고 하신 카페에서 원두를 사 왔거든요, 오신다고 해서."

"전 잊었어요."

그녀가 커피 잔을 양손으로 감싸 쥐고는 미소를 띤 입가에 가져다 댔다. 그는 잔을 테이블 위에 그대로 둔 채로 양손을 깍지 끼어 제 무릎 위에 놓았다.

주현은 민규가 펴낸 『클라라와 한슨』이라는 만화책에 대해 알고 있었고, 그와의 첫 만남 후에 그걸 다시 구해볼 수 있었다. 그녀가 주요하게 본 것은 그가 그려낸 두 여자와 한 남자가 서로 어떤 식으로든 다음 화로 함께 나아가기 위해서 남의 집 담을 넘는다는 것이었다. 그들은 서로를 속고 속이고 밀고 당기는 과정을 통해 근본적으로 한 팀으로 얽혀 있다는 생각이 들었다. 완벽한 짝이 되기 위해서는 세 사람이 필요하다는 논리 같기도 했고, 한 남자와 한 여자가 벽 너머의 세계로 돌입하기 위해서는 함께 담을 넘어줄 다른 여자가 필요하다는 이상한 상상력 같기도 했다. 아니면 진정한 파트너가 될 수 있는 존재는 여자들뿐이고, 남자란 그저 성난 추격자나 목격자가 될 수 있을 뿐이라는 다소 흥겨운 각성 같았다. 그녀는 자신에게는 이제 소멸한 것처럼 보이는 이 자유로운 활기 때문에 히말라야 등정을 한 실존 인물의 모험보다 가상의 세 인물이 담을 넘는 행동이 훨씬 의미 있게 느껴졌다.

"민규 씨, 제가 약혼했었다는 이야기는 못 들으셨죠? 그 사람한테 너무 치였어요. 삶이 무너진 데서 생활을 견뎌야 돼요."

그녀는 대뜸 그렇게 말해놓고는 커피 한 모금을 더 마셨고, 멍하니 자신을 쳐다보고 있던 그에게 고개를 끄덕여 보이며 "알아요, 이상하겠죠" 하더니 "무슨 상담이 필요한 것 같지는 않아요" 하고 덧붙였다.

민규는 처음과는 또 다른 그녀의 태도에 잠시 오 과장을 떠올릴 수밖에 없었다. 둘 사이에 다리를 놓아준 오 과장은 오지랖이 넓어서 여기저기 참견하기를 좋아하고 실수도 잦고 웃음도 많은 사람이었다. 주현에 대해서도 이런저런 말들을 늘어놓았으나, 약혼에 대한 언급은 없었다. 홍보팀의 우주현 씨, 얼굴이 작고 웃는 게 예쁜데 사귀던 남자가 너저분한 욕심쟁이였다, 헤어졌다, 일이건 사람이건 과하게 책임감이 강한 사람이라 보기에 좀 안됐다, 안쓰럽다, 고 했다. 그는 누구를 소개하고 소개받는 일에 부담을 느낄 만큼 타인에게 크게 기대하는 바가 없는 시기를 보내고 있었기 때문에 오히려 그 소개팅 자리에 나가게 됐다. 한번도 만나본 적 없는 여성에 대해서 그럭저럭 아는 사람과 불필요한 정보까지 공유하게 됐다는 감정이 불편해서, 그

불편한 감정을 제 식으로 해소하고 싶다는 욕구 정도가 있었다. 그의 방식이란 오 과장의 행동을 그대로 선의로 받아들이는 것이었고, 누군가 '안됐다'는 수식어를 붙이는 사람과 평범하게 식사를 하고, 서로의 안녕을 확인한 뒤에 헤어지는 것이었다. 또 다른 기약으로 이어지지 않더라도 좋으리라 생각했지만, 이제는 상황이 달라졌다. 무언가 더 시작되고 있었다.

"주현 씨, 지금 실수하시는 건지도 몰라요. 제가 그렇게 좋은 사람이 아닌지도 모르잖아요. 주현 씨처럼 제 소개를 새로 하자면, 전 시작을 하면 끝을 봐야 하는 사람이라서 끝을 보러 와이오밍까지 갔던 적도 있습니다."

그때 그의 말 사이로 위층에서 울려 나온 기계 진동음이 짧게 드륵, 드륵, 하다 멈추더니 다시 드르르르, 하고 길게 이어졌다. 천장 조명등이 짧게 점멸하다 정상으로 돌아왔다.

"와이오밍이요?"

"네, 미국 서부에 있는. 인디언 말로 대초원이라는 뜻이래요."

"무슨…… 거기 왜 가신 거예요?"

"여자랑 그리로 도망쳤어요."

그녀는 커피 잔을 테이블 위에 내려놓고는 그의 두 눈동자를 들여다보았다. 다시 드륵, 드륵 짧은 소리가 나다가 멈추었다. 그녀가 보기에 그가 이 대화를 우스갯소리로 치부하려는 의도로 엉뚱하게 맞서고 있다는 느낌은 없었다.

"그 사람은, 제 전 약혼자는, 미쳐버렸어요. 지금 정신 놓고 졸부들을 쫓아다녀요. 대초원에 금이 묻혀 있다면 그리로 갔을 거예요. 저를 데려가진 않았을 거예요. 제가 쫓아가지도 않고요. 저는 저대로 노력했는데……"

그렇게 말하고 나자 그녀의 머릿속에 그 노력들을 보기 좋은 양식으로 포장할 수 있는 이미지들이 늘어섰고, 그걸 입 밖으로 꺼내놓고 싶은 충동이 일었다. 그게 그녀의 사회생활과 친목의 장에서 교환되는 가치들이기도 했기 때문이다. 숲속에 펼쳐진 주황색 대형 텐트, 바닷가에 떠올라 있는 은색 튜브, 야자수와 하얀 해먹, 빈티지 스타일의 석유 랜턴. 자연이 부르는 소리, 오세요, 저희 스포츠웨어를 입고. 하지만 억누를 수 있었다. 나직이 한숨을 내쉬고는 덧붙였다.

"민규 씨는 어떠세요? 그럼 그분과……"

그녀는 말끝을 흐리면서 머나먼 대자연을 향해 뛰어나가는 남녀를 그려보았다. 그들의 트렁크에 계절별 아웃도어 제품이 들어 있어야 마땅할 것 같지는 않았다.

"한때 제 형수였어요."

그녀는 그의 말이 실감나지 않았기에 미소를 지어 보였다.

"와이오밍에서는 행복하셨나요?"

그 단순하고도 분명한 질문이 그를 잠시 생각에 잠기게 했다. 주현을 잘 알지 못했기 때문에 무슨 의도인가 계산할 수 없었고, 그렇다면 되도록 진실하고 싶었다. 하지만 진실이란 시간의 흐름 속에 미끄러지고, 미끄러지고, 미끄러져 내리는, 무어라 규정할 수 없도록 늘 모양이 달라지는 물질 같았다.

"회사에는 뭐라고 하고 오신 거예요?"

"하루 휴가를 냈어요."

"모처럼의 휴식 시간을 이렇게 보내시는 거면 제가 많이 미안한데요. 좀 이따 나가서 이른 저녁 식사를 하면 어떨까요?"

그녀가 고개를 가로저으며 다음 말을 이어가려 할 때 누군가 그곳으로 들어서는 소리가 들렸다. 서로 투덕거리는 남녀의 목소리, 발소리. 그가 자리에서 일어났다. 그녀는 혹시라도 내달 합류하기로 했다는 그의 친구들이 방문한 게 아니기를 바라면서 소리 나는 쪽으로 고개를 빼들었다. 그녀에게 휴일이란 마주치는 모든 사람에게 사교성을 발휘하지 않아도 좋은 날을 의미했다.

"우리 은정이 혹시 여기 있어요?"

그녀가 엘리베이터에서 맞닥뜨렸던 여자였다. 머리에 둘러쓴 회색 두건이 비뚜름하니 조금 풀려 있었고 사무실 안을 둘러보는 두 눈이 황망해 보였다. 그 옆에 통통하고 키가 작은 남자가 여자를 나무라는 듯한 태도로 노려보고 있었다.

"아뇨. 못 봤는데요. 오늘은 못 봤어요."

민규가 그들에게 다가가 답하자 남자가 대뜸 여자에게 화를 냈다.

"아, 그러게 내가 뭐랬느냐고?"

남자는 매우 짜증스러운 표정을 하고서 민규에게 소란을 피워서 미안하게 됐다고 말했다. 미안하게 된 상황이 무척 성가신 모양이었다. 민규는 침착하게 대응했다.

"아이가 왜, 무슨 일이 있었나요?"

"별일 아닙니다. 혹시 이리로 오면 타일러 올려 보내주세요. 여러모로 죄송하게 됐습니다."

남자는 그렇게 일방적으로 내뱉고는 먼저 밖으로 나가버렸다. 여자가 한 손으로 가슴팍의 옷자락을 움켜쥐고는 밭은 숨을 몰아쉬었다. 민규가 물 한 잔을 가져다주자 여자는 그걸 받아 한 모금 마시더니 "집에 다시 전화를 걸어볼까 봐요. 실례했어요" 하고 인사한 뒤 성급히 밖으로 나

완전한 하루

갔다.

소파에 앉아 자리를 지키던 주현이 그제야 일어서서 그의 곁으로 다가갔다. 민규는 그녀가 불편하지 않도록 배려하고자 했다.

"괜찮을 거예요. 제가 저 가족들을 봐와서 알거든요. 아이는 그냥 딱 미운 일곱 살. 제대로 부모를 애먹이네요."

"아이를 왜 여기서 찾아요?"

"아마 다른 데도 돌아보고 있을걸요. 애가 층마다 잘 돌아다니니까요. 여기선 프린터를 고장 냈지만, 1층에선 토끼 모자를 쓰고 손님들을 끌었고요. 5층이 그 애 할머니 집이에요. 아까 그분들은 전에 인사동에서 선물 가게를 했다던데, 여기서도 비슷한 걸 하려는가 봐요."

그는 그 말끝에 "참!" 하더니 책상 쪽으로 걸어가 서랍의 맨 하단에서 한 손에 쥐이는 하얀 도자기 함을 꺼내 들었다. "지난주에 저분들이 공사 안내하면서 준 건데……"

모서리가 부드러운 육면체의 오르골이었다. 그가 상단에 달린 나비 장식을 돌려 태엽을 감자 여린 멜로디의 자장가가 울려 나왔다.

"저는 필요 없어서 이걸 서랍에 재우고 있었네요. 하루에 커피 세 잔 마셔도 잘 자거든요. 주현 씨 드릴게요."

그녀는 오르골을 받아 들고 고맙다는 인사도 잊은 채로

우두커니 그걸 바라보았다. 아이를 찾아다니는 동안 공사를 멈춘 것인지 위층은 잠잠했다. 그가 창가로 다가가 밖을 향해 섰다.

"비가 오네요."

창밖으로 가는 빗방울들이 떨어지고 있었다. 그녀는 소파로 되돌아와 앉았다. 무릎 위에 오르골을 올려두고 있다가 멜로디가 멈추자 테이블 위로 옮겨두었다.

"제가 왜 이렇게 됐나 몰라요. 넘어질 데서는 버티고 엄한 데 와서……"

그녀가 자책하듯 중얼거리자 그는 창문을 닫고는 그녀 곁으로 와 온화한 표정으로 화제를 전환했다.

"『클라라와 한슨』은 한 권으로 마무리됐어요, 오래전에. 전 이제 그보다는 덜 잘할 수 있는 일을 하려고요."

그는 함께 디자인을 전공했던 동기와 후배가 사무실에 합류하면 한동안은 그들에게 기대서 가보려 한다고 했다. 언제 어디로든 또 도망가볼 태세로 자긴 힘을 아끼겠다고. 그리고 오 과장 이야기를 끄집어내며 너스레를 떨었다.

"오 과장님은 주현 씨랑 저랑 이러고 있는 줄 아시면 또 얼마나 말씀이 길어지실까. 며칠 전에 저한테 주현 씨하고 잘 안돼서 어떡하느냐고 전화로 잔소리 같은 위로를 엄청 해주시던데요."

"오 과장님은 제가 휴가 내고 친구 보러 도쿄에 간 줄 아실 거예요. 제가 도망칠 수 있는 먼 곳은 그냥 그만큼이에요."

"저, 아까 말한 그 친구들 저녁에 만나기로 했어요. 주현 씨도 같이 가실래요?"

"오늘 다른 약속이 있으셨네요."

그녀가 저도 모르게 서운한 표정을 지었고, 그가 그걸 알아보았다.

"제 생일이라 겸사겸사 보자고들 해서요. 그 친구들한테도 저한테도 뭐 자연스러운 일은 아니에요. 근데 일도 같이하게 됐고 하니까요."

"생일이요?"

주현은 그렇게 질문해놓고서 비 오는 창밖을 보며 다른 생각으로 빠져들었다. 그녀가 지난 며칠간 보았던 영화들 중에 비가 오는 날 여자 혼자 창고에 들어가는 장면이 있었다. 곧 위험에 처하게 되리라는 예감이 들도록 서늘한 배경음이 흘러나왔다. 여자는 어둠 속에서 넘어지며 부상을 입었고, 다리를 움직일 수 없는 채로 창고에 갇혔다. 바깥세상에서는 긴박한 추격전이 벌어지고 있었다. 살인자와 추격자가 모두 여자가 갇혀버린 창고 가까이로 다가오고 있었다. 주현은 점심시간이 끝나기 전까지는 회사로 돌아가야 했기에 객석 맨 뒷줄에 앉아 조심스럽게 두 번 휴대폰으로 시간을 확인했다. 악인이 처형당하고 갇힌 여자가 구조되는 이야기, 혹은 그 반대 경우의 비극에도 꽤 시간이 들 것이었으므로 이왕이면 창고가 갑작스레 폭발하는 장면을 보게 되길 바랐다.

시작과 끝을 확인할 수 없는 영화를 보며 그토록 강렬하게 부서지는 중간을 기대해야 했던 그 기행에 대해 그녀만큼 연유를 잘 알고 있는 사람은 없었다. 지난 인내의 시간이 그녀에게서 앗아간 자유가 있는 것이다. 마지막을 기다릴 필요가 없는 파국은 아름다울 수도 있는 것이다. 하지만 이제 그녀는 이 낯선 곳의 빗속에서 좀 다른 걸 이해하고 싶었다. 제 눈앞의 남자가 정말로 와이오밍까지 도망쳤다 돌아온 사람이라면, 저로서는 상상할 수 없는 전혀 다른 시간의 가능성에 이르러본 사람이라면, 이 재회에는 두 사람이 알아내야 하는 의미가 있는 거라고 믿고 싶었다. 상실을 경험한 사람이 골똘해지기 적합한 아이디어였다.

"생일 축하해요. 전 오늘 제대로 된 불청객이고 싶네요."

그가 큰 소리로 웃었다.

"따뜻한 차 한 잔 더 드릴까요?"

그가 커피 테이블로 가서 캐모마일 티백을 꺼내 잔에 넣고 뜨거운 물을 부어 우려냈다. 그러는 동안 그녀는 저에

완전한 하루

게도 정기적으로 만나는 대학 동기들이 있는데 '정기적'이
란 단어는 적금에나 어울리는 것으로 그 모임에도 그런 속
성이 있다면서 푸념했다.

"그 사람하고 잘 지내보려고 노력하는 동안 친했던 친구
랑은 사이가 벌어졌어요. 민규 씨는 어떠세요?"

"정말로 그런 게 궁금하세요? 전 가족들, 친지들, 같이
도망쳤던 사람, 다 어쩌다 한 번씩은 봐요. 형은 재혼했어
요. 형도 가끔 보고요."

그가 두번째 찻잔을 들고 와 그녀 앞에 놓아주고 좀 전
보다 한 뼘 정도 그녀로부터 떨어진 데 앉았다. 그는 이런
대화들에 아무렇지 않은 듯 행동하고 있었지만 기계처럼
무감할 수 있던 건 아니었다. 어떻게 예감할 수 있었겠는
가? 제 인생에 찾아든 진짜 드라마와 성공을 가져다준 가
짜 드라마들이 모두 한 타래로 엉켜들어 저보다 한발 앞서
나가는 걸 목격하게 될 줄을. 거기서 아름다운 불청객으로
서 그에게 질문을 던지는 사람이 있으리란 걸.

"한번은 이런 일이 있었어요. 그 사람을 이제 뭐라고 불
러야 할까요. 하여튼 그 사람은 우리가 살 집이라면서 카
톡으로 사진을 열 장도 넘게 보내왔어요. 자기는 어렸을
때 이사를 자주 해서 오래 머물러 살 큰 집이 항상 로망이
었대요. 아이들 나고 자랄 것까지 생각해서 방이 다섯 개

있는 2층집을 봐뒀다고 했어요. 기분이 좋을 땐 좋은 사람이었어요. 하지만 기쁨은 너무 미약해서 촛불처럼 금세 꺼져버려요. 그 사람은 몰아치는 폭풍 같고요. 만날 때마다 줄기차게 전화벨이 울렸어요. 요트, 카지노, 리조트, 김 회장, 박 회장, 밑도 끝도 없는 호언장담들, 엄두가 나질 않았어요. 내가 정신을 차리라고 하면, 그 사람은 내가 자기한테 어울리는 사람이 아니었다고, 자기가 미치겠는 점은 그것뿐이라고 소리쳤어요."

그녀는 그 사람이 스스로를 모멸하는 대신 그녀를 모멸했고, 또 스스로를 벌하는 방식으로 그녀를 벌했다고 했다. 그러고도 바닷가에 요트를 띄우고 카지노 사업장에서 손님들을 기다리는 환상을 그녀가 마땅히 나눠 갖고 거기 돈을 지불해야 할 것처럼 굴었다고도.

"이런 기막힌 일들이 왜 나한테 일어났는지 잘 모르겠는 기분으로 아침에 눈을 떠요. 세상은 멀쩡해 보이니까 저도 되도록 멀쩡하게 일하러 나가지만요. 와이오밍에서는 어떠셨어요?"

민규는 와이오밍에서는 1년짜리 행복이 있었다고 대답했다. 친구가 사는 집으로 사랑하는 사람을 데려갔고, 애인과는 그리로 아무런 과거를 끌고 들어가지 않기로 약속했다고.

완전한 하루

"아침저녁으로 사방이 고요했어요. 사람들은 낯설고 친절했고."

그는 잠시 머뭇거리며 양손으로 얼굴을 한번 쓸어내리고는 다시 말을 이었다. 6개월에 한 번 서울로 돌아와야 했고, 아무에게도 들키지 않을 셈이었고, 그럴 수 있으리라고 자신했는데 인천공항에서 둘 모두의 지인과 맞닥뜨렸다고. 단 10분여의 짧은 시간 동안 아주 빠르게 현실감이 밀어닥쳐 두 사람을 휘청거리게 했다고. 많은 사람이 둘의 일로 아픈 것 같았고, 그중 그의 어머니가 가장 크게 신음하고 있는 듯했지만, 그래도 그들은 기어이 와이오밍으로 되돌아가 6개월을 더 살았다. 매일매일이 새로운 첫날인 듯이. 서로에게 너무나 충실하게 열려 있었기에 여한이 없었고, 그래서 서울로 아주 돌아오는 비행기 안에서 그게 연인으로서의 마지막이란 걸, 이별이란 걸 알았다. 받아들였다.

"우리는 중요한 게 비슷했어요. 살아보지 못한 삶을 실현하고 싶었고, 가족하고는 원만했던 적이 둘 다 없고요. 제가 여자로 태어난다면 그 사람이고 싶었을 거예요. 그 사람은 남자로 태어난다면 나이고 싶었을까? 모르겠네요."

그녀는 그의 말이 반쯤은 미친 소리 같았지만 듣기에 황

홀한 데가 있다고 생각했다. 그녀가 알던 유일한 미치광이
는 전혀 이해하지도 못할 종류의 미친 자가 눈앞에 있었다.
그녀는 그의 '그 사람'에 대해서 거의 아는 것이 없었기 때
문에 구체적인 모습을 상상하기는 어려웠다. 막연히 발목
까지 오는 폭넓은 초록색 원피스를 입고서 초원에 서 있는
여자의 실루엣을 그려보았고, 얼굴은 좀처럼 잘 떠오르지
않았기에 거기 자신의 얼굴을 상상으로 불어넣었다.

"이제 우리는 다른 사람이에요. 여기서 떠날 때랑 거기
서 떠나올 때 다른 사람이 됐어요. 가끔 그리울 때도 있지
만, 못 견딜 만큼은 아니에요. 아까 행복했느냐고 물으셨
는데……"

그가 허공의 한 점을 바라보면서 잠시 말을 잃었다. 그
녀는 다음 이야기를 기다리며 오르골을 만지작거렸고, 태
엽을 반쯤 감았다가 도로 테이블 위에 놓았다. 멜로디가
흘러나오다 곧 멈추었다.

"잘 모르겠어요. 그냥 어떤 날들이 떠올라요. 하루는 잘
다니던 길에서 사슴을 칠 뻔했어요. 그 사람이 운전을 했
는데, 우리 둘 다 너무나 놀랐네요. 늘 조심해 다녔고 그날
도 마찬가지였는데 사슴이, 어린 사슴이 갑자기 튀어나와
서…… 차를 세워놓고 진정을 하려는데, 그 사람이 갑자기
너무 많이 울더라고요. 그날 밤에 우리 둘 다 왠지 한마디

157   완전한 하루

도 안 했어요. 이틀인가 사흘 뒤쯤 옆집에 사는 사람이 잔디를 깎으러 나오는 걸 보고 우리가 같이 빨래를 널다가 인사를 했나 그래요. 자기가 다니는 교회에서 무슨 행사가 있다는 거예요. 저는 그 말을 그냥 지나쳤는데 그 사람은 아니었어요. 우리 둘 다 한 번도 교회에 다닌 적 없었고 앞으로도 아마 그러기 쉽지 않겠지만, 그날은 이웃을 따라 교회에 가보기로 했어요. 예배 후에 사람들이 지하 강당에 모여 둥그렇게 둘러앉아 무슨 다큐멘터리를 보고 서로 느낀 점들을 이야기하는 자리가 있더라고요. 그 사람하고 나는 이건 완전 우리 스타일이 아니야, 하고 쑥스러워하면서 밖으로 나왔어요. 바깥에 나오니까 커다란 나무 상자가 하나 놓여 있었어요. 사람들이 거기다 뭘 가져다 넣더라고요. 뭐 하는 건지 물어보니까 어떤 교인 아들이 대학에 들어가게 됐다고 그런 식으로 축하를 하는 거라고 설명해줬어요. 돈도 넣고, 물건도 넣고. 상자에 이름이 적혀 있었는데, 특이했어요. 아킬레스. 교인들이 모두 아킬레스에게 필요할 만한 것들을 각자 형편에 따라 준비한 거죠. 책도 있고, 옷도 있고. 우리는 그날 현금을 얼마 안 들고 갔고 거기 놓고 올 만한 물건도 없었어요. 그래서 그 사람이 즉흥적으로 누군가에게 엽서를 하나 사서 거기 뭐라 적고는 상자에 넣었죠. 지금도 몰라요, 그 사람이 뭐라고 썼는지.

짐작할 수 있는 건 처음과 끝뿐이에요. 디어 아킬레스, 프롬 클라라. 와이오밍에서 우리가 사용한 이름이 그랬거든요. 그 사람은 클라라, 저는 한슨. 애정 어린 농담 같은 거죠."

주현은 클라라와 한슨의 친구가 되어 어느 초원의 작은 교회에서 아킬레스라는 청년을 기다리고 있는 자신의 모습을 그려보았다. 그 기다림은 끔찍한 파국을 맞기에는 너무 아름다웠기에 신의 가호 아래 있어야 마땅했다. 아킬레스, 축하해. 나는 전과는 다른 데서 생을 다시 시작하기로 했고, 그래서 친구들을 따라 이곳에 왔어. 누구나 제 이상향이 어딘가에는 있다고 생각하면서 저마다 다른 상상을 하지. 나는 어제 무너지는 집에서 애쓰는 사람이었어. 너의 오늘은 어때? 우리는 모두 어제를 지우고 너를 기다려. 내일로 가는 너를.

그녀가 그에게로 가까이 다가앉으며 무언가 말하려 할 때 비에 젖은 아기 사슴 한 마리가 사무실 안으로 들어왔다.

"아저씨, 안녕하세요?"

사슴을 뒤따라온 여자아이가 그에게 인사를 건넸고 그가 양팔을 벌려 환영하며 거기 반응했다. 그는 여자아이를 은정, 사슴을 은정의 동생이라고 불렀다. 이 녀석, 이 애 동생이에요. 그의 말보다 맹렬하고 빠른 속도로 그와 그녀

사이로 사슴이 달려들어 젖은 몸을 흔들어대며 소파와 바닥, 그녀와 그의 얼굴에 빗물을 털어내고 있었다. 그녀는 그게 사슴이 아니라 다리가 길고 털이 짧은 개라는 사실을 천천히 받아들이며 손으로 얼굴의 물기를 닦아냈고 이내 조용히 웃음을 터뜨렸다.

축복

해선이 아들 나이였을 때 일이다. 문고판 연애소설을 읽으며 사랑에 대해 생각했다. '그건 아마도 여자가 바다가 보이는 별장에서 마지막 숨을 거두고 나면 남자가 밤낮으로 그리움에 바싹 말라가는 일일 거야.'

동수가 아들 나이였을 때 일이다. 부모가 이혼했다. 형은 아버지를, 누나는 어머니를 따라갔지만, 그는 할머니와 시골에 남았다. 간절했던 바람과는 달리 부서지고 나뉘게 된 그 이별에 대해서 그는 어쩔 줄 몰라 애태웠고, 곁에 있는 할머니를 위해서 번번이 한 가지만을 다짐할 수 있었다. '질문들을 입 밖으로 꺼내놓지 말자. 가슴에 묻어두자.'

이제 그날들로부터 걸어와 한 침대를 쓰는 그들은 여느 부부들처럼 서로에 대해 어떤 부분은 잘 알았고, 또 어떤 부분은 아예 몰랐다. 그들의 장단점을 조금씩 닮긴 했으나, 전혀 예상치 못한 방식으로 부모를 종종 놀라게 하는 아들은 올해 열 살이 됐다. 이름은 보경이었다.

부부는 친척들과 왕래가 거의 없었다. 명절이나 생일에 대가족이 모여 지나온 날들을 이야기하며 덕담이라도 나누는 것이 바로 사는 일의 참된 일면이라고 누군가 말한다면, 그런 견지에서는 자기들의 인생이 면이건 선이건 점이건 아직 무엇이 되지 못한 모양이라고 대수롭지 않게 대꾸할 사람들이었다. 동수는 가족이 흩어진 즈음부터, 해선은 집안에서 반대하는 결혼으로 부모에게 큰 실망을 끼친 후로 그렇게 되었다.

금요일 밤 9시를 넘긴 시각, 부부는 이튿날부터 일요일까지 눈이 내리겠다는 예보를 들으며 거실에 앉아 체크 리스트를 만들고 있었다. 내주 중으로 집 안의 물건들을 대폭 정리해 공간 활용을 새로이 해보려던 차였다. 새로 들일 가전제품과 옷, 침구 세트, 그리고 처분해야 할 그릇과 화분, 기부할 만한 가구와 장난감 기타 등등.

"자기, 일요일에 코트 안에다 그거 입으면 좋겠어. 와인색 스웨터, 거기에다 회색 기모 바지, 벨트는 새걸로."

해선이 말하자 동수가 중얼거렸다.

"눈 오면 차는 두고 가야겠네. 보경이는 마음 안 변할

라나?"

보경이 대뜸 "그럼요!" 하고 시원하게 대답하고 나서더니, 제법 이런 카드를 들이밀었다.

"그런데 은택이네 삼촌은 무주에 살잖아요?"

동수는 이 뜬금없는 질문에 뭔가가 걸려 있구나 싶었으면서도 보경의 친구 은택이 도수 높은 안경을 쓴 녀석인지, 작은 키에 교정기를 낀 녀석인지 헷갈려서 아들을 향해 얼굴을 돌리고서 눈을 끔벅였을 뿐 무슨 꿍꿍이냐고 얼른 묻지를 못했다.

"삼촌이 스키장에서 일한대요. 기회가 좋잖아요. 나도 은택이 따라 거기 놀러 가고 싶어요."

"알았어. 나중에, 나중에 다시 이야기하자."

부부는 다시 리스트를 살피며 거기에 동그라미와 세모 표시를 해서 당장 처리할 것과 그렇지 않은 것을 세부 구분해뒀다. 보경은 아빠의 동의를 재빨리 끌어내지 못한 걸 아쉬워하며 지난달에 사소한 거짓말을 들키는 바람에 엄마에게 혼쭐이 났던 걸 지레 떠올렸다. 그리고 자기를 흘깃 보는 엄마와 눈길이 부딪쳤을 때 그 마음을 들켜버렸다는 걸 알았다.

"너, 뭐 감추는 거 있어?"

"뭐가요? 아닌데."

"그래, 거짓말은 다시 하지 마. 보니까 넌 거기에 영 소질이 없어. 표정에 다 드러나는걸."

보경은 눈치 빠른 엄마의 참견에 성가셨으면서도, 소질과 표정 운운한 그 지적은 너무 예리했다고, 여자들은 참당해낼 수가 없는 존재라고 생각했다. 보경은 요즘 이성에 관심이 높아져서 무주에 가면 은택의 삼촌뿐만 아니라 피겨스케이팅 선수인 사촌 누나도 만나보게 되리란 사실이 남몰래 비밀스러워지고 있었다. 그래서 하품하는 척하면서 다음 기회를 만들어보겠다는 마음으로 슬그머니 제 방으로 들어갔다.

부부도 너무 늦지 않게 침대에 함께 들었다. 해선은 잠자리에서 별말이 없었는데, 동수는 그 무언에 대꾸하고 싶었다.

"당신은 더 신경 쓰지 마. 모레 다녀와서 내가 다 자세히 말해줄 걸 뭐. 늘 고마워. 보경이도 너무 대견해."

그는 그러고서 얼마 안 있어 곯아떨어져서는 드르렁드르렁 코를 골았다. 쥐고 있던 끈을 놓아버리듯이, 미끄러지듯이, 까마득히 떨어져 내리듯이. 해선은 그의 곁에서 피식 웃었다. "아이고, 이 사람아." 그녀는 동수의 등허리를 한 번 쓸어내리고는 돌아누웠다. 그리고 얼마 안 있어 잠이 들었다.

주말 밤부터 내리기 시작한 눈은 과연 일요일 아침의 거리 풍경을 온통 새하얗게 만들어놓았다. 동수는 집안일을 돕다가 간간이 창문 밖을 내다보며 눈이 더 올지, 길이 많이 미끄러울지를 가늠하려 했다. 그리고 점심 식사를 마친 뒤에 옷을 갈아입고서 신발을 골라 신었다. 새것을 신으려 준비해뒀지만, 결국 오래 신어온 것을 택했다. 보경도 평소에 즐겨 신던 운동화를 골랐다. 해선은 식탁에 앉아 다이어리에 뭔가를 적으면서 "잘 다녀와" 했을 뿐 유난스럽게 배웅하려 들지는 않았다. 동수는 나중에 아내가 지금과 비슷한 어투로 '어서 들어와' 하며 자기를 맞아줄 것이란 생각에 편안해졌다. 아내가 다이어리에 단순히 이렇게 정리하고 있을 듯했다. '남편이 보경이 데리고 자기 아버지 보러 간다.' 혹은 '보경이가 제 아빠랑 할아버지 보러 간다. 동수 씨 벨트랑 구두 구입. 날씨는 눈이 펑펑'.

동수는 약속 시각보다 조금 이른 시각에 보경과 혜화역에 내렸다. 그가 우산을 펴 들고 아버지에게 전화를 걸어 근방에 도착했다고 하자, 아버지는 당신 집 맞은편에 있는 붉은색 벽돌집 2층으로 오라고 했다. 거기가 양 여사의 집이라면서. 동수는 형에게서 요사이 아버지가 육십대의 여성분을 만나고 있는데 그분이 다들 한번 보고 싶어 한다더라, 아버지와 이웃이고 자기 남동생과 같이 산다더라, 하는 이야기를 무슨 풍문처럼 전해 들은 바 있었다. 눈이 쏟아지는 휴일, 사귀는 남자의 자식을 맞이하러 자기 집 대문을 열어젖히게 될 나이 지긋한 여성에 대해서 그가 상상할 수 있는 것은 거의 없었다.

"뭘 사 가면 좋으려나?"

동수가 웅얼거리자 보경이 주변을 쓱 살피고는 "카드 주세요" 하더니 손을 내밀었다. 그는 지갑째로 내줬다. 보경이 종종걸음을 쳐서 꽃집으로 들어갔다. 그는 아들의 뒷모습을 눈으로 따르다가 천천히 그 꽃집 앞으로 다가가 섰다.

얼마 지나지 않아 보경이 장미 한 다발을 안고 히죽 웃으며 밖으로 나왔다.

"내 친구 새엄마는 장미 꽃잎을 음식에도 뿌리고 욕조에도 뿌린대요."

보경은 여자들이 무엇을 좋아하는지에 대해 더 이야기를 나누고 싶은지 어디선가 주워들은 정보들을 종알종알 풀어댔다. 동수는 우산을 잠시 바닥에 내려놓고 쭈그려 앉아 보경의 목도리를 매만져 여미면서 "정말 그랬대?" 하고 장단을 맞추었다.

"꽃은 아빠가 들고 갈게. 도착해서는 네가 잘 전해드려."

보경이 그제야 "네" 하고는 입을 다물었다. 동수는 보경에게서 꽃다발을 건네받아 안고는 우산을 챙겨 들고 일어섰다.

10분쯤 걸어 붉은 벽돌집 앞에 도착했다. 주변에 간이 주차된 차들을 둘러본 바로는 형과 누나는 아직 도착하지 않은 모양이었다. 동수는 초인종을 눌렀다. "잠깐만요" 하는 저음의 여자 목소리가 인터폰에서 흘러나왔고 이어 대문이 열렸다.

계단을 올라 2층에 거의 다다랐을 때 현관문이 열렸고 양 여사가 나와 그들을 맞았다. 나이보다는 훨씬 젊어 보이는 인상이었고, 마른 체형에 광대가 도드라졌다. 양 여사가 손을 내밀자 동수는 짧게 악수하고는 제 찬 손을 쏙 빼내며 말했다.

"저희가 좀 일찍 왔나 보네요."

보경이 양 여사에게 꽃다발을 건네자 양 여사가 소리 없이 활짝 웃음 지었다. 동수는 보경을 먼저 안으로 들여보내고는 우산을 현관에 세워두고서 코트를 벗어 들었다. 그리고 양 여사가 안내해주는 대로 거실 창가 쪽에 놓인 소파로 가 아버지와 마주 보며 앉았다.

"동식이는 좀 아프다는구나."

아버지의 말에 그는 "형은 그럼 오기 힘들겠네요" 하고 반응했을 뿐 어디가 아픈지 묻지 않았고, 아버지도 따로 설명하지 않았다.

"제가 시간을 이렇게 잡았는데, 하필 눈이 많이 와서 본의 아니게 미안합니다."

양 여사가 깍듯이 예를 차리고는 꽃다발을 꽃병에 꽂아 그들 가까이에 있는 창문가에 두었다. 적당한 유리병을 찾기 위해 여기저기 뒤적이지 않고 바로 꽃병을 꺼내 온 걸로 봐서는 양 여사는 가끔 꽃꽂이를 하는지도 모른다고 그는 생각했다.

양 여사가 차를 내오겠다며 주방 쪽으로 가자 보경이 붙임성 있게 뒤따르며 뭐라고 질문을 했다. 거기 나지막이 답하는 소리, 쾌활하게 웃는 소리가 이어졌다. 동수는 그 소리들에 신경을 쓰면서 자기 무릎을 일없이 주물럭거렸다.

"몸은 좀 어떠세요?"

그의 질문에 아버지가 간단하게 "뭐 그렇지"라고 대답했다.

"어떠니, 너는?"

"저는……"

동수는 거기까지 말하고 입을 다물었다. 스스로 과묵한 남자라고 생각해본 적 없었고, 또 그런 이야기를 남에게 들은 적도 없었지만, 아버지나 형, 누나에게 '저는'으로 시작해야 하는 말들이 언제나 쉽지가 않았다. 어떤 대답을 하더라도 미진하다는 걸 곧 깨닫게끔 됐기 때문이다. 좀더 성의 있게 답하고 싶다는 바람과 태연한 딴청이 더 나았으리라는 약간의 후회 사이에 그가 표현해낼 수 없는 진실이 가로놓여 있는 듯했다.

"다리가 안 좋은 거냐?"

"아뇨, 아뇨."

동수가 갑자기 뭔가를 찬탄하듯이 두 팔을 들어 올려 보였다가 다시 소파 위에 털썩 내려놓았다.

동수는 스물세 살이 되던 해 아버지의 집으로 들어가 근 1년간 형과 아버지의 뜻에 부응해 그들과 함께 살았다. 군 제대 후였고 그때 뒤늦게 입시를 준비해 지방에 있는 전문 대학에 들어갔다. 학업에 열성은 없었다. 그저 제 앞의 시간을 계획대로 운용할 수 있는 사람처럼 비춰지기를 바랐다. 한집에 사는 짧은 동안 성실히 생활했고, 이후 기숙사로 짐을 챙겨 떠난 뒤 그 집으로 되돌아가지 않았다. 말하자면 그는 남겨져 실망하는 사람이었다가, 이윽고 떠나가며 실망을 안겨주는 사람이 되었다. 그 둘 다 진정으로 깊숙이 원했던 바는 아니었지만.

이후 동수는 여자들을 많이 만났다. 동시에 세 명을 만난 적도 있었다. 데이트했던 사람 중 가장 변덕스러워 그의 가슴을 찢어놓은 해선과 세 번 이별하고 네번째 해후 끝에 결혼했다. 세월이 그의 격정과 한숨을 조금씩 씻어가며 지난 일들을 희미하게 만들었다. 다른 사람들에게서도 무언가를 조금씩 앗아갔을 것이다.

양 여사가 널찍한 나무 트레이에 홍차와 쿠키를 담아 내와 테이블 위에 내려놓았다.

"드세요. 제가 만든 거예요. 이 선생님이 참 좋아하시잖아요, 이걸. 오늘은 안에다 오렌지잼을 넣어봤어요."

동그란 한가운데 그보다 작은 동그라미 모양의 주황빛 잼이 먹음직스럽게 올라 있는 쿠키였다. 양 여사가 그중 하나를 보경에게 주었다. 동수도 하나 집어 들고는 입에 물었다. 홍차가 더 우러나기를 기다리는 동안, 동수는 누나가 언제 올 것인지, 확실히 온다고는 한 것인지 궁금해졌다. '하긴 한자리에 다 모였더라도 다 같이 할 만한 이야기가 많지 않을 텐데 그럼 곤란했겠지 뭐.' 그는 찻잔을 입가에 가져다 댔다. 아버지의 심중이나 호불호에 관해서는 주로 형에게서 건네 듣곤 했는데, 대개 전화상으로였다. 신 과일과 절편을 좋아하고, 맞춤 양복을 선호하고, 말을 빙빙 돌려 하는 사람을 싫어한다고 했다. 들어 알게 된 그 소소한 정보들을 더듬는 동안, 식탁에 기대서서 손가락으로 절편을 집어 먹는 아버지의 젊고 호리호리한 옆 모습을 잠간이나마 상상으로 정답게 떠올려볼 수 있었다. 동시에 부자간에 '빙빙 돌려서나마' 할 수 있는 공통의 화젯거리조차 별로 없다는 점에 대해서는 허탈한 웃음이 새어 나왔다. 아버지는 그와 보경을 마주 바라보며 전에 언젠가 했던 이야기를 다시 끄집어냈다. 둘의 어린 날이 별로 닮은 데가 없어 보인다고. 그 말에 동수는 아버지의 시선으로 자신과 보경을 바라보려 애썼다. 새 애인을 맞은 나이 든 남자가 자기 유전자를 물려받은 아들과 손자를 값진 추억 없이 마주하는 이 순간, 거기에 무슨 감정이 있을 수 있을까? 죄책감? 회한? 무의미함? 격세지감? 화해의 심정? 그는 알 수 없었기에, 아버지의 시선으로 담담하게 제 마음 바닥만을 둥그렇게 파 내려가보다가 그만 멈추었다.

쿠키는 부드러워 입안에서 살살 녹았고, 잼은 달고 향긋했다. 보경이 빠르게 몇 개 먹어치우면서 재롱을 떨었다. 보경의 학교생활, 어울려 다니는 친구들에 관한 이야기가 오가다 잠깐의 침묵이 찾아왔다. 보경이 화제를 바꾸었다.

"두 분 중에 누가 먼저 사귀자고 하신 거예요?"

말짱한 얼굴로 진지한 대답을 기다리고 있는 보경 때문에 동수는 깜짝 놀랐다. 연애 시절 북한산 등반을 했을 때 해선이 했던 말과 표정이 떠올랐다. "이 바위 옆 비탈길 잘 기억하자, 우리. 내가 여기서 자기랑 뛰어내릴 수도 있겠다

173   축복

고 생각했던 지금을" 하던 말끔한 표정이.

"굳이 누가 먼저랄 게 있나 뭐. 그래도 하나 꼽자면 잼 때문에? 내가 이웃들한테 잼을 만들어 돌렸거든."

양 여사가 보경을 바라보며 미소를 머금고 대답했다. 양 여사는 쿠키 안에 든 잼도 직접 만든 것이라며, 한꺼번에 많이 만들어 주변 사람들에게 나눠 준다고 덧붙였다. 보경이 그런 방면으로는 자기도 아는 바가 좀 있다는 것처럼 끼어들었다.

"에헤헤, 잼만 주신 건 아니시겠죠."

동수는 '저 녀석이……' 하며 보경을 처음 접한 남의 아들인 것처럼 쳐다보았다.

"아니, 잼은 그냥 잼이잖아요."

보경의 말에 동수의 아버지가 양 여사를 거들고 나섰다.

"내가 전화번호를 물었다. 답례로 식사라도 대접하려고."

동수는 아버지의 대답에서 약간 화가 난 듯한 느낌을 받았는데, 보경은 아랑곳하지 않고 계속 흥미를 드러냈다. 양 여사가 그 모습이 재미있는지 손으로 입을 가리고 웃었다.

"양 여사님은 자제분이 어떻게 되세요?"

동수는 별로 궁금하지도 않은 것을 묻고는 처치 곤란한 무언가를 남의 집 바닥에 엎지른 사람처럼 스스로에게 실망하고 말았다.

"없어요. 결혼한 적도 없고요. 같이 살던 사람은 두엇 있었네요. 지금은 아니고요. 남동생이 아래층에 살아요. 제 어린 남편이라고 오해하는 사람들도 있는데, 이 선생님도 처음에는 그렇게 생각했다고 하세요. 이제는 이 선생님하고 셋이서 같이 산책을 하기도 해요." 양 여사가 쿡쿡 웃더니 사이를 두었다가 숨을 한번 크게 몰아쉬고 말을 이었다. "있죠, 난 이대로 좋아요. 무슨 큰 변화를 바라지 않아요. 이 선생님은 잼보다는 많은 걸 나누고 싶어 하시는 것도 같지만 그게 뭔지 잘 모르는 분 같아요. 그래서 이건 내 아이디어였어요. 우리가 휴일 한두 시간쯤 하고 싶은 걸 하면서 보고 싶은 사람을 만나보는 게 거창한 소원 같은 건 아니잖아요. 전 이렇게 보게 돼서 이대로 참 좋아요. 보경이는 아주 귀엽네요. 친구들한테 인기가 많을 것 같아."

"에이, 그렇지도 않아요." 보경이 양 여사의 말을 골똘히 듣고 있다가는 시무룩하게 툭 내뱉었다. "키가 잘 안 커요, 전."

"하지만 아빠도 할아버지도 키가 큰데, 보경이도 크지 않겠어?"

양 여사가 어르듯 말하자 보경이 가만히 제 발끝을 내려다보다가 건성으로 고개를 까딱했다.

그때 형에게서 전화가 왔다. 동수는 휴대폰을 티 나지 않게 들고 자리에서 슬그머니 일어서면서 벽시계를 보았다. 약속 시각에서 30여 분 정도가 흘렀다. 동수는 양 여사에게 "담배 한 대 피우고 올게요" 하고 양해를 구했다.

"추운데 여기서 피워요."

양 여사의 말에 그는 고개를 젓고는 문을 열고 밖으로 나갔다. 바람에 실려 온 눈송이들이 그의 눈썹과 코끝에 부딪쳐 방울졌다.

"정말이야? 오래 있을 거냐, 거기서?"

형이 언성을 높였다. 형은 동수가 지금 양 여사의 집에 있다는 말에 놀라면서, 자기는 아무래도 마음이 동하지 않아 능장을 부리느라 시간을 흘려보냈다고 털어놓았다. 그리고 아버지에게는 종종 여자친구들이 있었다고, 그 양 여사인가 무엇인가도 그런 사람 중 하나일 테지만, 그 여자가 집에까지 초대를 했을 때는 뭔가 바라는 것이 있어 그런지 모른다며, '안 그래도 서로 다 같이 늙어가는 처지에 시어머니를 맞아야 하는 것은 아닌가 하고 네 형수가 심란해한다'고 했다.

"그냥 그렇다는 얘기야. 와이프가 요새 좀 예민해. 제수씨는?"

동수는 그것이 '네 집사람은 뭐라더냐?'는 질문인 것을 알았지만, 다른 말을 했다.

"아, 저기, 나 애랑 왔어요."

"보경이랑? 그래? 지금 어떤데, 거기?"

형은 '이런 일은 기대하지 않았다'는 의미의 이런저런 말들을 늘어놓으며 미안해했다. 마치 기대하지 않은 일이 벌어진 것에 대해 자기 책임이 크다는 듯이. 동수는 엄지와 검지로 속눈썹을 만지작대며 그 이야기를 들었다. 눈 녹은 물이 손가락 끝에 스며들었다. 동수는 상황이 어떠했는지 나중에 자세히 들려달라는 형의 당부에, 그러니까 아버지와 형 사이에서 자기가 이런 일들의 중계자가 될 수 있다는 사실에 당혹스러워했다. 그 당혹감은 점차 우스워졌다. "그래요, 그래." 동수는 이후 몇 가지 질문에도 똑같은 대답을 했다. "네네, 그래요, 그래."

아래층의 현관문이 열리며 젊은 여자가 나왔다. 눈에 확 띄는 금색 클러치를 들었고, 눈만큼이나 새하얀 운동화를 신었다. 어깨를 덮는 머리칼은 짙은 검은색이었다. 갸름한 얼굴은 불그스름했다. 어두운 회색 스웨터에 야구 모자를 쓴, 어깨가 좀 굽고 살집 있는 남자가 그 여자를 뒤따라 나섰다. 여자가 남자에게 손을 흔들자 남자도 멈춰 서서 잠깐 손을 흔들었다. 여자가 밖으로 나간 뒤 남자는 뒤돌아서면서 야구 모자를 반쯤 벗어 고개를 쓱 쳐들었는데, 그

바람에 2층 현관 앞에 선 동수와 눈이 마주쳤다. 동수는 양여사의 남동생이라고 짐작되는 그 남자에게 얼결에 목례를 하고 돌아서서는, 거기서 형과의 통화를 끝냈다.

동수가 다시 실내로 들어섰을 때는 음악이 흐르고 있었다. 그는 먼저 눈으로 보경을 찾았다. 보경은 소파에 몸을 푹 묻은 채 입을 꾹 다물고 생각에 잠겨 있었다. 양 여사는 그 맞은편에서 찻잔을 들고 홍차를 홀짝이고 있었고, 아버지는 창밖을 내다보는 중이라 뒷모습만 보였다. 동수는 '아버지가 저기 서서 내가 통화하는 모습을 보고 있었겠네……' 생각하며 젖은 머리칼의 물기를 손으로 몇 차례 털어내고는 보경의 옆으로 가 앉았다. 보경이 그에게로 고개를 기울이고는 속삭였다.

"나, 알 거 같아요."

"뭐? 날 거 같다고?"

보경이 "아니이이" 하고 도리질했다. 동수의 휴대폰이 다시 손안에서 짧게 진동했다. 그는 문자메시지를 읽었다. '난 못 간다.' 이번에는 누나였다. 그는 휴대폰을 바지 주머니 속에 넣었다. 보경이 몸을 좌우로 흔들흔들 움직거리다가 그에게로 얼굴을 들이밀고는 말을 이었다.

"이 분위기 뭔지 안다고요."

보경이 동수와 눈을 맞추며 제 말뜻을 어서 알아차리라

는 듯이, 아니면 저는 그냥 저대로 리듬을 계속 타보겠다는 듯이 천천히 고개를 저었다. 아니오, 아니오, 하듯 흐느적거리는 몸동작으로. 동수는 아내가 '분위기'라는 단어의 뉘앙스에 대해 언젠가 보경과 이야기 나누는 걸 본 기억이 났다. "너도 알겠지만, 분위기는 하나가 아니야. 여러 개야. 여러 가지 소리가 함께 울리는 메아리 같은 거랄까. 여기, 네가 어릴 때 가지고 놀던 이 단어 카드 중에서 내가 몇 장 골라볼게. 엄마는 이렇게 슬픔, 노랑, 미소를 골랐어. 보경이 넌 어떡할래? 뭐? '감기'를 보태겠다고? 어디 보자, 그럼 나는 거기에다 열쇠, 난로, 라디오를 같이 놓아둘 거야. 이제 어떤 느낌이 드니? 이런 게 다 같이 있으면 분위기가 어떤 거 같아?" 동수는 소파 등받이에 몸을 기댔다. 기타가 찌르르 울고, 여가수가 신음 같은 소리를 내고, 드럼이 두구두구두구두구 하더니 그 모든 게 하나로 큰 원을 그리며 소용돌이치다가 다시 잔잔해졌다.

음악이 멈추었다. 양 여사가 희미하게 웃음 지었다. 아버지가 제자리로 돌아와 앉다가 중심을 잃고 비끗했다. 소파 팔걸이에 양손을 짚으며 천천히 무너지듯 내려앉았다.

지금보다 훨씬 젊었을 적에, 동수는 부단히 움직이며 당장에 무용해 보이는 일에라도 뛰어들어 무엇이든 해야 했고, 또 그렇게 할 수 있던 시기가 있었다. 다양한 사람이 그에게로 와 무방비 상태로 허점을 보이며 북적이다 떠나간 즈음이기도 했다. 아마도 그가 그들보다 약자였고, 항상 웃으려 노력했기 때문에. 허허실실하며 사람 좋다는 평을 듣지만 술을 마시면 짐승처럼 울부짖던 동료, 툭하면 훈계하기를 즐겼던 자수성가형 기업 대표, 회사 비품들을 챙겨 조카들에게 나눠 주던 선배, 필요 이상으로 친절하고 또 소심했던 사람들, 그리고 '절단내버리겠다'는 말을 아무데, 아무 상황에서나 농담으로도 위협으로도 잘 쓰던 사람들, 침울한 사모님과 아직 병원을 찾지 않은 환자들. 그러나 기억 속에서 기막힌 사례들을 되짚어보아도 이곳, 지금의 아버지와 아버지의 이 이웃 여자만큼이나 그의 인생에 개별적으로 보이는 희한한 현존은 없었다. '양 여사는 그저 뭔가 있어 보이는 걸 좋아하는 바람 든 여자일까? 멋을 부리는, 현혹하는? 아버지는 좋았을까, 그것이?' 동수는 다른 사람의 아내가 된 어머니를 떠올릴 때 복잡한 심경이었지만, 그의 이해를 위한 적 없던 그 오래전 일들을 놓고 그저 자족하기 위해 너그러워지는 사람이 되고 싶지는 않았다. 그래서 때로 복잡함 자체에 매달렸다. 거기 베일 듯이, 피를 흘릴 듯이, 몸부림치듯이, 그러나 언제나 혼자, 멀리 떨어진 곳에서 소리 내지 않으며. 그에게 동의를 구하지 않은 세월이 그에게 다가와 섣불리 위로할 수 없도록.

평화가 찾아온 것은 역설적으로 흩어진 식구들보다 더 그를 몰아치듯 가슴 아프게 한 여자를 만나고서였다. 동수는 해선을 많이 사랑했다. 다른 것은 그보다 중요하지 않았다. 아들이 생겼고, 그는 이제 어쩔 수 없는 것들은 어쩔 수 없는 그 모양대로 바라볼 수 있는 사람이 되고자 했다. 해선의 특성이 그에게로 일부 옮겨 왔는지도 몰랐다. 그리고 아마도 지난날의 아버지와 여기 한 공간에서 숨 쉬고 있는 아버지는 동일하지 않을 터였다.

"내가 학교에 있을 때……"라고 아버지가 말했다.

"아우, 이 선생님. 그런 옛날이야기는 접어두시고요."

양 여사가 자리에서 일어서며 동수의 아버지를 일으켰다. 그들은 부둥켜안고서 다음 곡에 맞추어 춤을 추기 시작했다.

'그 집에서 나왔니? 아버지는 전화를 안 받으시네.'

잠시 후 걱정하는 한편 은근히 독촉하는 형의 문자를 확인한 순간, 동수는 슬그머니 일어나 보경을 데리고 2층에서 나왔고, 눈을 밟아 미끄러지는 일이 없도록 난간을 붙들고서 천천히 계단을 걸어 내려가 아래층 현관문을 두드렸다.

"계세요?"

동수가 목청을 돋우자 안쪽에서 인기척이 들리더니 곧 문이 열렸다.

"무슨 일이시죠?"

"저희 아버지가 위층에 계세요, 양 여사님하고."

"알아요. 이 선생님 아드님이시죠?"

"네, 얘는 제 아들입니다."

동수가 보경을 가리키며 말하자 보경이 생뚱한 표정을 짓고 서 있다가 얼른 고개 숙여 인사를 했다. 동수는 남자에게 아버지와 함께 가끔 산책을 한다고 들었노라고, 다 같이 나가서 이른 저녁 식사라도 같이하면 어떻겠느냐고 물었다. 나는 예의를 차리는 사람이야, 하고 생각하면서. '나는 인내할 줄 아는 사람이야. 떠나기 전에는 두루 인사를 하고.'

남자는 잠시 망설이는 듯하더니 작게 고개를 저으며 대답했다.

"그건 곤란하겠는데요."

"……"

"우리 누나가 거식증이 있거든요."

동수는 이 집에 모인 사람들이 모두 손을 맞잡고 둥글게, 둥글게 원을 그리며 눈이 내리는 마당을 돌고 돌아 춤을 추는 일만 일어나지 않는다면 그런대로 괜찮지 않겠나,

하고 생각하던 차였다. 그러니 이제 이날의 여운일랑 저녁 식탁 자리로 봉합하고 집으로 돌아가는 길에 보경에게 스키장의 자유를 허락해 아들을 기쁘게 해주어야겠다고. 하지만 흩날리는 눈발 속에서 기대하지도 않던 정보를 접하게 되자 생각의 길이 막히며 딸꾹질이 났다.

"아이고, 이런. 좀 들어오세요. 따뜻한 물을 좀 드릴 테니까요. 저기 좀 앉아 기다리실래요? 발밑 조심하시고요."

동수는 남자를 따라 보경과 안으로 들어섰다. 양 여사의 동생은 자기 이름이 준모라면서, 서로 편하게 이름을 부르자고 했다. 그래서 그도 이동수라고 이름을 밝혔다. 준모 씨가 주방으로 가 물소리를 내며 컵을 씻었다.

"저는 보경이에요."

보경이 거실에 깔린 푸르스름한 빛깔의 양탄자에 올라 거기 늘어져 있는 양말 한 짝과 스웨터를 발끝으로 밀어내면서 딸꾹질하는 제 아버지를 대신하려는 듯 목소리를 높였다.

"저희 아빠는 형하고 누나가 있고요, 저는 형이랑 누나랑 다 없고요."

준모 씨가 정수기에서 물을 한 잔 받으며 물었다.

"위에 큰아빠도 계시니?"

"아뇨. 아파서 못 오신대요. 큰아버지 이름은 이동식, 아

축복

빠하고 동 자 돌림이에요. 고모 이름에는 동 자가 없어요. 고모는 성도 달라요. 정 씨예요. 정차율."

동수는 거실 바닥에 자리 잡고 앉는 보경을 보며 또 딸꾹질했다. 보경의 다리 양옆으로 셔츠와 양말, 스웨터, 빛바랜 무릎 담요가 늘어져 있었다. 동수는 아직 서 있는 채였다. 준모 씨가 그에게로 다가와 따뜻한 물이 든 잔을 건네주었다.

"천천히 드세요. 아, 잠깐만요, 잠깐만."

준모 씨가 이번에는 동수가 서 있는 곳의 맞은편 방으로 들어가더니 의자 하나를 끌어 내왔다. 쿠션이 두툼한, 발이 다섯 개 달린 사무용 의자였다. 등받이에는 양털로 보이는 흰 덮개가 씌워져 있었다. 동수는 조금 민망해하며 그 의자에 앉았다. 준모 씨는 거실 바닥에 늘어져 있는 옷가지들을 거두어 한데 모아두고는 다리를 죽 펴고 앉더니 이내 길게 한숨을 내쉬며 드러누웠다. 그리고 시선을 천장에 둔 채로 한쪽 팔을 이마 위에 얹고는 "좀 어지러워서요"라고 말했다. 보경이 자그마한 소리로 속삭이듯 물었다.

"아빠, 나도 여기 누워도 돼요?"

그러자 준모 씨가 동수 대신 냉큼 대꾸했다.

"오, 그럼, 이 아저씨처럼 편히 누워 쉬어라. 네 나이 때는 어른들이 사방에서 아주 골치를 썩이지. 거기 예외는 없단다. 백 퍼센트야."

보경이 뭔가 가뿐해진 표정으로 저도 바닥에 드러누웠다. 동수는 물을 한 컵 다 마시고 조금 전에 준모 씨가 물을 따른 정수기 쪽으로 가 따뜻한 물을 조금 더 받아 왔다. 그리고 의자에 앉으려다 등받이를 덮고 있는 양털 덮개를 바닥으로 떨어뜨리고 말았다. 동수는 허리를 굽혀 덮개를 집어 올리려다 그게 여성용 점퍼라는 걸 알아챘다. 안쪽의 분홍색 라벨에 'My Venus'라는 상표가 달려 있었다. 동수는 그 양털 점퍼를 반으로 접어서 등받이에 걸쳐두고는 의자에 앉았다. 딸꾹질은 멈춘 듯했다.

준모 씨의 거실에는 가구랄 게 딱히 없고 잡동사니가 바닥에 늘어져 있었으나 가만히 살피고 있자니 더러워 보이는 구석은 없었다. 조금 전에 준모 씨가 의자를 꺼내 온 탓에 열린 방문 안쪽으로는 깔끔하게 정돈된 침대 일부가 보였다.

"내가 이 집, 이 아래층으로 이사를 오기까지 얼마나 많은 시간을 잡아먹었는지 아무도 모를 겁니다." 준모 씨가 이마 위에 얹어두었던 손을 바닥으로 내려놓고는 천장을 바라보고 누운 채로 계속 말했다. "말년에 누나랑 같이 사는 걸 꿈꾸는 남자들이 세상에 저 말고 또 있을지 모르겠지만, 저는 누나를 좋아합니다. 제 진심을 제가 다 어떻게

축복

알겠습니까만 하여간 그래요. 좋아해요."

동수는 혼란스러웠지만 나름대로 대화를 잇고자 했다.

"거식증이라니, 저는 전혀 눈치도 못 챘네요."

"먹는 걸 거부하는 건 몸과 마음을 다 망치는 길이라고 의사가 누누이 강조했고, 누나도 나도 그걸 다 같이 들었는데, 수긍했는데, 좋아지고 싶다고 다짐했는데, 이게 어떻게 참 잘 안 되는 겁니다. 지지부진하니 확 나아지지를 않아요. 누난 그 나이에 숨통 끊어질 짓을 하고 있어요. 저도 뭐든 득달같이 말리기에는 이제 힘에 부치니까 이렇게 좀 쉬어줘야 해요. 문제들이 사방에서 폭죽처럼 터집니다. 제속 터지는 줄도 모르고."

준모 씨가 이런 말을 하는 동안 보경이 누운 채로 데굴데굴 굴러서 벽 쪽으로 가 모로 누웠다. 동수는 '애를 이렇게 버릇없이 키우지는 않았는데……' 생각하면서도 그냥 놓아두었다.

"누나가 자긴 제대로 삼키지도 못할 쿠키나 잼 같은 걸 만들어 여기저기 돌리면서 정말로 행복한지 어떤지 저는 잘 모르겠어요. 노력하는 거 같긴 해요. 노력에 관해서라면 평생 지치는 법이 없었으니까요. 그 와중에 잘 관리된 습관 같은 거죠. 보시다시피 전 자주 지쳐서 이렇게 한 번씩 드러누워 있어줘야 하는데, 누나는 쓰러지고 싶을 때까지 춤을 추는 타입인 겁니다. 위에서 지금 춤추지 않나요?"

"아! 네, 맞아요."

"노랫소리가 들리네요."

"그러네요. 들리네요."

"아까 저희 딸, 보시지 않았습니까?"

"아, 그분이 따님이셨나요?"

"네, 아이를 가졌다데요. 이 얘긴 다 못 하겠습니다."

준모 씨는 그렇게 말하고는 보경을 의식해서인지 모로 누워 있는 보경의 뒤통수에 대고 말을 이었다.

"하긴 제 딸이 어릴 적에 저를 참 좋게 참아준 걸 제가 다 잊어버리지 못합니다. 그 얘기도 정말이지 다는 못 해요."

동수는 "네, 네" 하고 작게 대꾸했다. 준모 씨가 갑자기 벌떡 일어나 앉더니 목울대에 핏줄을 세우며 소리를 드높였다.

"나쁜 놈들이 얼마나 많은 세상이에요, 네? 딸애한테 바른 소리를 잔소리처럼 해댈 수밖에 없는 자신이 무진장 속상합니다." 그러고는 급격히 풀이 죽어 고개를 수그리고 말을 이었다. "긴말하면서 제가 먼저 울어가지고, 특히나 그것 때문에 뒤끝이 괴로워서 죽겠네요."

준모 씨는 내주 중으로 딸이 자기 집으로 들어와 지낼 거라며, 한동안 그렇게 같이 지내기로 했으니 집 안을 좀 정리하려던 참이라고 덧붙였다.

"아……! 그렇다면 저도 마침 아내랑 집 안을 정리하던 중인데, 혹시……"

동수는 갑자기 기운이 솟았다. 체크 리스트를 휴대폰 카메라로 찍어 저장해둔 게 떠올라서 폰을 꺼내 들고 목록을 눈으로 훑어 내렸다.

"화장대 같은 게 당장 필요하시지 않을까요? 저희가 마침 나눔하려던 게 있는데 서랍장이 딸려 있어요. 새 거는 아니지만 정말 깨끗하게 써서 새 거나 다름없는데요. 필요하시다면 보내드릴 수가 있어요. 완전히 새 걸로는 식탁보랑 토스터가 있고, 또……"

동수는 준모 씨에게 도움이 되고 싶은 제 마음이 어디서부터 끓어오르는 것인지 몰랐으나 그게 끓어오른다는 것만은 알았다. 하고 싶은 말을 어디서부터 해야 할지 준모 씨만큼 유연하지는 못했지만, 다행히 할 수 있는 말이 있었다. 읊어댈 수 있는 물건들, 그것들을 생활공간으로 처음 들였던 일, 또 그걸 이끌고 다른 데로 이동했던 일, 함께 꾸려온 시간에 대해서 아내에게 감사한 마음이 들었다.

동수가 그 집 대문을 나설 때쯤에는 눈이 그쳤고, 양 여사가 아닌 준모 씨가 동수를 배웅했다. 준모 씨는 헤어지며 이렇게 인사말을 남겼다.

"누나가 내게 할 수 없는 이야기가 따로 있고, 그게 이 선생님하고 가능한 거라면, 그 정도면 저는 아무런 신경을 안 씁니다. 산책은 그냥 산책이고, 누구에게나, 저 같은 사람한테도 나쁠 게 전혀 없고요. 그러니까 제 말은…… 오늘 제가 엉망진창이었던 걸 좀 이해해주세요!"

"아뇨, 아뇨. 정말 괜찮습니다. 고마웠습니다."

동수는 준모 씨와 악수를 하고 돌아섰다.

동수가 보경의 손을 잡고 집으로 돌아왔을 때 해선은 식탁에 앉아 다이어리에 무언가를 적고 있었다. 해선은 동수가 기대했던 바대로 "어서 들어와" 하고는 그의 다음 말을 기다려주었다. 보경이 오줌이 마렵다며 종종걸음으로 화장실로 향했다.

동수는 해선에게 오늘 겪은 일을 고스란히 잘 전달하고 싶었지만 그럴 수 없으리란 예감에 순간 먹먹해졌다. 그래서 결국 해선이 먼저 물었다.

"자기, 손에 든 그게 뭐야?"

동수가 손에 들고 있는 쇼핑백에는 준모 씨가 챙겨 준 양털 점퍼가 들어 있었다.

"오늘 만난 사람이 당신한테 이걸 선물했어."

"응? 아, 그 양 여사님?"

해선이 쇼핑백을 건네받고는 거기서 양털 점퍼를 꺼내 들었다. 보경이 화장실에서 거의 튀어나오듯 달려와 소리 쳤다.

"나 은택이랑 스키장 가요, 엄마. 오면서 아빠랑 약속했 단 말이에요. 엄마도 찬성이죠? 오늘 할아버지랑 양 여사 님이랑 춤을 췄는데…… 아래층에 사는 준모 아저씨가 속상해서 울었단 말했는데……"

보경이 이야기를 쏟아내다가 뚝 멈추고는 동수를 쓱 올 려다보았다. 동수가 보경의 머리통을 쓰다듬었다.

"형하고 누난 다 못 봤어. 다들 사정이 있더라고…… 참, 당신은 오늘 어땠는데?"

동수가 묻자 해선이 대답했다.

"나야 오래간만에 친구 집에 누워서 잘 쉬었지. 자기 홍 도 좀 보고. 근데 이 옷을 왜 나한테?"

"저기, 얘기가 좀 긴데, 긴 얘기 일단 짧게 하면, 원래는 그게 양 여사님이 아니라 양 여사님 남동생분이 딸 주려 고 산 건데, 그 딸이 자기 취향 아니라고 했다더라고. 그 래서……"

해선이 점퍼를 활짝 펼쳐보곤 양 소매에 팔을 꿰 넣으며

"와, 이거 입으면 양처럼 울어야 할 거 같아" 하더니 흐흐흐 웃었다. "실은 내가 낮에 술을 좀 마셨어. 기분 좋을 만큼만 마셨어. 근데 어떡하지? 지금 긴말이 귀에 잘 안 들어올 거 같네. 미안하지만, 자기랑 보경이랑 한 가지씩만 얘기해주면 안 될까? 막 떠오르는 거 딱 하나씩만. 보경아, 넌 오늘 어땠니, 응?"

"오렌지잼 쿠키가 맛있었어요. 양 여사님은 예쁘세요. 그리고 할아버지 향수 뿌렸어…… 끝. 아빠는?"

동수가 잠자코 서 있다가 해선을 보며 말했다.

"그 남동생분은 성격이 아주 시원시원하더라고. 난 갑자기 딸꾹질이 다 나가지곤 진땀 좀 뺐다."

해선이 눈을 끔벅거리더니 무슨 생각에서인지 양팔을 벌렸다. 동수가 다가가 해선을 안았다. 그들은 끌어안은 손으로 서로의 등을 도닥이다가 잠시 후 포옹을 풀었다. 동수가 바닥에 쭈그려 앉아 아내를 올려다봤다. 자신 없는 질문을 담고 있어 흔들리는 눈빛이었다. 해선이 가만히 시선을 맞추더니 무언가 읽어낸 듯 고개를 가로저으며 말했다.

"아닌데. 틀렸어. 아니야."

"그럼 어떤데?"

"어떻고 말고 할 게 뭐가 있어."

"난 술 안 마셨고, 귀도 멀쩡하니까, 조금만 더 길게 얘기해줘봐."

"괜찮아, 지금이. 어제보단 오늘이. 웃긴 건 뭔 줄 알아?"

"뭔데?"

"내가 지금 나 어떻게 보이냐고 아무한테도 안 묻고 있다. 안 궁금해."

어스름한 풍경을 휘젓고 온 바람이 유리창에 매달려 낮게 웅, 소리를 내고는 멀어졌다. 해선이 커다란 양을 쓰다듬듯이 제 몸을 쓸어내리고는 덧붙였다.

"생각보다 잘 맞고, 보기보다 따뜻한걸."

들소

집주인 할아버지와 할머니는 마당으로 나와 내게 무용을 배워본 적이 있느냐고 물었다. 우리 모녀의 단출한 이삿짐 상자들이 집 안으로 모두 옮겨지고, 우리를 그곳에 내려놓은 용달차도 떠나간 뒤에 넌지시.

나는 사철나무 그늘에 단정히 선 채 대답했다. "아뇨, 제 이름은 고푸름이에요."

나는 그 새로운 관계를, 불쑥 내 이름을 대는 것으로부터 시작했다. 잘 모르는 것들에 둘러싸여 있다는 두려움 때문이었다. 나는 먼지가 날 테니 밖에 나가 있으라는 어머니의 지시를 얌전히 따르는 중이었다. 내가 바라보고 선 쪽에 우리 모녀가 살게 될 방의 창문이 나 있었고, 열린 창 너머로 몸과 마음이 분주해 두 볼이 상기된 어머니가 오가

들소

는 모습이 보였다가 안 보였다가 했다.

"내 둘째 딸은 이름이 이에스더야." 할머니가 말했다.
"지금 스위스에 춤추러 갔다."

할머니는 내게 당신 딸의 존재를 알리고 싶었으나 동심
을 깨뜨릴 수는 없어서 없는 일을 지어냈다. 아니면, 당신
의 환상이 어린아이를 사로잡는 현상을 지켜보고 싶어서.
나는 눈을 동그랗게 치켜뜨고 내가 가져본 적 없던 풍경들
을 그려보았다. 스위스의 호숫가, 댄스홀, 춤을 추는 이에
스더.

"사진을 보고 싶어요. 어떻게 생겼어요?"

할머니는 할아버지가 옛 사진들을 모조리 태웠다고, 또
할아버지는 이에스더가 사진을 몽땅 들고 '날아가버렸다'
고 서로 다른 말을 했다. 그래서 나는 이에스더가 내 어머
니와 비슷하게 생겼다는 할머니의 말이 사실인지 눈으로
확인할 수 없었다.

*

우리 모녀는 뜻밖의 장소에서 안식을 찾았다. 우리에게
마당이 있는 너른 주택의 방 한 칸이 거의 공짜로 주어진
이유는 믿을 수 없을 만큼 감상적인 것이었다. 집주인 할

196

머니의 말에 따르면, 내 어머니가 오래전에 잃어버린 당신의 둘째 딸과 생김새가 비슷해서였다. 그러니까, 딸 생각이 나서. 거기 동정 어린 시선이 깃들어 있다고 느낀 어머니는 그 이야기를 고스란히 내게 옮기지는 않았다. 호락호락하지 않은 세상살이의 쓴맛을 보고 있던 사람답게 대가를 기대하지 않는 순수한 호의란 경험상 없었다는 사실을 먼저 상기했다. 하지만 "감사합니다" 하고 고개를 수그려 인사하고는 어떻게든 그해 가을부터 이듬해 봄까지만 신세를 지고 은혜를 갚겠다고 다짐했다.

노부부에게는 집 근방에 당신들 소유의 건물이 한 채 있었다. 그 건물에 든 옷 가게, 분식집, 피아노 학원, 만화책 대여점 등으로부터 세를 받아 생활을 꾸려갔다. 그들은 땅을 물려받고 건물을 세운 뒤로는 각자 비슷한 시기에 직장에서 나와 더한 욕심 없이 한자리에서 조금씩 닳아가는 삶을 택했고, 자족했다. 부부는 혈기 왕성하던 시절에 미리 노후의 생활을 그려본 적이 있었다. 소소하게 여행을 다니고, 선행을 베풀고, 젊은이들과 대화하는 법을 잊지 말자고, 인생을 다시 배우자고 약속했다. 하지만 둘째 딸 에스더가 열여섯 살 나이에 실종되면서 부인은 큰 충격을 받아 부분적으로 기억을 상실했고, 그 구멍 난 자리에 관해서는 오래도록 누구와도 제대로 대화하기 힘들었다. 스위스

들소

에서 무용수로 활약하는 에스더는 없었다. 혹 그런 춤꾼이 있더라도 할머니의 딸은 아닐 것이었다.

내 어머니는 학습지 회사에서 사무 보조원으로 일했다. 인력 교체가 잦고, 필요 이상으로 단합을 요구하는 문화가 있던 곳이었다. 어머니는 쓸데없는 말은 삼갔지만, 떠들어야 할 자리에서는 사람들의 기분을 맞춰가며 잘 떠들었다. 일 처리에 꼼꼼하고 눈치가 빠른 편이었고, 눙치며 눈속임도 할 줄 알아서 친목의 자리에서 푼돈 내기 고스톱을 칠 때도 시급에 달하는 만큼은 꼭 돈을 따냈다. 시간은 돈이었다. 어머니는 내가 무럭무럭 자라나는 게 때로는 무섭다고 했다.

당시 어머니가 내게 자주 한 말은 '등을 펴고 다녀'였다. 움츠러들어 있으면 그것만으로도 얕보는 사람들이 있다고, 등을 펴면 기분도 확 펴진다고. 반면에 내가 어머니에게 자주 한 말은 '조심해'였다. 차 조심해. 계단 조심해. 감기 조심해. 나는 어머니가 다치거나 아프면 어떡하지, 하고 내심 걱정스러워하면서도 등을 꼿꼿이 펴고 다니려고 부단히 노력했다.

"주인 할머니 딸이 스위스에 있대. 무용수래."

이사 후 며칠이 지나 잠자리에서 곰곰이 생각에 잠겨 있던 내가 어머니에게 그 말을 먼저 꺼냈다. 할머니의 둘째 딸에 관한 말을. 어머니는 "쉿!" 하고 우리가 덮고 있던 이불을 머리 위까지 끌어당겼다.

"그래서 뭐랬어?"

"사진 보여달라고. 그럼 안 되는 거였을까?"

"아아아니."

어머니는 하품을 길게 하며 손등을 이마에 얹더니 금세 "으으음" 하고 짧게 잠꼬대를 내뱉었다가 눈을 반짝 떴다. "그래, 학교는 어때? 친구들은?"

"괜찮은 거 같아."

"친구들한테 친절하게 잘 대해. 할 수 있지?"

"응."

나는 사교적이지 못한 성격이라 전학생으로서 어색하게 의욕만 앞세우다 일을 그르치지 않게 되기만을 바랐다. 괜스레 미움받는 일이 발생하지 않도록 조심조심, 가만가만 지내다가 겨울방학을 맞이하고, 새 학년이 되는 때에 누구도 함부로 얕잡아볼 수 없도록 키가 훌쩍 커서 나타나고 싶었다.

내 부모는 고등학교를 졸업한 해에 나를 낳았다. 나는 8개월 만에 세상에 나온 미숙아여서 인큐베이터에서 더 자라나야 했다. 어린 부부는 아무런 준비 없이 닥쳐오고 있는 앞날의 시간에 대해 감당하기 버거운 심정이었을 것이다. 결혼은 생활이고, 생활에는 돈이 드니 해결점을 찾아야 했다. 아버지는 지방에서 숙박업을 시작한 먼 친척이 일자리가 있다고 불러들이자 그 이상의 좋은 기회는 자기 인생에 다시없을 거라고 믿었다. 어머니는 그 굳은 믿음이 가엾고 슬퍼서 남편도 자신도 더는 사랑할 수 없게 되었다고 했다. 두 사람은 서류상으로는 여전히 부부였지만, 왕래가 끊긴 지 오래였다. 나는 부모가 결국은 어떻게든 헤어지게 되리란 걸 알고 있었다. 그건 무슨 예감 같은 게 아니었다. 찬바람이 불면 겨울옷을 꺼내 입어야 하는 것처럼 제때 받아들이지 않으면 몸이 질병에 노출되는 일과도 같았다.

주인 할머니는 나누는 걸 즐기는 사람이었다. 떡집에서 떡을 맞춰 주변에 돌릴 때도, 찹쌀로 새알심을 만들고 큰 솥에 팥을 가득 넣고 삶아 손수 팥죽을 끓여 나눌 때도 있었다. 약사인 사위가 관절이나 눈에 좋은 영양제들을 할머니의 당부에 따라 잊지 않고 챙겨 오면 그걸 동네 친구분들과 나눴고, 손자 재근이가 놀러 왔다가 문밖을 나서는 길에 "할머니, 또 봐요" 하면 "또 봐요, 또 봐요, 또 봐요" 하고 메아리로 돌려주어 아이를 까르르 웃게 했다. 할머니

의 큰딸은 각종 유기농 과일과 채소를 할머니에게 자주 가
져왔는데, 돌아갈 때는 참기름, 들기름, 김치, 멸치 같은 것
들을 챙겨 갔다. 사람들이 복닥거리고 각종 음식 냄새가
어우러지기 시작하면 그 오래된 집은 커다란 생명체로 변
해 큰 숨을 들이쉬고 내쉬는 듯했다. 우리 모녀의 심장도
덩달아 빨리 뛰었다. 어머니는 손님이 들면 방해가 되지
않도록 조용히 방 안에서 시간을 보내는 편이었지만 밖에
서 일손이 필요한 듯한 낌새가 느껴지면 어느새 자연스레
그들 틈에 끼었다. 그런 때 나는 어머니 곁에서 예쁘게 웃
고만 서 있어도 체리가 든 초콜릿이나 말린 바나나, 센베
이 등의 간식거리를 받았다.

  널따란 집에 할머니와 내가 단둘이 남는 날들도 종종 있
었다. 할머니는 쉼 없이 꼼지락거리면서 일거리들을 찾아
내는 게 습관으로 굳은 사람이라 수건과 속옷을 삶아 마당
에 널어놓고, 마루를 닦고, 식기와 옷 들을 정리해 재배열
하고, 밤을 삶아 소쿠리에 담고, 작은 떡볶이 모양으로 썰
어낸 무를 고르게 펴 햇빛에 말리고, 내가 만화책을 빌려
볼 수 있도록 만화책 대여점에 데려가 인사도 시켜주고,
한숨 돌리는 시간에는 꼭 작게 소리 내 기도를 했다. 중얼
거리는 소리 중에 내가 제대로 알아들을 수 있는 부분은
할머니가 가슴을 치는 동작과 함께 읊는 '제 탓이오, 제 탓

이오, 저의 큰 탓이옵니다. 그러므로 간절히 바라오니'였는데, 나는 그때마다 할머니가 어딘가에 우리가 모르는 장엄한 세계가 있다는 걸 내게 알리려 한다고 느꼈다. 그리고 그 세계 쪽에서도 다른 편에 다른 세상이 있다는 걸 알아채도록 하기 위해서는 누군가 끝없이 노크하며 인기척을 내야 한다는 것도. '하느님 거기 있어요? 지옥 불도요? 맙소사. 제가 어떤 죄를 지었는지 이야기를 했었나요?'

할머니가 완전히 무기력해져서 가만히 누워 있는 날은 드물었지만, 기쁘고 즐겁던 날들의 기억들을 몰아내기 충분할 만큼 불길한 느낌을 주었다. 나는 새로 빌려온 만화책에서 미스터 화이트 씨가 줄리안이라는 남자를 구둣발로 차서 줄리안 씨가 진흙탕에 몸을 구르게 됐을 때, 미스터 화이트 씨의 그런 못되어처먹은 행동이 아름다운 이사벨과 뮤리얼 자매의 눈에 띄었으면 좋겠다고 생각하며 책장을 넘기다가 가슴이 몹시 뛰었다. 만화책 때문인지 할머니의 눈에 맺힌 눈물 때문인지 잘 몰랐지만, 할머니가 슬프거나 아파서 눈물을 글썽이는 게 아니기를, 할머니 말대로 할머니에게 '나는 지금 눈물이 난다' 하고 생각하면 눈물이 뚝 떨어지고, '나는 지금 얼굴이 빨개지고 있다' 하고 생각하면 얼굴이 새빨개지는 능력이 있어서이기를 바랐다. 그러고는 책의 마지막 장면을 펼쳐 미스터 화이트 씨의 피할 수 없는 운명이 무엇인지 확인했다.

그러던 어느 날이었다. 내가 즐겨 읽던 책들에서 화제를 전환할 때 자주 나오던 바로 그 표현, '그러던 어느 날'. 부슬부슬 비가 와서 낮인데도 어둑하게 느껴져서 그게 날씨 때문이란 걸 알면서도 혹 시계가 고장이 난 건 아닐까 싶어 시계를 얼핏 보고는 다시 자세히 들여다봤다. 오후 3시 언저리였다. 할머니가 마당이 내다보이는 마루의 창문가에 다가서서 "그러면 안 되는데" 하고 중얼거리더니 종종걸음으로 마루를 가로질러 주방 쪽으로 나아가다가 중간에 딱 멈춰 섰다. "아니, 아니, 아니" 하고 고개를 가로저으며 짧은 소리를 내고는 어깨를 들썩이며 씩씩거리기 시작했다. 왜, 무슨 말을 하려는 건가 하며 귀 기울여 기다리고 있었는데 할머니는 그다음 말을 한꺼번에 잃어버렸다. 그런 것으로 보였다. 무엇을 해야 할지, 무엇을 하려던 건지도 까맣게 잊었는지 갑자기 입술을 앙다물고는 오들오들 떨었다. 나는 겁을 집어먹고 슬금슬금 걸어가 할머니의 손가락들을 내 손으로 감쌌다. 내 손에 잡힌 것이 차고 굳은 듯해 얼른 도로 손을 거두어들이고 싶었지만, 그 생각만으로도 이미 죄책감이 느껴져서 도저히 그럴 수가 없었다. 할머니는 어디론가 쏙 빠져나가고 할머니를 닮은 다른 물질이 나와 연결되려는 것 같았다. 그때부터 내 몸도 덜

들소

덜 떨리기 시작했다. 어떡하지, 어떡하지, 어떡하지. 내가
그 순간 간절히 기다린 사람은 할머니가 매일 기도하는 신
이 아니라 할아버지였다. 할아버지는 낚시가 유일한 취미
였는데, 잠자마자 곧 놓아줄 물고기들을 하염없이 기다리
고 또 기다리는 방식으로 그 나름대로 자꾸 혼자가 되었다.
호리호리한 체격에 말과 동작이 경박하지 않고 느릿느릿
여유롭게 보였던 그는, 입이 짧다고 할머니의 타박을 듣는
와중에도 내게 낚시에 쓸 지렁이를 꺼내 보여주며 만져볼
수 있도록 해주었던 그는, 할머니와 나 사이에 느닷없이
찾아온 그 정체 모를 시간, 알 수 없는 완강한 힘으로 숨 막
히게 꽉 차오르는 침묵의 시간을 함께 견뎌주지는 못했다.

　나는 간신히 힘을 그러모아 내가 할머니 눈앞에 있다는
사실을 할머니가 인지할 수 있도록 말을 걸었다.

　"괜찮아요? 괜찮아요? 괜찮아요? 저예요, 푸름이에요.
지금 나 보여요?"

　내가 발을 동동 구르자 할머니가 스르륵 자리에 앉았다.
나도 홀린 듯 그 앞에 따라 앉았다.

　"고푸름."

　할머니가 그렇게 말하고 주름진 손으로 내 머리통을 문
질러서 머리칼을 헝클었다. 나는 할머니가 금세 도로 침묵
속으로 빠져들까 봐 무슨 말이건 나오는 대로 했다.

"나는 물이 무서워요. 불이 무서워요. 또 폭풍이 무섭고 천둥이 무서워요. 뾰족뾰족한 것들이 무섭고, 와글와글 다글다글 징그러운 것들도 무서워요. 긴 다리를 후들거리면서 빠르게 획 지나다니는 벌레들이 무서워요. 깜깜한 밤에 소리를 지르며 우는 동물들을 혼자 상상해볼 때 너무 무서워요. 한밤중에 유리창에 흔들거리는 나무 그림자가 무섭고, 또, 또, 할머니가 아까 아무 말도 안 해서 정말 무서웠어요."

그러자 할머니가 나를 품에 꼭 끌어안으며 말했다.

"에스더. 착한 에스더."

*

그해 가을은 예년보다 따뜻했고 어머니에게는 남자친구가 생겼다. 친구의 소개로 다른 친구들과 다 같이 만나는 사이라고는 했지만, 그 사람 이야기를 할 때면 얼굴이 환해지고 눈이 반짝였다. 그는 내가 생각하는 기준으로는 잘생긴 사람이 아니었다. 넓적한 얼굴에 밋밋한 이목구비를 지녔고 손톱도 손끝도 몽톡해서 내 스타일은 아니었다. 내가 그 말을 했더니 어머니는 "스타일?" 하고 깔깔 웃었다. 정말 크게 소리 내 웃기에 어머니가 그를 좋아하고 있다는 걸 느꼈다. 그는 종종 나를 위해서 색연필이나 스티커, 머리핀을 사서 어머니 손에 들려 보내는 다감함이 있었지만, 볼링장에서 볼링을 치다 두세 번 만났을 뿐인 다른 여자친구와의 관계 속으로 도피했다가 염치없이 도로 나타났다. 어머니는 최종적으로는 실망하거나 실의에 빠진 것처럼 보이지는 않았다. 나는 어머니가 원래 그렇게 쉽게 정들고 어렵지 않게 정을 떼는 사람이었던가 아니었던가 헷갈렸다. 내가 그런 걸 헤아리고 있다는 사실을 어머니가 눈치채지 않았으면 하고 바랐다.

이 무렵 나에게도 남자인 새 친구가 생겼는데 곱상하게 생긴 길우라는 아이로, 중학생인 제 누나를 끔찍이 자랑스러워했다. 누나가 스포츠는 뭐든지 즐겨 잘하고 다룰 줄 아는 악기만 해도 네 가지가 된다기에 나도 굉장하다고는 생각했다. 한편으로는 길우가 계주에서 바통을 놓치며 넘어지고, 만만하게 다룰 수 있는 악기는 캐스터네츠 정도밖에 없는 나를 어떻게 생각할지 궁금해졌으나, 그 말은 어떤 형태의 질문으로도 절대 입 밖으로 꺼내지 말아야 한다고 여겼다. 내가 하고 싶은 다른 말이 훨씬 더 중요했다. 길우가 내게 아름답게 느껴진다는 것이었다.

아름다움은 귀했다. 나는 기꺼이 현혹됐다. 그 사실을 언제나 염두에 두고 있지는 않았지만, 누군가 '당신이 중요하게 생각하는 가치는 무엇입니까?'라는 제목의 설문 조사 용지를 나눠 주며 50여 가지 보기 중에서 하나를 골라 표기하라고 한다면 무의식적으로 가장 먼저 그 단어를 발견하게 될 사람이 나라는 걸 알았다. 하지만 '아름다움이란 무엇인가요?' 하고 누군가 묻는다면 설명하기가 무척 힘들어질 것이었다. 그건 이를테면 이런 모양새이다.

볕이 좋은 가을날이다. 교실의 창문 중 두 개는 완전히 다 열려 있고, 탁자 위에는 비어 있는 하얀 꽃병이 놓여 있다. 우리 반 담임이 이제 그걸 누군가에게 주고 싶어 한다. 상으로 주고 싶어 한다는 점에서 그 꽃병은 트로피를 연상시키기도 하지만 트로피는 아니다. 트로피처럼 한 손에 잡히는, 매끈하고 하얀 도자기로 된 꽃병이다. 담임은 허름하고 품이 넉넉한 회색 양복을 입고 다닌다. 와이셔츠 단추를 두 개 풀어놓아 벌어진 옷 틈 사이로 목둘레 부분의 안감이 살짝 보이는데, 희고 깨끗하다. 학생 중 누군가는 아마도 담임의 허름한 양복 또한 청결하리라는 걸 짐작하며 그의 집 옷장 속에 적어도 해지고도 품이 넉넉한 회색 양복이 서너 벌 정도 나란히 걸려 있는 장면을 상상하고 있다. 담임은 귀가 살짝 어두워서 누군가의 무슨 말을 귀담아듣고 있을 때는 미간에 약간 주름을 띠고 고개를 앞쪽으로 쓱 빼는 버릇이 있다. 또 약간의 악취미가 있다. 학생들

들소

을 혼내야 하는 때에 체벌이나 훈계 대신 상, 또는 선물을 준다. 그 선물은 보통 이상한 것들이다. 부러진 나뭇가지, 한 줌의 노끈, 헝클어진 털실, 부패 중인 낙엽 한 더미 등 온당치 않은 일들이 벌어지는 현장에 놓여 있던 무엇이든 그의 선택에 따라 상이나 선물이라 호명될 수 있다. 전에 교실 뒤쪽에서 바닥을 뒹굴며 싸우던 남학생 둘은 손잡이가 떨어진 주전자를 상으로 받았다. 담임은 그 애들을 학생들 앞쪽으로 불러 세우고는 싸우던 모습 그대로 재연해 보이도록 청했다. 그렇다. 청했다. "자, 시작해보실까요?" 싸움꾼들은 구경거리가 되어 좀 전까지만 해도 거침없이 휘둘렀던 제 주먹과 발을 다른 구경꾼들과 마찬가지로 조금은 의식적으로 바라보며 움직일 수밖에 없었다. 오로지 이제 그만하라는 말이 떨어져야 그 우습고도 굴욕적인 상황에서 벗어날 수 있었다. "참들 보기 좋구나. 그렇게 생각하지 않니?" 담임은 온 학생을 찬찬히 둘러보며 묻고는 주전자를 두 싸움꾼에게 하사했다. 그리고 두 학생은 손잡이가 떨어진 주전자의 주둥이와 몸통을 각기 붙잡고 교실 뒤 끝까지 천천히 걸어가는 의식을 치렀다.

다시 그날로 돌아가기로 한다. 볕 좋은 가을날이다. 길우는 수업 시간에 소설책을 몰래 읽다가 막 발각된 참이다. 선물이 무엇인지 알게 됐고, 회피할 길은 없다. 길우는 혼자 몰래 읽던 책을 들고 자리에서 일어나, 이제 교실에 있는 아이들 모두가 알아들을 수 있을 만큼은 소리를 내어 그걸 읽어내야만 한다. 길우는 난처한 상황에 달리 대처할 방법을 몰라서 미소를 지어 보이며 눈앞에 책을 펼쳐 든다. 탐정소설이다. 탐정이 시체의 혈흔을 살피는 대목을 골라 읽는다. 죽은 자는 체격이 좋고 머리가 벗어진 중년 남자로 흰색 실크 로브를 걸치고 있는데, 불룩 나온 배 부분이 검붉은 피로 물들었다. 그 얼룩은 그가 누워 있는 검푸른 카펫, 크고 작은 다이아몬드형 문양이 반복되는 그 카펫까지 이어져 작은 문양 한 개를 완전히 덮었다. 시체의 눈가에 찢긴 상처가 났고, 그 옆쪽으로 약간 이가 빠진 칼이 버려져 있다. 방 안에는 피 냄새와 썩은 과일 향이 섞여 감돈다. 길우의 얼굴에 가을 햇살이 닿아 옅은 금빛이 감돈다. 빛이 얼굴에서 목, 어깨로 내려오는 선을 타고 하얗게 부서진다. 머리칼 몇 가닥이 공중으로 살짝 올라서 있다. 보이지 않는 손이 감아올린 것처럼. 부드럽고 청량한 바람이 길우의 머리칼과 내 머리칼을 동시에 건드리고 지나간다. 나는 얼굴에 열기를 느낀다. 참혹하고도 황홀한 내 감정을 어찌지 못한다. 이 순간이 그대로 한 장의 그림처럼 내 안에 천천히 스미고 섞이기를 기원한다. 빈 꽃병을 한 손에 움켜쥐고 선, 해진 정장 차림의 선생과 그 앞에서 빛나는

들소

얼굴로 말을 쏟아내는 소년과 바닥에 쓰러져 있는 이미 죽은 사람, 반질거리는 흰색 실크 로브, 버려진 칼과 검붉은 피. 그리고 그 순간을 정확히 이해하려는 탐정에 대해서도 생각하지만, 그에 대한 묘사는 충분치 않아 그는 결국 시신 옆에 길게 늘어진 그림자로만 남는다. 현장을 증언하는 소년의 얼굴은 해사하고, 소년의 얼굴과 몸에 드리워져 이 모든 일을 낱낱이 함께 호흡하는 햇살은 곡식을 무르익게 하고 과일에 즙이 차오르게 하는 그 빛과 같다.

오후의 학교 운동장 벤치에 앉아, 나와 길우는 학예회에 관해 이야기를 나누고 있었다. 담임이 길우에게 상으로 빈 꽃병만 준 게 아니라 과제를 하나 더 안겨주었기 때문이다. 담임은 학예회 때 반 아이들이 다소 교훈적인 연극 한 편을 무대에 올릴 수 있도록 지도해왔다. 쥐들이 누가 고양이 목에 방울을 달 것인가로 토론을 벌이는 이솝 우화를 가지고 학생들이 공동 각색을 하도록 했고, 각기 배역을 맡아 공연에도 참여토록 유도했다. 원래 우화 속에서는 말로만 떠들 뿐 방울을 달 용기 있는 쥐가 한 마리도 없어서 뿔뿔이 흩어지고 마는 게 마지막이었지만, 우리의 연극 속에서는 일곱 마리의 쥐들이 계획은 실패하더라도 그 과정에서 위기를 타파할 지혜를 모으는 것으로 수정되었다. 전학생이었던 나는 대사가 없는 나무 역할을 맡았다. 갈색 옷을 걸치고 손보다 큰 초록색 장갑을 끼고 머리에는 꽃핀 두 개를 꽂고서 무대에 올라, 날씨가 좋으면 활짝 웃고 궂으면 찡그리는 표정 연기를 하면 됐다. 쥐들이 싸우면 근심하는 표정을 짓고, 쥐들이 협심하면 두 팔을 환호하듯 흔들었다.

길우는 원래 아무런 역할이 없었는데, 담임의 지시에 따라 갑작스레 스스로 역할을 만들어 극 속에 끼어들어야 했다. 길우는 무엇을 하면 좋을지 알지 못했다.

"여덟번째 쥐!"

내가 말하자 길우가 쥐는 더 필요 없을 것 같다고 했다.

"생선 가게 주인."

"나는 너처럼 나무 같은 걸 하고 싶어."

나는 내 역할을 길우에게 양보할 수 있다고 했다. 장갑도, 핀도, 갈색 옷도 다 내줄 것이라고.

"뺏는 건 싫어."

"그냥 주는 거야."

"그냥 받는 거는 싫어."

"'싫어'는 이제 그만해. 우리 집에 가자."

나는 길우를 집으로 데려갔다. 할머니와 친구분들이 마루에 둥그렇게 모여 앉아 그 자리에 참석하지 못한 다른 동료를 위해서 기도하고 있었다. 할머니는 기도 중에 일어

나서 큰 배를 하나 깎아 반투명한 흰 플라스틱 통에 담아 주었는데, 나는 그걸 들고 내 방으로 가지 않고 길우와 마당으로 나갔다. 어머니와 내 생활이 고스란히 한자리에 들어차 있는 모습을 노출하고 싶지 않았다. 그건 너무 많이 보여주는 일이 될 것이었고, 동시에 겨우 그런 것들로만 보이게 되는 일이었다.

나는 마당에 있는 채송화, 샐비어, 사철나무, 목련나무, 사과나무, 감나무를 길우에게 '소개'했다. 집 뒤쪽에 커다란 버드나무도 있었다고 할머니에게 전해 들었는데 그건 내가 이곳에 도착하기 전, 그보다 훨씬 이전에 베어져 지금은 그루터기만이 남아 있다고, 또 봄이 되면 마당이 어떻게 변할지 궁금하다고 말했다. 길우는 아버지 차를 타고 가다가 교통사고가 났던 일을 이야기해주었다. 눈을 떠보니 병원이었는데, 아버지는 목과 허리를 다쳐서 치료를 받았지만, 자기는 멀쩡했다고.

"나한테 행운석이 있었거든. 우리 누나가 준 거야."

길우가 입고 있던 점퍼 안주머니에서 자주색 작은 주머니를 꺼냈다. 부드럽고 광채가 도는 천으로 만들어진 주머니였다.

"손 좀 펴봐."

나는 한 손을 펴서 길우에게 내밀었다. 길우가 주머니의 검은 끈을 잡아당겨 풀고 가볍게 내 손 위에 주머니를 털어내자 매끄럽고 하얀 돌멩이 하나가 톡 떨어졌다.

"이거, 너 줄게."

"나한테 이걸 왜 줘?"

"그냥."

"안 받을래. 네 거잖아. 싫어."

"오늘 치 '싫어'는 내가 다 써버렸다. 넌 좋아할 수만 있어."

길우는 마당을 돌아다니며 나무들을 살피더니 자기는 '바람' 역을 맡겠다고 했다.

"이렇게 나무 근처를, 하얀 천 같은 거 두르고 몇 번 왔다 갔다 하면 될 거 같아. 네가 그때 나만 알아볼 수 있는 사인을 보내줘. 그럴 수 있어?"

"사인? 뭐라고 어떻게 보내면 돼?"

"나야 모르지, 네 마음이니까. 근데 내가 그때는 알아볼 거 같긴 하다."

전보다 훨씬 친밀해졌다는 느낌이 급격히 은밀해져서, 다음 날 학교에서 길우를 만났을 때는 도무지 자연스럽게 행동할 수가 없었다. 그런 스스로가 낯설어서, 나는 길우에게 행운석을 주고, 또 길우의 자랑거리도 되어주는 길우의 누나를 면발치에서 지켜보았다. 머리칼을 한껏 치켜다

정수리 부분에서 하나로 묶은 길우의 누나는 노란 얼룩무 늬 아기 고양이 한 마리를 품에 안은 채 주택과 주택 사이 에 난 골목길로 들어서더니 조금씩 작아지며 멀어져갔다. 이토록 애틋한 내 마음이 한순간에 볼품없이 사소하고 너 절한 이유로 완전히, 그야말로 바람처럼 사라질 수 있다는 걸 나는 알고 있다고 여겼고, 그 때문에 이미 슬펐다.

*

"엄마 우리 생각을 좀 해요, 남 말고 우리 생각."

할머니의 큰딸이 그렇게 외치는 소리를 들었기에 나는 주방으로 몸을 들이려다 말고 다섯 발자국쯤 뒷걸음쳐서 물러났다.

"아버지도 그렇지, 그 사람들 뭘 믿고 그럴 수가 있 어요?"

우리 모녀와 관련된 이야기인가 싶어서, 나는 내 방으로 냉큼 돌아갈 수가 없었다. 들려오는 내용을 선별해야 했다. 내가 어머니에게 배우고 싶었던 좋은 점 중 하나는 그것이 었다. 선별하는 것. 필요한 정보와 그렇지 않은 정보를 가 려내고, 반응해야 할 것과 그저 지나쳐야 할 것을 구분하 는 것. 그런데 할머니가 "그 이야기는 접어두자. 나중에 해"

하고 금세 대화를 포기하는 통에 감정만을 전달받았다. 할머니는 고심하고 있고, 아마도 무언가를 이미 속으로 결정해버린 것인지도 몰랐는데, 그게 무엇이든 홀가분하지는 않으며, 할머니의 큰딸은 속 끓이며 애태우고 있었다. 그리고 낮에 홀로 낚시터에 갔던 할아버지는 그날 밤늦게서야 돌아왔는데, 어쩐 일인지 사위의 차 조수석에 동승한 채였다.

그 밤 우리 모녀는 마치 없는 듯이 방에서 숨죽여 지냈다. 화장실에 갈 때 발소리를 내지 않으려고 양말을 갖춰 신었고, 잠이 오지는 않았지만 어쨌든 이부자리에 들었다.

어머니는 이불을 뒤집어쓰고서 우선 좋은 상황에 대해 내게 속닥거렸다. 회사에서 2년 연장 계약을 하게 되어 잘 버틴 보람이 생긴다고, 이 집에서 좋은 기운을 많이 받았으니 고마운 일이라고. 그러고는 "참 기막혀" 하고 한숨을 옅게 내쉬었는데, 나는 곧 그게 자책의 의미는 아니란 걸 알게 됐다.

"피아노 선생이 그럴 수도 있는 거야, 그러니까. 사람은 누구나 그렇게 될 수 있어. 사람은 사람됨을 장담 못 해. 사람은 고귀하고, 또 아주 우스운 거야."

어머니가 가타부타할 수 있는 피아노 선생이라면 먼 데 있는 모르는 사람이 아니라 가까이 지켜본 적 있는 사람일 텐데, 그렇다면 나도 아는 인물일 것이었다. 할머니와 할아버지의 건물에 든 예지피아노학원의 선생. 평범한 인상에 아담한 키, 말하는 속도가 아주 빨랐고, 흥분하면 목이 조금 빨개지던 사람.

"왜 그러는데? 뭐가 어떻게 됐는데?"

나는 그 밤에는 제대로 된 대답을 듣지 못했고, 다음 날 다시 집 안에 언성이 높아지면서 내막을 좀 알게 되었다. 할아버지와 할머니가 큰딸에게 큰 소리로 야단을 맞고 있었다. "그걸 믿었어요? 그 말을 믿어요? 뭘 보고 그런 말을 믿어요? 대답 좀 해보세요, 네?" 자식에게 '애처럼 섣불리 믿는 마음'을 휘어잡히는 할아버지, 할머니와 그들 대신 아프다고 소리 지르고 있는 것 같은 자식의 무르고 약한 젊은 마음.

할아버지는 피아노 선생의 큰오빠가 속해 있는 장학 재단에 당신 목돈이 의미 있게 쓰일 줄 알았다. 부실 운영에 탈세에 돈이 줄줄이 다른 데로 새고 있어 문제가 곪아 터질 지경에 이른 곳의 명목이 '장학'일 수도 있다는 걸 이런 식으로 무슨 대가를 치르며 알아가야 하는 나이가 아니었다. 당신이 그렇게 헛살아왔다고는 생각지 않았다. 하지만 미약한 목소리로 후회한다고 대답하고 있었다. "그럴 줄을 몰랐다. 후회한다."

할아버지와 할머니는 당신들이 이제 전처럼 지혜롭지도 않고, 전과 비슷한 일에도 전보다 많은 힘이 든다는 걸 인정한다고, 인내심도 점점 부족해진다면서 큰딸과 사위의 제안을 받아들이겠다고 했다. 그 제안이란 이듬해 날이 풀리면 아파트로 이사하는 것이었다. 간소하고 편리한 다른 생활로 몸을 들이며 지난 과오와 슬픔을 옛집에 떼어놓는 것이었다. "그러니까 이제 그 이야기는 그만하자꾸나."

어머니는 봄까지는 시간이 좀 남아 있다는 데 한시름 놓았다. 어머니는 크리스마스를 앞둔 즈음 할머니의 친구분들이 모여 기도하는 모임에 나를 데리고 딱 한 번, 그러니까 처음이자 마지막으로 참석했다. 그때 나는 내 기준으로는 퍽 지루하게 느껴졌던 성가를 웅얼웅얼 따라 하다가 잊고 있던 기억이 하나 살아났는데, 그 예지피아노학원 선생이 우리 모녀처럼 언젠가 단 한 번 할머니의 기도 모임에 천식을 앓는 자기 딸을 데리고 와서 묵직한 목소리로 꽤 근사하게 성가를 불렀다는 사실이었다. 피아노 선생이 '세상 즐거움 다 버리고 세상 자랑 다 버렸네' 하는 대목을 부를 때 목의 아랫부분이 빨개지던 것, 노랫소리가 커지던 그 부분에 맞춰 참아오던 밭은기침을 뱉어내고서 안도의 한숨을 내쉬며 고개를 수그리던 그 딸의 모습이 떠올랐다.

학예회 날 아침에 비가 내렸다. 내 어머니는 회사 일로

들소

참관을 할 수 없었던 게 미안했던지 등을 펴고 당당하게 해내라는 말과 함께 내 주머니에 용돈을 챙겨 넣어주었다.

"그러지 않아도 돼. 나무는 서 있으면 그만이야. 그게 나무의 아름다운 점이야."

내가 그렇게 어머니를 위로하려 들었더니, 어머니는 입바른 소리를 하면 실수하고 망신당하기 쉽다며 정신 차리고 잘해내라고 했다.

일곱 마리 쥐와 고양이에 관한 연극이 시작되었을 때, 나는 내가 극 중 어딘가에서 미끄러지고 말 것이라는 예감에 사로잡혔다. 왜냐면 그날 '바람'이 나타나지 않았고, 내가 복도에서 담임과 옆 반 선생이 대화하는 내용을 엿들었기 때문이었다. 옆 반 선생은 길우네랑 같은 아파트 주민이었는데 그분이 말하길, 길우가 자꾸 어지럽다더니 한 줌 모래처럼 바닥에 스르륵 쓰러졌다고 했다.

"새벽에 구급차 불러서 응급실로 갔어요. 길우 엄마가 완전 넋이 나갔더라고요. 교통사고 후유증일 수도 있어서 뇌도 검사한다던데, 심란하네요. 별일 없어야 할 텐데요."

나는 무대에 올라 초록색 장갑을 낀 양손을 가만히 위로 들고 선 채로 눈물이 솟는 걸 참았다. 수술대에 누워 머리에서 피를 흘리는 길우의 모습이 자꾸만 떠올랐다. 행운석을 집에 두고 온 자신이 형편없는 바보 같았고, 그걸 받지 말았어야 했다고, 길우의 행운은 길우에게 머물도록 그대로 두는 게 좋았으리라고 생각했다. 소중한 걸 잃는 기분에 대해서라면 어느 정도 알고 있다고 여겼는데, 아니었다. 나는 아무것도 몰랐다. 모르는 채로 더 잃게 될 것이다, 뼈가 시려올 때까지.

나는 이에스더가 되어본 적이 있었다. 할머니가 원하는 게 내가 원하는 것과 같다고 느꼈고, 그건 우리 둘만의 확신이었으니 둘 사이에만 묻어두었다. 일생에 단 한 번, 돌에 새겨둔 언약처럼. 나는 마루에 서 있었지만, 스위스의 자연 속에도 있었다. 스위스에 가본 적이 없다는 사실은 문제가 되지 않았다. 나는 무릎이 나온 하얀색 면바지와 분홍색 니트를 입고 있었지만, 동시에 무지갯빛 한복 속에 바스락거리는 속치마를 갖춰 입고 나풀거리는 다른 이의 환영이었다. 할머니는 두 손을 모아 당신의 입가에 가져갔다. 나는 중앙에 할머니를 앉히고 천천히 마루를 돌다가 점점 속도를 내며 나와 에스더에 집중했다. 북 없이 북춤을 추었다. 칼 없이 칼춤을, 부채 없이 부채춤을 추었다. 나는 생과 사 사이의 함정에 빠져버린 가련한 젊은 여자 에스더였지만, 들썩이며, 흔들리며, 벽장에서, 천장에서, 마당의 나무 그림자 뒤에서 튀어나와 춤을 추었다. 그때는 모든 순간이, 모든 감정이 완전하다고 느껴졌다.

나는 이제 나무 복장을 한 채로 길우가 되어본다. 길우만큼 어지럽고 눈앞이 깜깜해지고 싶다. 그러자 귓속이 웡웡 울리면서 발밑이 덜컹거린다. 어쩌면 이 모든 게 마지막이겠지. 나는 숨이 끊어지며 지상에서 완전히 길을 잃을 거야. 엄마는 나를 잃고 울겠지. 쥐들의 행렬이 눈앞에서 지워져간다. 나는 발밑이 들리는 것 같은 느낌에 저항하며 발꿈치로 바닥을 짓누른다. 넘치게 사랑받았다는 느낌이 차오른다. 감당할 수 없는 무언가가 어마어마한 진동을 내면서 저만치서 내게로 돌진해오는 듯하다.

또 한편으로는, 다행하고 무사한 길우와 내 미래를 본다. 운명에는 탄성이 있다. 어느 한때 우리는 마흔세 살쯤이고, 하루가 저무는 속도로 하루를 잃는 보통의 어른이다. 아이일 때보다 훨씬 많은 비밀을 품고 살지만, 비슷한 스타일의 외투 서너 벌 속에 스스로를 단정히 채워 넣는 사람이다. 아름다움이라는 단어를 귀중하다는 표현과 나란히 붙여놓고 볼 수는 있으나 타인에게 쉽게 발설하지 않는 사람. 다만 우스워지지 않으려고 애쓰는 것만으로도 온몸에 진땀을 흘릴 만큼 힘을 들여야 하는 사람. 그리고 이 모든 연극에는 아직 알려지지 않은 배역이 하나 더 있다고, 나는 그게 들소라고 느낀다. 지금 저만치서 그게 오고 있다고.

망아지 제이슨

소년의 이름은 태은이었다. 일곱 살치고는 자그마한 편이었고, 동그란 얼굴에 콧대가 길고 인중이 짧았다. 길고 검은 앞 머리칼 몇 가닥이 눈을 덮고 있어 감정이 잘 드러나 보이지 않았다.

　"태은아, 반가워. 당분간 여기서 나랑 일리아랑 같이 지내게 될 텐데 괜찮겠니?"

　나는 조심스레 말을 붙이며 태은과 태은을 데려온 줄리를 집 안으로 들였다. 줄리는 중년의 재미 교포로 지난주 나와의 통화에서 자신을 태은 아빠의 친구라고 밝혔다.

　"말썽 부리는 일은 없을 거예요."

　줄리가 태은을 앞세우며 약간 쉰 목소리로 말했다. 나는 허리를 굽혀 태은의 눈높이에 시선을 맞추었다.

　　　　　　　　　　　　　망아지 제이슨

"난 동희야. 항아 친구 동희."

태은이 그제야 입을 뗐다.

"재영이 인형이랑 같네……"

"아, 인형에 이름을 붙였어?"

"네, 재영이가요. 하얀 코끼리인데, 금색 조끼를 입고 있어요."

"영물인가 보구나."

"영험하다는 뜻이죠?"

"영험이란 말도 알아?"

그러자 줄리가 끼어들었다.

"표현력이 좋은 애예요. 친해지면 수다스러워져요."

나는 줄리와 태은을 거실 소파 쪽으로 안내하고 냉장고에서 오렌지주스를 꺼내 왔다. 줄리가 둘러메고 온 에코백을 바닥에 내려놓고서 태은과 갈색 가죽 소파에 자리 잡았다. 유리잔에 주스를 따라 건네자 태은이 단숨에 꿀꺽꿀꺽 다 들이켜더니 빈 잔을 내밀었다.

"더 마실래?"

"아뇨."

태은이 고개를 가로저었다. 앞 머리칼이 흐트러지면서 작고 까만 두 눈동자가 드러났다.

"잘 부탁합니다. 항아 씨한테 들어 아시겠지만, 태은이 아빠 검사 결과가 별로 좋지 않아요. 수술이 최선인지 더 알아보겠다고 해요."

줄리가 담담히 이런 말을 늘어놓는 동안, 태은은 양 손가락으로 박자라도 타는 것처럼 제 무릎을 톡톡 건드리다가 창 쪽으로 고개를 돌리고는 동작을 멈추었다. 나도 태은을 따라 눈길을 옮겼다. 옆집 여자가 하얀 사모예드를 데리고 산책을 나서는 모습이 보였다.

"지난달에 이리로 이사 왔다더라. 낯선 사람이 집 가까이 다가가면 크게 짖으니까 요 앞에서 마주치게 될 때는 조심하도록 해. 놀라지 말라고 알려주는 거니까 미리 겁먹진 말고."

태은이 고개를 끄덕이며 "네" 하고 대답했다. 줄리가 그 모양을 흘깃 훑더니 텔레비전보다야 개가 낫다는 말을 보탰다. 자기 이웃은 밤마다 쇼 프로그램의 볼륨을 높인다면서.

"난 이제 가봐야겠어요."

줄리가 자리에서 일어났다. 그녀는 바닥에 놓인 에코백을 가리키며 거기 태은의 짐이 들었다고 일러주었다.

"대강 챙겨 와서 부족한 게 있을지도 몰라요."

"확인할 게 생기면 전화를 드릴게요."

줄리는 난처해하는 표정으로 고개를 가로저었다.

225   망아지 제이슨

"급한 일이 아니면 되도록 전화하지 말아주세요. 바쁠 때는 곤란해요."

"그럼 필요할 때 먼저 연락을 주세요."

나는 태은과 문가에 나란히 서서 줄리의 검정색 도요타가 떠나가는 모습을 지켜보았다. 차가 커브를 돌아 시야에서 사라지자 잠시 서먹한 침묵의 시간이 찾아왔다. 태은이 두 손바닥을 펼쳐 보이며 먼저 말길을 텄다.

"닦고 싶어요."

손바닥에 볼펜으로 그려 넣은 깨알 같은 낙서들은, 얼핏 보아 한글 단어와 숫자들인 듯했다.

"잠깐만."

나는 얼른 화장실로 들어가 안을 둘러보았다. 욕조 바닥에 채 씻겨 내려가지 않은 비누 거품과 일리아의 머리카락들이 엉겨 있는 걸 발견하고는 휴지로 그걸 집어내 치운 뒤에 태은을 안으로 불러들였다. 태은이 세면대 앞에 서서 작은 두 손을 꼼지락거리며 씻었다.

"아까 말한 그 친구, 여기 데려와서 같이 놀아도 돼. 내가 일리아랑 이야기 나눠볼게."

"걔는 한국에 있어요."

"그럼 다른 누구라도."

"없어요."

"미국에 온 지 1년 넘었다고 들었는데."

"아직 없어요. 괜찮아요."

나는 수납장에서 새 타월을 꺼내 건네며 내 이야기를 했다. 덴버에 처음 왔던 게 4년 전 겨울이었는데 그때 무릎 위까지 쌓이는 폭설을 두 번이나 경험했고, 그 때문에 많이 돌아다니지 못하고 서울로 되돌아갔으니 이번이 두번째지만 처음이나 마찬가지라고.

"마찬가지."

태은이 내 말을 따라하며 고개를 끄덕거렸다.

"일리아랑 친해요?"

"아니, 하지만 일리아는 내 친구의 친구니까 내 친구이기도 하지."

"일리아는 소설을 써요."

"응, 알아. 읽지는 못했지만."

"내가 나오는 이야기도 있어요."

"그러니?"

"네, 제이슨이라는 검정말이 나오는데 그게 나예요."

"제목이?"

"망아지 제이슨."

일리아는 대학에서 문학을 가르치고 있는 소설가로, 미국인 아버지와 인도인 어머니 사이에서 태어났다. 항아와

망아지 제이슨

는 2년째 아르바다의 이 집에서 살고 있는데, 집세 부담을 줄이기 위해서 지인들 셋이서 한집에 들었다가 작년에 한 명이 결혼을 해 나가면서 둘이 되었다. 항아에게 전해 들은 바로는 일리아는 우울증을 앓는, 겨울에는 붉은색 스웨터를 즐겨 입는, 지난 10년간 줄곧 긴 머리칼을 고수해온, 두 권의 단편소설집을 펴낸 사람이었다. 나는 이런 특징들만으로는 일리아가 어떤 사람인지 짐작할 수 없었다. 일리아에 대해 이야기할 때 항아의 목소리가 평온하게 느껴졌다는 게 실은 좀더 의미 있는 정보였다.

애초의 계획대로라면 나는 항아, 일리아와 이곳에서 2주간을 보내다가 이후 항아와 플로리다로 가서 그곳에 사는 항아의 남동생 내외를 따라 바다낚시에 나섰을 것이다. 그런데 출국 일정이 코앞으로 다가온 시점에서 상황이 바뀌었다. 항아는 서울에서 처리할 일이 생겼다며 돌연 귀국했고, 항아의 남동생은 부인과 함께 장인을 만나러 보스턴으로 떠났다. 나는 당황했지만, 서울에서 항아와 사흘을 보내고 난 뒤 예정대로 덴버에 가기로 마음먹었다. 계획을 전면 수정하기보다는 서울에 있는 내 오피스텔을 항아가 사용하도록 하고, 나는 아르바다에 있는 항아의 거처에서 7월을 나는 편이 좋겠다 싶었던 것이다. 항아는 내가 출국하는 날 인천공항까지 배웅하러 나서면서 4년 전 겨울, 덴버에서의 일을 끄집어내 화제 삼았다.

"너 그때 차를 끌고 나갈 수가 없게 되니까 혼자 눈길을 헤치고 걸어가 운동화 쇼핑을 했었잖니. 차로도 10분은 걸리는 데를, 그 폭설에. 와, 내가 얼마나 황당했게. 변수에 유연하다고 해야 하니, 막무가내라고 해야 하니? 하긴 넌 좀 예전부터 엉뚱했지."

항아가 말하는 예전이란 먼 중학교 시절을 의미했다. 그때의 성향이 내 본질과 닿아 있다고 여기는 오랜 친구를 마주하고 있자니 기분이 묘했다. 나는 출국 심사대를 향해 걸어가면서 항아에게 가볍게 손을 흔들어 보였고, 비행기에 오르는 길에는 항아가 내 뒷모습에서 무엇을 발견했을까 뒤늦게 궁금증을 품었다. 어디론가 떠나가는 이의 뒷모습에는 쓸쓸한, 숨길 수 없는, 헐벗은 진실 같은 게 드러난다고들 하지 않는가.

사실 나는 지난 한 달간 매우 단조로운 생활을 해왔다. 소소한 일상을 지탱하는 데만도 있는 힘을 다 그러모아야 했기 때문이다. 5년간 적을 뒀던 직장에서 끝내 안정된 자리를 잡지 못하고 떨려난 여파였다.

내가 다니던 인테리어 회사는 큰 가정집을 개조해 사무실로 썼고, 서로 합심해 커나가자는 대표의 비전을 공유하는 분위기였다. 나는 대학 선배의 소개로 그곳에서 아르바

망아지 제이슨

이트부터 시작해 계약직을 거쳐 정규직이 되었다. 밤낮으로 잡다한 프로젝트에 동원되었고 상황이 안 좋으니까, 이어온 일이 경력이 되어야 하니까 하고 버티고 넘기다가 감봉과 감원 바람이 불어닥쳐서야 비로소 내가 '함께'의 비전보다는 덫에 걸려든 셈이란 걸 절감했다. 어느 새벽 스트레스로 몸이 굳고 숨이 차는 증세를 느꼈을 때 나는 한계 상황에 다다랐다는 걸 받아들이기로 했다. 사직서를 제출했다.

개인 짐을 꾸려 회사를 나오던 날, 선배는 나를 불러 세워 이렇게 되어 참 안됐다면서, 무얼 생각하고 있던 것인지 내 얼굴에 대고 담배 연기를 뿜어대고 있다는 것도 인식하지 못했다. 그는 내게 딸린 식구가 없어서 호기 부릴 여유라도 있는 거라고 했다. 그리고 무슨 명절 덕담 같은 소리도 잠깐 했는데 그 내용은 기억나지 않는다.

이후 안부를 물어오는 사람들이 있으면 '고민이 많다. 쉬어 가려 한다'는 정도로 근황을 얼버무렸다. 지인들 중에 '쉬어 간다'는 애매한 표현을 가장 구체적으로 받아들인 사람은 내게서 물리적으로 제일 멀리 떨어져 있던 항아였다. 항아는 자세한 내막이야 모르겠지만 우좌지간 심신을 고르며 쉬어 가기에 서울은 너무나 복닥거리는 곳이 아니냐며, 게다가 여름이 점점 고온 다습해지는 데로 알고 있으니 어서 자기가 사는 곳으로 '날아오라'고 했다. '우좌지간'은 항아의 말버릇이었는데, 좌우지간이란 말에 우지끈하고 부러지는 듯한 느낌을 실으려고 그러는 것만 같았다. 항아는 유의할 점을 하나 덧붙였다.

"네가 여기 와서 일리아의 방을 보고 놀라 자빠지지만 않았으면 좋겠다. 전쟁 통의 아수라장 같거든. 일리아는 우울증이 있어. 이해할 수 있겠니?"

"몰라. 그냥 일리아도 보고, 너도 보고 그러고 싶어."

7월 둘째 주 월요일 저녁 무렵, 나는 덴버 공항에 내려 처음으로 일리아와 대면했다. 훤칠한 키에 큰 눈, 미소가 아름다운 사람이었다. 일리아는 영어를 잘 못하는 나를 위해서 이미 했던 말을 천천히 되풀이해주다가도, 무리하게 끼어들기를 시도하는 운전자를 맞닥뜨리면 속사포의 찌르는 듯한 목소리로 "이 머저리! 미쳤냐? 장난해? 죽고 싶어?" 하고 허공에 대고 외쳐댔다. 나는 일리아의 옆자리에 잠자코 앉아 그녀의 날카로운 혼잣말을 대여섯 번 정도 듣고 난 뒤에 아르바다에 이르렀다. 우리는 간단히 샐러드를 만들어 먹고 씻고 난 뒤 잠옷으로 갈아입고 거실로 나와서 더디게 잡담을 몇 마디 나눴다. 그리고 다음 날을 기약하며 각자의 방으로 들었다.

고요하고 평화로운 한 주가 흘러갔다. 푸른 하늘과 건조

하고 맑은 공기, 쨍한 여름빛을 즐기며 무념무상의 이방인으로서 거리를 오가는 시간이 외롭고도 달콤했다. 그런 내 모습이 느긋하니 현지인 같아 보였던지 어느 날은 폴란드에서 여행을 온 소녀 둘이서 내게 괜찮은 카페를 추천해달라며 말을 걸기도 했다. 그날의 일화를 일리아에게 전해주었더니 일리아는 미소를 지으며 듣고 있다가 내게 조금 미안해했다.

"동희, 내일 나 일하는 데 같이 가볼래? 크게 기대는 하지 말고. 혹시 벌써 한국 음식 그리워졌니? 그렇담 말해줘. 한식당에도 데려다줄게."

나는 일리아가 방학 기간에는 집에서 그리 멀지 않은 아트 센터에서 특강 프로그램 기획에 참여한다는 새로운 사실을 알게 됐다. 일리아는 자기가 일하는 모습을 지켜보는 건 지루한 일이 될 거라면서, 대신에 지역 주민들을 대상으로 하는 탭댄스 수업에 참관하면 좋으리라고 내게 권했다. 또 아트 센터 내에는 음향 시설이 좋은 콘서트홀이 있어서 여름 내내 좋은 공연들이 이어지리라는 것, 갖가지 꽃이 만개한 정원 한가운데에는 거대한 사마귀 모양의 조형물이 서 있다는 설명도 해주었다. 내가 사마귀라는 영어 단어를 바로 못 알아들은 탓에 일리아는 양손을 사마귀의 앞다리처럼 움직여 보이기도 했다.

"고마워, 일리아. 내일 널 따라갈게."

별스러운 기대감은 없었는데도 그날 밤에 무수한 외국인이 거대한 사마귀 모양의 조형물을 에워싸고서 탭댄스를 추는 꿈을 꾸었다. 석양이 질 무렵이었다. 나는 그들에게서 좀 떨어져 있는 버스 정류장 벤치에 앉아 일리아를 기다리는 중이었다. 천국 근처에 와 있다는 생각이 들었기에 뭔가 아련하게 황홀하면서도 내가 이미 죽었다는 인식에 가슴이 미어졌다. 그때 항아의 전화를 받았다. 나는 항아의 목소리를 들으며 점차 잠에서 깨어났다. 항아가 크게 피를 볼 뻔했던 이야기를 끄집어내고 있었다.

"동희야, 내가 너한테 지난봄에 나랑 일리아랑 멕시코인이 하는 식당에서 하마터면 총 맞을 뻔한 이야기 했었지?"

"응응, 네가 가려던 식당이 그날따라 일찍 문을 닫는 바람에 어쩌다 멀리까지 가게 됐는데…… 네 뒤편에 앉아 있던 남자가 나중에 총으로 주인을 위협했고, 알고 보니 갱이었고……"

"맞아! 그날 식당에 아들을 데리고 와서 밥 먹다가 이상한 낌새를 채고서 일리아랑 나를 총격 직전에 밖으로 불러내 구해준 한국 남자가 있었다고 내가 말했잖아, 그러고 나서 내 페이스북 친구가 됐다고. 너도 내 페북에서 보지 않았어?"

망아지 제이슨

"응."

"그 사람, 눈에 문제가 생겼대. 혹시 뇌의 문제가 아닐까 걱정을 많이 했었는데 그건 아닌가 봐, 천만다행히도. 우좌 지간, 그 사람 아들이 어리거든. 내가 거기 있으면 며칠 돌 봐줄 수도 있을 텐데 그러질 못해서 마음이 무거워. 어른 들 근심은 아이들한테 금세 전염이 되잖니."

"그럼 내가 이따 일리아한테 말해볼까, 여기로 아이를 초대해도 될지?"

"아냐, 일리아랑은 어저께 이야기 끝냈어. 일리아는 네 가 괜찮다면 자기는 상관없다는데, 그렇다고 너한테 자기 가 물어볼 수는 없겠다고 해서 내가 전화한 거야. 근데 정 말 괜찮겠어?"

나는 전화를 끊고 나서 내 근심과 일리아의 우울증이 아 이에게 옮겨 갈 가능성은 없는 걸까 고민하면서 일리아의 열린 방문 사이로 살며시 얼굴을 들이밀었다. 늦은 아침 무렵이었는데 일리아는 광인처럼 머리칼을 산발한 채 흐 트러진 모습으로 침대에 누워 이불 대신 다홍빛 머플러로 배를 덮은 채 나직이 코를 골았다. 방바닥은 발 디딜 틈이 없이 늘어진 신문, 잡지, 책, 슬리퍼, 컵과 접시, 옷가지와 각종 카탈로그 무더기, 담배꽁초가 가득한 재떨이, 가방들 로 너저분했다. 하지만 어쨌든 침대는 누울 자리로서의 기능을 상실하지 않은 듯했고 또 일리아가 나름 잠은 좀 자는 편이란 걸 확인하게 돼 다행이었다.

일리아는 그날 오후에 나를 아트 센터에 데려가 커다란 사마귀 조형물 앞에 세워놓고 사진을 찍어주었다. 그리고 자기보다는 내가 아이와 많은 시간을 보내게 될 텐데 선뜻 수락해주었다면서 내가 좋은 사람인 것 같다고 했다. 나는 멋쩍게 웃다가 약간 혼란스러운 기분으로 항아에게 '일리아는 좋은 사람인 것 같아' 하고 메시지를 보냈다. 항아는 한참 있다가 '그렇지' 하는 짧은 답신을 보내왔다.

태은을 맞이하기 전까지는, 나를 긴장시키는 그 어지러운 감정이 무엇인지 잘 알지 못했다. 태은과 단둘이 집에 남게 되었을 때야 비로소 아이에게 얼마만큼 '좋은 사람'이어야 하는지에 대한 감이 내게 없다는 걸 깨달았다. 나는 태은과 우두커니 소파에 앉아 막막하게 시간을 흘려보내다가 가까스로 넌지시 물어보았다.

"어른도 모르는 게 많다는 거 아니?"

태은이 멀뚱거리고 바로 대답을 하지 않자 저절로 긴 한숨이 새 나왔다. 창밖으로 옆집 여자가 산책을 마치고 돌아오는 모습이 보였다. 목줄을 한 사모예드가 혀를 내밀고 헤헤 웃는 것처럼 보였다.

"철딱서니 없다, 그런 말은 알아요. 들어봤어요. 어른들

망아지 제이슨

끼리도 쓰던데요."

"오 그게, 그 둘이 꼭 같은 말은 아닌데, 어휴, 그래 뭐 때에 따라 비슷할 수도 있겠다. 중요한 건 내가 이 말을 왜 하느냐 하는 거야. 요새 내가 좀 그러거든, 사정이 있어서. 옛날에 잘 알던 것도 모르겠어, 헷갈리고."

"……"

"뭐를 하면 좋을까? 뭘 하고 싶니?"

태은이 나를 빤히 보며 대답했다.

"배고파요."

"뭘 좀 사 와야겠다."

"따라가서 사고 싶은 것 골라도 돼요?"

"응, 세 개까진 괜찮아. 하루에 세 개까진."

태은이 어쩐지 깔깔 웃었다.

"세 개요? 왜요?"

나는 항아의 차에 태은을 태우고 유기농 제품을 주로 취급하는 마트로 갔다. 감자, 가지, 브로콜리, 체리, 시리얼, 치즈, 닭고기와 캐슈너트를 구입했는데, 내가 머무는 자리마다 태은이 바짝 따라붙어 서서 "그거 사게요?" "이건요?" "그게 더 좋아요?" 하며 종알거리는 통에 정신이 없었다.

나는 집으로 돌아오자마자 닭고기와 야채를 재빠르게

손질해 밥과 함께 볶아낸 뒤 최대한 예쁘게 접시에 담아냈다. 그리고 태은과 허겁지겁 나눠 먹었다. 태은은 식사 후에 자기가 기침이 날 때마다 먹는다는 시럽을 가져와 내게 한 스푼 떠 먹여주었는데, 그게 복숭아와 계피를 섞은 맛과 비슷하다는 제 느낌을 내게서 확인해보기 위해서였다.

"복숭아하고 계피, 또 뭔가 하나가 더 있는데."

나는 나름 진지한 표정으로 고개를 갸웃거렸다. 태은은 그 뭔가에 골몰하다가 항아의 침대 위에서 조용히 잠이 들었다.

어느새 나도 잠이 들었던지 눈을 떠보니 낯선 집의 소파 위였다. 내가 왜 여기 있는 것인가 빠르게 탐색해보는 동안 정신이 들었다. 늦게 귀가한 일리아가 욕조에 들어 씻는 중이었고, 옆집 개가 무엇을 보았는지 크게 짖어대고 있었다.

잠시 후 일리아가 샤워 가운을 입고 거실로 나와 내게 오늘 하루가 어땠느냐고 물었다. 나는 눈을 끔벅이며 망아지 제이슨에 관해 들어서 알고 있다고 대꾸했다. 일리아는 아무런 반응이 없었다. 아마도 내가 잠에서 덜 깬 거라 생각한 모양이었다. 일리아는 조용히 미소를 지었다.

"잘 자, 동희."

"일리아, 저것 좀 봐."

망아지 제이슨

나는 자리에서 일어나 창가로 다가서며 말했다. 일리아가 내 곁으로 다가왔다.

"보름달이 크고 멋지네. 일리아, 나 이런 노래 알아. 콜로라도의 달 밝은 밤은, 라라라라 라라라라라……"

"뭐라고? 콜로라도 뭐라는 거야?"

일리아는 그런 노래는 처음 듣는다고 했다. 나도 다는 알지 못해 라라라라로 때우긴 했지만 미국 민요를 번안한 곡이라는 정보 정도는 있었기에 콜로라도라는 단어와 멜로디만 듣고도 일리아가 당연히 그게 무슨 노래인지 알아챌 줄 알았다. 콜로라도에 사는 누구라도 아는, 그 정도로 유명한 노래는 아닌 모양이었다.

"망아지 제이슨도, 이 노래도 너한테 없는 거란 말이지?"

나는 한국어로 중얼거렸다. 일리아는 하품을 하고는 내 등을 한번 쓸어내리고서 제 방으로 들어갔다.

*

살아오며 이만한 시련을 겪어본 적 없던 건 아니었지만,

이른 아침, 나는 거실의 소파에 앉아 항아의 책상 위에

서 집어 온 노트 맨 뒷장에다 그렇게 적어 넣고서 하단에 빗금들을 계속 그었다. 그러다 보니 빗금들은 어느새 비바람처럼 보이기 시작했다. 그래서 그 옆에 거꾸러진 우산을 하나 더 그려 넣었다. 노트의 앞장들은 항아가 열심히 공부해온 내용으로 가득 차 있었는데, 그 알 수 없는 수식들과 내가 그린 비바람은 노트가 탁, 소리를 내며 닫히자마자 서로 폭풍 같은 대화를 할 수 있을 듯했다.

　　살아오며 이만한 시련을 겪어본 적 없던 건 아니었지만,
　　(비바람과 거꾸러진 우산 그림)

나는 이어서 쓸 말을 생각했다. 그때 태은이 방에서 흰 티셔츠와 청바지로 갈아입고 나와 내 앞으로 다가섰다.
"일기를 써요? 아침에요? 왜요? 시련? 시련이 뭐예요?"
"잠깐만 들어봐봐. 도대체, 이 무슨, 우좌지간, 그러저러, 그래도. 이 중에 하나를 고른다면 뭐가 좋겠니?"
"앞엣것 다 까먹었어요. '그래도' 할게요."
나는 우산 그림 아래 '그래도'라고 적었다. 일리아가 일어났는지 방에서 통화하는 소리가 새어 나왔다. 말소리가 점점 커지며 속도도 빨라졌다. 나로서는 무슨 말인지 알아들을 수가 없었다.

"일리아가 지금 뭐라는 거니?"

태은이 집중하는 표정으로 귀를 기울이고는 내게 일러주었다.

"우리 오늘 셀레셜 티 팩토리에 갈 거래요. 일리아가 거기서 이번에 세일하는 차를 다 쓸어 담아 올 거래요. 그리고 줄리네 사장이 돈에 미쳐서 줄리가 일을 쉬지 못하고 독 퍼진 얼굴로 괴물이 되어간다고 욕하고 있어요. 또, 제가 불쌍하대요."

"……"

"우리 아빠 잘못돼요?"

"잘못되는 게 뭐 어떻게 되는 건데?"

"병원에서 눈알을 빼내고……"

"태은아! 엊저녁에 우리 같이 뭐 사 왔는지 대충 기억하니?"

"네, 대충."

"그중에서 지금 먹고 싶은 거 동시에 말해보기 하자. 하나, 둘, 셋!"

우리는 캐슈너트를 한 줌씩 집어 들고 집 밖으로 나가 하늘을 올려다보며 소리 내 씹어 먹었다. 그리고 잔디밭 속에 각기 두 개씩을 다람쥐 몫으로 숨겨두었다. 개가 크게 짖어대는 소리에 놀라 뒤를 돌아보니 옆집 여자가 사모예드를 데리고 집 밖으로 나오는 중이었다. 태은은 좀 주춤거리다가는 용기를 냈는지 옆집 여자에게 개 이름이 무엇인지 물었다. 사모예드의 이름은 에밀리라 했다. 암컷인 모양이었다.

"산책 가세요?"

나는 두어 걸음 뒷걸음질 치며 목청을 높였다. 옆집 여자가 에밀리의 목줄을 잡아당기며 고개를 젓고는 내일이나 모레쯤 차로 강아지 공원에 데려갈까 한다고 대꾸했다. 태은이 에밀리를 바라보며 제자리에 천천히 쪼그려 앉았다. 희한하게도 에밀리가 멈칫하며 짖는 걸 멈추었다.

"에밀리, 진정해. 진정해, 에밀리."

태은의 말소리에 에밀리는 나지막이 으르렁거리면서도 살랑살랑 꼬리를 쳤다. 나는 태은을 일으켜 집 안으로 먼저 들여보내고서 우편함에서 우편물을 꺼내 챙겼다. 자동차 보험 회사에서 온 광고물 하나, 시카고에서 온 개인 우편물 하나, 모두 수신인은 일리아였다.

셀레셜 티 팩토리에서 오후 한때를 보내는 일은 좋은 사람들과 차를 마시는 상상을 하며 기분 좋게 지갑을 열고 다니는 것이었다. 나는 일리아를 따라다니며 갖가지 차를 시음해보고는 얼결에 열 종류의 차 스무 개를 구매해 박스

망아지 제이슨

에 챙겨둔 뒤 기념품 가게로 갔다. 각양각색의 찻잔과 차받침, 테이블보 등을 구경하며 태은과 사진을 찍다가 어느 틈에 일리아가 사라져버린 걸 알아챘다. 시간이 꽤 흘렀다는 걸 확인하고 깜짝 놀랐다. 나는 태은에게 꿀이 든 스틱을 사 들리고서 서둘러 밖으로 나왔다. 일리아는 운전석에 앉아 우리를 기다리던 중이었다.

"일리아, 이거 네가 좋아하는 향인지 모르겠네."

조수석 쪽 문을 열고서 기념품 가게에서 구입한 차량용 방향제를 가방에서 꺼내놓으려다 얼핏 보니 일리아는 울고 난 얼굴이었다. 나는 방향제를 도로 가방에 넣고 차 문을 닫았다. 뒷자리로 가 태은과 나란히 앉았다.

오솔길이 나타났다 사라졌다. 교차로가 나타났다 사라졌다. 잠든 태은의 고개가 점점 기울어지더니 내 무릎 위에 놓였다. 꿀을 짜 먹고 남은 빈 스틱 다섯 개가 태은의 손아귀에서 풀려나며 주르륵 바닥으로 떨어졌다. 나는 창에 머리를 기댄 채로 실눈을 떠 그 모습을 가만히 지켜보다가 일리아의 목소리를 들었다.

"동희, 들러 갈 데가 생겼어. 내가 그 말 했던가?"

나는 졸고 있는 척하던 차라 깜짝 놀라며 깨어나는 연기도 해야 했는데, 아무래도 썩 잘해내지 못한 모양이었다. 일리아가 나지막이 <u>흐흐흐</u> 웃었다.

"응? 아, 아니."

"아무튼 괜찮지?"

"그럼."

"난 어렸을 때 시카고에서 학교를 다녔어. 이 이야기 항아한테 들어본 적 있어?"

"아니."

"오빠는 아직 거기, 시카고에 살아. 술을 너무 많이 마셔. 우린 전화 안 하고 산 지 꽤 오래됐어. 그러다 느닷없이 편지가 도착해버려. 까놓고 말하자면 그건 편지라기보다는 뭐랄까 독화살, 일종의 비명 같은 거야. 짧은 내용이지만 날 괴롭히고 싶어 한다는 걸 분명히 잘 알 수 있어. 누군가를 편지 한 장으로 괴롭힐 수 있다는 건 굉장한 힘이야. 난 드물게 이기고 대개는 져. 그리고 두 경우 다 눈물 바람이지."

차 한 대가 차선을 이리저리 바꾸며 진로를 방해하고 있는데도 일리아는 콧바람을 길게 내뿜었을 뿐 소리를 내지르지 않았다.

"그런데, 일리아."

"응."

"나, 네 말 완전히 알아들은 거 같아. 다 들렸어."

"글쎄, 어쩌면."

망아지 제이슨

우리는 마트에서 꽃바구니와 작은 하트 모양의 풍선을 두 개 사가지고 지난주에 아이 아빠가 됐다는 일리아의 친구를 보러 병원으로 갔다. 일리아의 친구는 석유 회사에 다니는 엔지니어로, 일리아보다는 나이가 들어 보였다. 볼이 발그레한 그의 아내는 침상에서 몸을 일으키며 갓 난 딸아이의 사랑스러움과 꽃바구니를 들고 찾아온 일리아의 다정함에 대해 열렬히, 풍부한 표정으로 감동을 표했다. 그러는 사이 병실에 청년 둘이 들어섰다. 아기 아빠와도 일리아와도 모두 친분이 있는 모양이었는데, 그들의 대화 내용으로 미루어보아 아직 졸업까지 두 학기가 남은 대학생들이라는 걸 알 수 있었다.

"안아보겠어?"

일리아의 친구가 묻자 일리아는 "오!" 하며 아기를 받아 안았다.

"아기랑 엄마랑 많이 닮은 거 같네."

나는 무심코 한국어로 내뱉고는 그곳에서 그 말을 유일하게 알아들었을 태은을 돌아다봤다. 태은이 아기의 얼굴을 살피려고 목을 길게 빼고서 발돋움했다. 일리아가 몸을 기울여 아기의 얼굴을 태은 쪽으로 내보였다.

*

여행지에서의 로맨스는 내게 어울리지 않는다고 생각해
왔는데, 그건 내가 4년 전의 폭설에 운동화를 사러 나간 적
은 있어도 데이트를 하러 나간 적은 없다는 사실만 봐도
알 수 있었다. 병원에서 잠깐 인사를 나눴을 뿐인 대학생
콜린이 내게 호감을 보이더라는 일리아의 말에 나는 과연
내가 몇 살로 보였던 걸까만 궁금해졌을 뿐 그의 얼굴 생
김새조차 떠올리지 못했다.

"일리아, 콜린은 나보다 일곱 살이 어려. 7년은 쟤의 평
생이고."

나는 출입문 쪽을 손가락으로 가리키며 말했다. 바깥의
잔디밭에서 태은이 사모예드 에밀리와 신나게 노는 중이
었다.

"그게 네가 마운틴 에번스에 가지 말아야 하는 이유는
아니지."

일리아는 자기가 4,350미터 높이를 굽이굽이 운전해 오
르는 건 무리일 거라면서, 무엇보다 자기는 하루 정도 온
전히 혼자 보내는 시간이 필요하다고 했다.

"일리아, 부탁인데, 제발 좀 천천히 말해줄래?"

일리아가 하는 말의 요지를 알아내기까지는 시간이 좀

망아지 제이슨

걸렸다. 정리하자면 일리아가 온전히 혼자가 되는 시간이 필요해진 나머지 콜린에게 내가 마운틴 에번스에 가보고 싶어 한다고 이야기해버렸다는 건데, 내가 마운틴 에번스에 대해 언급한 적이 없다는 사실만 제외하면 다른 사실들의 조합은 합리적이라 할 수 있었다. 콜린은 운전을 잘하고 또 산을 좋아해서 운전만 하면 신경이 곤두서는 일리아로서는 절대로 할 수 없는 것을 내게 기꺼이 해줄 수 있는 사람인 데다, 마침 내게 호감이 있고 아이들과도 잘 어울리는 편이니 서로에게 좋은 일이다. 이게 일리아의 설명이었다.

"나 때문에 불편해서 그러니? 내가 싫다면 솔직히 말해줘."

"오, 아냐. 난 정기적으로 혼자 있는 시간이 반드시 필요한 사람이고, 세상에는 나 같은 사람이 있는 것뿐이야. 너야말로 이 일로 날 싫어할 거니?"

"아냐, 알겠어. 이해했어, 일리아."

"콜린은 사려 깊은 친구야."

일리아는 곧장 내게 제 겨울 외투를 빌려줬고, 태은에게는 따뜻한 등산복을 사 입혔다. 태은과 나는 방한복이 생긴 바로 다음 날 아침에 콜린의 차를 타고 곡예하듯 굽이굽이 산을 타고 올랐다. 높은 고도에 점점 귀가 먹먹해져갔다.

경사지고 좁은 산길을 거침없이 달려서 높이, 더 높이 오르는 동안, 태은과 나는 자칫하면 천리만리 끝없이 떨어져 내릴 것만 같은 발아래 풍경에 아찔해하며 외마디 소리를 내지르곤 했다. 콜린은 그럴 때마다 호쾌하게 웃으며 그 웃음소리로 우리를 안심시켰다. 그는 간간이 내게 물었다. 덴버에 대한 인상이 어떠한지, 어디를 가보았는지, 또 어디를 가보고 싶은지 하는 의례적인 질문들이었다. 나는 다운타운에서 커피를 마시며 걸었는데 기분이 좋더라, 하늘이 너무나 선명한 하늘색이라서, 또 햇빛이 눈부시게 빛나고 공원이 많아서 행복하더라는 대답을 했다. 딱히 무슨 의견이랄 게 없는 말이었지만, 또 어떻게 보면 그 모든 대답이 내가 몹시 지친 삶으로부터 걸어 나온 사람이란 걸 표현하고 있는 것이기도 했다. 나는 내게 호감을 보이며 호의를 베푸는 사람 앞에서 점점 스스로가 어떤 사람인지 깨달아갔다. 그래서 가끔씩 불분명하고, 어둡고, 휴식이 없던 지난 시간을 기억하는 자의 표정을 하고 있었을 것이다.

"동희."

콜린은 내 이름을 부르고 룸미러로 나를 쳐다보며 미소 지었다.

망아지 제이슨

"이제부터 온전히 경관을 즐기자, 편안하게."

차로 오를 수 있는 최상단 지점에 다다라 우리는 외투를 단단히 여미고 밖으로 나왔다. 정상까지는 5분 남짓 더 걸어서 올라가야 했는데, 나는 높은 고도에 숨이 가빠져서 거기서 멈춰 서는 편을 택했다. 콜린이 태은을 데리고 정상까지 올라갔다.

다양한 사람의 크고 작은 감탄사들을 들으며 장대한 풍경 속을 느릿느릿 혼자 걸어 다녔다. 조심스레 높은 바위를 딛고 서서 구름에 손을 뻗었다. 귓속이 먹먹해지는 기분으로 휘청했다가 다시금 호흡을 가다듬었다. 하늘 가까이 닿아 있다는 걸 실감하며 가슴을 폈다. 굽어볼 수 있는 산맥들과 찻길, 꼬리를 물고 올라오는 차들의 행렬.

콜린과 태은이 정상에서 내려오자 우리는 최선의 구도에 서로를 담아내려는 공력을 들여 꽤 괜찮은 사진들을 건졌다. 그리고 원하는 만큼 고요한 시간을 누려보기로 했다. 바닥에 일렬로 늘어앉아 눈앞에 펼쳐진 풍경을 감상하며 한동안 말없이 시간을 흘려보냈다.

그러던 어느 순간이었다. 태은이 "저 이상해요" 하며 내 소맷자락을 붙잡고 힘을 주었다. 바람이 세게 불어와 태은의 머리칼이 모두 뒤쪽으로 넘어갔다. 태은의 작고 동근 얼굴이 아주 새하얘 보였다. 검은 눈동자에는 눈물이 어렸다.

"어지러워?"

콜린이 챙겨 들고 있던 물병을 열어 태은의 입가에 가져다 대자 태은은 물을 몇 모금 받아 마시고는 천천히 긴 숨을 들이쉬고 또 내쉬었다.

"유령 본 적 있어요? 유령……"

태은이 나를 향해 묻고는 눈을 천천히 끔벅였다. 눈물한 줄기가 볼을 타고 흘러내렸다.

"유령이 보이는 거 같아?"

"아뇨. 보고 싶은데 안 보여요."

"……"

"여기는 하늘나라나 마찬가지인데. 마찬가지……"

"……"

"내가 점점 한국말 잊어버리면 어떡해요? 죽어서 엄마를 만나면 너무 늦을 거 같은데. 할 말을 다 까먹을 거 같은데."

"오오, 태은아."

태은이 엄마 이야기를 한 번도 하지 않았기에 나도 물어본 적 없었다. 이제 나는 태은의 부모가 이혼한 게 아니고, 태은의 엄마가 아프거나 바쁘거나 나쁜 게 아니고, 죽어

망아지 제이슨

이곳에 없다는 사실 하나를 슬픈 선물처럼 얻었다.

"힘드니?"

"네."

"힘든데 비바람이 막 불어와. 그럼 시련이랑 비슷해. 시련의 뜻 궁금해했지?"

"네."

"근데 조금 더 비슷해지려면 거기에 마음을 하나 더해야 돼. 쓰러지지 말자, 하는 마음을 더하면, 힘껏 더하면, 그러면 조금 더 비슷해져, 시련의 뜻."

"……네."

"이제 일어날까? 일어날 수 있어?"

자리를 털고 일어나 차로 가는 동안 나는 콜린에게 미안한 마음이 들었다.

"있잖아, 콜린, 조금 전 이야기를 다 영어로 옮기는 건 나한텐 너무 벅찬 일이네."

그는 어깨를 으쓱해 보이고는 태은과 내가 뭐라고 대화했는지 궁금하지 않다면서 웃었다. 그리고 슬며시 덧붙였다.

"너 아까 이야기하면서 손을 굉장히 많이 쓰더라. 그래서 들었어, 조금은. 들리더라. 내 손 잡을래?"

콜린이 내게로 손을 내밀었다. 나는 그때 그의 손이 꽤 두툼하고 크다는 걸 처음 알았다. 또 그의 속눈썹이 긴 것도, 오른뺨에 보조개처럼 보이는 작은 점이 있는 것도 차례로 눈에 들어왔다.

저녁 무렵 집으로 돌아왔을 때 거실 바닥은 반질반질하게 닦여 있었고, 창에는 새 커튼이 달려 있었다. 냄비에는 방금 끓여놓은 토마토스튜가 가득했다. 모두 일리아의 솜씨였다. 덕분에 콜린은 아주 깨끗해진 거실을 가로질러 와 잘 정돈된 식탁에 앉아 진한 토마토스튜를 맛볼 수 있었다.

"혹시 드뷔시 좋아해?"

콜린이 마지막 한 숟가락을 삼키고서 내게 물었다.

"글쎄, 아마도."

내가 대답했다.

"그럼 공연 시간표를 확인하고서 전화할게."

"고마워."

콜린은 "나도" 하고는 일리아를 돌아보며 미소 지었다.

"일리아, 스튜 맛있었어."

콜린은 문을 나서기 전에 태은을 한 번 안아주었고, 태은은 그의 어깨에 잠시 볼을 기댔다. 나와 태은, 일리아는 잔디밭으로 나가 골든에 있는 제 집으로 향해 가는 콜린을 배웅하며 크게 손을 흔들었다.

망아지 제이슨

"동희, 나 좋은 소식이 두 개, 안 좋은 소식이 하나 있어."

콜린의 차가 커브를 돌아 시야에서 사라져갈 때 일리아가 조용히 내게 말했다.

"좋은 소식이 뭔데?"

"줄리가 그러는데 태은이 아빠 괜찮을 거래. 수술까지는 안 해도 된다나 봐."

"아! 정말 잘됐다. 태은아, 너도 들었지?"

"네."

"그리고 아마 너한테도 메시지가 와 있을 텐데, 항아가 다음 주에 올 거래. 서울에서 일 다 잘 봤다네. 빌어먹을 해프닝이 몇 개 있긴 했는데, 그 얘긴 와서 해준대."

"그렇구나."

나는 안 좋은 소식에 관해서는 좀 뜸을 들였다. 집 안으로 들어서서야 그게 무어냐고 물어볼 수 있었다.

"그건 내가 대청소를 했다는 거지. 일종의 징크스 같은 건데, 나 아마도 내일쯤엔 엄청나게 우울해질 예정이야. 각오해야 돼."

일리아는 터덜터덜 나를 앞질러 걸어가더니 소파 위에 털썩 주저앉았다.

태은과 나는 차례로 씻고 나서 얇은 여름 잠옷으로 갈아입고 거실로 도로 나왔다. 일리아는 소파에 드러누워 이마에 손을 얹고 눈을 감고 있었다. 태은이 일리아 곁으로 가서 소파 팔걸이에 얌전히 몸을 기대앉았다. 나는 거실의 조명 밝기를 낮추고 어둠이 내린 창가로 다가섰다. 휴대폰으로 드뷔시를 검색해보았다.

우리는 각자의 자리에서 따로 또 함께 드뷔시의 「달빛」을 들었다. 나는 내가 낮에 그토록 높이 올라갔다 내려왔다는 것에 대해서, 그리고 그 일이 하루도 지나지 않아 믿을 수 없는 꿈처럼 느껴진다는 것에 대해서 생각했다. 먼 옛날 사람들, 내가 알지 못하는 계곡과 강과 바위를 거쳐 본 적 있는 미지의 사람들, 은혜로운 초록색 대지, 밤처럼 까만 어린 말들에 대해서도 생각했다. 그리고 눈을 감고서 그 위로 가만히 내려앉는 달빛을 그려보았다.

망아지 제이슨

유미

상점 '유미'의 간판은 옅은 노란빛이 감도는 하늘색으로, 중앙에 아이가 모양내 쓴 듯한 귀여운 필체의 연보랏빛 상점명이 떠올라 있다. 전면이 유리로 되어 있어서 따뜻한 느낌을 주는 조명 아래 잘 정돈된 안쪽의 모습이 들여다보인다. 별 정보 없이 이곳에 들어선 손님들은 구제품을 주로 취급한다는 의외의 사실을 접하며 주춤하면서도 이내 호기심으로 곳곳을 훑게 된다. 다채롭고 깔끔하며, 희미한 코코넛 냄새가 난다는 게 이곳 내부의 주된 첫인상이다. 가격대는 저렴한 것부터 동종의 신제품을 웃도는 것까지. 품목은 옷, 가방, 부피가 작고 디자인이 예쁜 생활용품, 장식품이 주를 이루며 다기 세트가 소량 있다. 지난 연말에는 구청에서 매월 발행하는 열두 쪽짜리 소식지의 '도란

도란' 코너에 이곳의 기사가 짤막하게 실렸다. 체격이 좋은 중년 여자가 이제 막 들여온 빨간 캠핑 의자를 상점 앞에서 펴보는 모습, 그녀가 기르는 다섯 살 난 발바리 잡종 누렁이가 그 의자에 자리를 잡고 앉은 모습, 이렇게 두 장의 사진이 마치 만화처럼 나란히 붙어 친근감을 자아냈다. 이 사진에 눈길이 머물던 사람들이라면 상점명 유미가 바로 점주가 기르는 암컷 누렁이의 이름을 그대로 따온 것이란 점, 또 점주인 중년 여성 장도신이 3년 전 여름날 대로변에서 노상강도를 잡아 화제가 됐던 인물이라는 부가 정보를 흥밋거리로 접했을 것이다.

새해, 1월의 마지막 날 밤이었다. 가영은 이사 온 동네를 익힐 겸 산책하러 나섰다가 환히 불 밝힌 이 상점을 처음 발견하고는 홀린 듯 안으로 들어섰고, 손뜨개질한 초록색 스웨터 한 장을 짐작했던 것보다 높은 가격에 샀다. '햇빛이 내려앉은 풀색에 가까운 초록'이 가영의 흰 피부를 돋보이게 할 것이란 도신의 칭찬이 거래를 매끄럽게 만든 한마디였다. 가영이 계산을 치르며 카운터 테이블에 몇 부 쌓여 있던 구청 발행 소식지를 훑고 있을 때, 구석에 가만히 엎드려 있던 누렁이가 몸을 일으키고 카운터 쪽으로 다가와 도신의 종아리에 얼굴을 비벼댔다.

"아하! 네가 유미?"

가영은 막 기사를 읽은 참이라 누렁이에게 말을 걸듯 알아봤다는 티를 내고는 도신에게로 시선을 옮겼다. 도신은 카드 단말기에서 영수증이 출력되는 걸 지켜보고 있다가 눈을 깜빡였는데, 순간 눈물 줄기가 한쪽 볼을 타고 흘러내렸다. 가영은 슬쩍 시선을 비껴두며 멈칫거렸다. '주인이 우는 걸 눈치채고 개가 다가온 모양이네. 그런데 이분, 맨손으로 강도를 잡았다고 하지 않았나? 조금 전까지만 해도 기분 좋게 나를 치켜세우던 그 넉살은 어디 가고 왜……'

"얘는 작은 유미라고 불러요. 이 가게는 큰 유미고……"

도신이 누렁이를 내려다보며 그렇게 말하고는 가영에게 신용카드와 영수증, 그리고 초록색 스웨터를 담은 종이봉투를 한꺼번에 내주더니 출입문 쪽으로 다가섰다.

"후, 예보도 없었는데."

도신이 중얼거리는 소리에 가영도 그리로 몸을 틀었다. 작은 유미가 도신의 곁에서 꼬리를 살랑살랑 흔들었다. 어두운 창밖으로 희끗희끗 눈발이 날리고 있었다.

*

3월의 둘째 주 금요일, 가영은 정오를 막 넘긴 시각에 작은 유미를 데리고 집에서 나와 큰 유미로 출근했다. 전날 보다 일찍 가게 문을 열어두어야지 하고 마음먹고 있었지 만, 결국 그러지 못했다. 간밤에 봄맞이 새 이불을 주문하 려고 인터넷 서핑을 하다가 자정 즈음 침대에 누웠으나, 그때부터 생각이 꼬리를 물어 새벽 2시 즈음에야 겨우 잠 이 들었다. '봄 바다는 어떨까? 여름과 가을, 겨울에는 바 다에 가본 적이 있었지만, 봄 바다는 아직 찾아본 적이 없 구나.' 이렇게 시작된 잡념이 봄밤 해변에서 동창을 만나, 한때 두 사람 모두의 선망의 대상이었던 스타의 은색 점퍼 소맷자락 양 끝을 붙잡고 나란히 서서 불꽃놀이를 구경하 는 꿈으로 이어졌다. 아침에 눈을 떴을 때는 잠결에 뭘 친 건지 왼쪽 손등이 좀 아팠다.

가영은 상점의 문을 활짝 열고 내부를 청소하며 환기한 뒤 옷과 가방, 장신구, 장식품 들이 들어찬 진열대와 수납 함들을 전부 빠르게 살피고 매만졌다. 상점 중앙의 작은 원형 테이블에 흰 레이스로 된 새 테이블보를 깔았고, 그 위에 어제처럼 아날로그시계가 부착된 원목 블루투스 스 피커를 올려두었다. 상점명이 희미하게 인쇄돼 있는 메모 지와 색색의 펜 다섯 개, '유미에 남기는 말'이란 스티커가 부착된 항아리형의 유리병도 보기 좋게 배치해둔 뒤에 휴 대폰으로 실내 사진을 찍어 도신에게 전송했다. 부산에서 중학생 딸을 만나고 있을 도신은 가영이 전송한 메시지를 바로 확인하고는 어제와 같은 짧은 답신을 보내왔다. '잘 부탁해요.' 뒤이어 다른 메시지도 하나 떴다. 택배사에서 보내온 것이었다. 가영은 누렁이를 돌아보며 말했다.

"유미야, 내일 내 이불하고 네 방석이 온대. 좋지?"

누렁이는 꼭 뭘 알아들은 것처럼 세차게 꼬리를 쳤다.

도신이 가영에게 아카시아꿀과 갓김치를 안겨주면서, 부산으로 딸을 보러 가야만 할 때 이삼일 정도 큰 유미와 작은 유미를 봐줄 수 있겠느냐고 물어왔던 게 지난 구정의 일이었다. 봐준다고는 표현했지만 동시에 페이를 구체적으로 제시했다. 가영은 이웃사촌의 좋은 점이나 집 떠나온 젊은 여자에게 베푸는 나이 든 여자의 온정 같은 것들을 말로 환기하지 않으면서 가만히 대답을 기다리고 섰던 도신의 태도에 마음이 끌렸다. 그래서 유미에 발을 들이면 시간 감각이 느슨해지며 재미가 있다고, 일종의 보물찾기 게임 같다고, 게다가 꿀하고 갓김치도 마침 다 자기가 좋아하는 것들이니 발걸음 가볍게 잘 다녀오시라고 했다.

도신은 수락과 거절의 기준을 '좋아하는 것'과 '싫어하는 것'으로 가름해두는 가영이라 마음이 놓인다며 웃었다. 딸도 그랬으면 하고 바라게 된다고. 딸이 매사 너무 눈치를 봐서 자기는 그게 너무 속상하다고. 또 가영이 언급하지 않은 누렁이에 대해서도 잊지 않고 당부했다. 작은 유미는 손님들의 손길과 애정을 받는 데 익숙한 편이고, 저녁 산책과 먹거리를 잊지 않고 챙겨준다면 성가시게 굴거나 짖어대는 법이 거의 없다고. 제 담요와 쿠션을 무척 좋아해서 거기 파묻혀 곧잘 잠드는 것일 뿐 어디가 아파서 그러는 건 아니라고. 정말이지 누렁이는 낡은 쿠션을 베개 삼고 담요에 파고들어 거의 한 덩어리처럼 지냈다. 가영은 그 모습이 귀여워서 푹신푹신한 새 방석을 하나 사 줘야지 싶었다.

　얼마 지나지 않아 이날의 첫 손님이 둘 들었다. 동행은 아니었다. 한 사람은 정장 차림의 호리호리한 중년 남자였고, 한 사람은 초등학생으로 보이는 여자애였다. 아이는 이곳에 자주 들러본 모양으로 실내를 빠르게 한 바퀴 둘러보고는 누렁이에게로 가 개를 끌어안고 쓰다듬었다. 그러고는 퀼트 공예로 만든 휴대용 주머니 두 개를 골라 카운터 테이블에 올려놓고서 테이블을 톡톡 두드렸다. 가영이 쳐다보자 아이가 "사장님은요?" 하고 물었다. 그 질문은 소리가 아니라 입 모양으로 전해졌다.

　"다른 볼일이 있어서."

　가영도 눈치껏 입 모양을 크게 해 대꾸했다. 말을 하며 저도 모르게 한 손으로 허공에 큼지막한 반원을 그리게 됐는데, 수어로 '다른 볼일'이란 어떻게 표현되는 걸까, 순간 궁금해졌다. 아이는 생글거리며 고개를 끄덕여 보이더니 들고 온 손가방 속에 퀼트 주머니를 챙겨 넣고는 원형 테이블로 가서 메모지에 뭐라고 적은 뒤 그걸 두 번 접어 유리병 안에 떨어뜨렸다. 아이가 밖으로 나가자 남자가 주뼛거리며 가영에게로 다가왔다.

"저……"

남자는 창으로 든 봄빛에 눈이 시린 듯 미간을 살짝 찡 그리고서 입 밖으로 꺼낼 첫마디를 고르는 듯했다.

"네, 뭘 도와드릴까요?"

가영의 물음에 그는 오른손을 입가에 가져다 대더니 헛기침을 한 번 했다. 가영의 시선이 남자의 새끼손가락에 머물렀다. 양복 단추 크기의 오팔이 박힌 금반지가 끼워져 있었다. 가영은 큰 보석이 박힌 반지를 항시 끼고 다니는 나이 든 남자는 범죄 영화에서나 보았다. 서로 다른 연상이 동시에 피어올랐다. 하나는 도신이 대낮에 강도를 맨손으로 잡은 적 있다는 지난 일화였고, 다른 하나는 낭만적인 것이었다. 남자에게 소중한 이가 있어 늘 가슴에 새기는 굳은 언약이 있으리라는.

"여기서……"

남자의 중저음 목소리에 약간 긴장감이 실렸다.

유미

"이틀 전에 서류 가방을 하나 봐뒀는데, 안 보이네요. 그새 팔렸나요?"

"음, 진열된 게 전부일 텐데요."

남자는 가영의 대답을 듣고도 쉽게 단념하지 못한 듯 머뭇거리면서 설명을 이어갔다. 정확히 표현만 한다면 찾고 있는 물건이 어딘가에서 저절로 나타나기라도 할 것처럼.

"소가죽으로 된 거고, 벽돌색에 앞면이 반질반질한데, 중고품은 아니었고요. 위에 지퍼가 달려 있고, 안쪽에 휴대폰이나 필기구를 넣을 만한 수납 공간이 두 개 있고……"

"같은 용도로 쓸 만한 가방을 찾아드려볼까요?"

"아뇨. 사장님은 기억하실 텐데. 내용물을 채우면 겉모양이 어떻게 잡히는지 보려고 제 물건들을 몇 개 넣고 들어봤거든요. 딱 마음에 드는 건 아니어서 생각해보자 하고 일단 두고 갔는데, 아, 참 이거 곤란하게 됐네요."

"곤란하다니, 무슨 말씀이신지……"

"저한테는 의미 있는 물건인데, 거기다 빠뜨린 거 같아서요. 내 가방으로 도로 옮겨 담았다고 생각했는데, 아니더라고요. 없어진 걸 엊저녁에 알아챘어요. 아무리 생각해봐도 다른 데는 아니에요. 여기서였던 거 같아요. 사려다가 만 그 가방 속에다 흘렸거나……"

누렁이가 몸을 일으키더니 두 번 왈왈 짖었다. 뭔가 불안한 느낌이 전달된 모양이었다.

"괜찮아, 괜찮아."

가영은 누렁이를 진정시키고 남자를 돌아보았다.

"그럼 내일 이맘때 다시 와보시겠어요? 그때는 사장님이 계실 거예요. 연락처 하나 남기고 가세요."

남자는 "네네, 그러죠" 하고 고개를 끄덕이면서도 상심한 표정을 지워내지 못했다. 가영은 발길을 쉽게 떼지 못하고 우두커니 선 남자에게 그토록 찾는 물건이 무엇인지 물어보는 대신 남자의 새끼손가락에 끼워진 오팔 반지를 흘깃거리고는 어쩐지 미안한 듯한 미소를 지어 보였다.

*

같은 날 오후 6시가 지나자, 가영은 밀려오는 시장기와 낭패감을 수습해야 했다. 다음 주 발표 예정이었던 입사 시험의 1차 결과가 나온 모양이었다. 같이 지원했던 동기가 가영에게 전화를 걸어와 자기는 면접일 안내 전화를 받았다면서 가영은 어떻게 된 것인가를 물어왔다. 그게 4시즘의 일이었다. 5시를 넘겼을 때 희망은 얄팍해졌다. 기다리는 일에 통째로 에너지를 쏟는 게 아니라면 뭐든 가뿐히 해낼 수 있지 않은가, 하고 하루를 열었다가 눈앞에서 덜컥 닫혀버린 가능성을 곱씹고 있다는 걸 깨달았다. 돌이켜보면 밤바다의 불꽃놀이 꿈도 길몽인지 흉몽인지 애매한 데가 있었다.

좋은 일이 일어날 때는 들떠서 실책을 범하지 않도록 주의하고, 좋지 않은 일이 일어날 때는 다행스러운 일들을 손꼽아라. 가영의 고등학교 2학년 때 담임은 습관처럼 그 말을 했었다. 다소 매정한 데도 있었지만, 가영이 장염으로 갑자기 응급실로 실려 갔을 때 부모 둘 중 누구와도 손쉽게 연락이 닿지 않았다는 걸 눈여겨봐두는 섬세한 면도 있던 어른이었다. 이후 선생은 가영에게 항시 단정하게 하고 다니는 모습이 보기 좋다는 등의 사소한 이유를 들며 칭찬을 되풀이해주었는데, 그래서였는지 가영은 그의 가르침을 오래 가슴에 품게 됐다. 손꼽아보자면 이날의 좋은 점은 다른 사람의 자리에서 하루를 살아냈다는 것이었다. 부탁을 받은 일이었지만 아무래도 환대받는 느낌이었다. 아로마 램프와 텀블러, 숄과 지갑, 원피스와 카디건 등 소소한 물건들이나마 에누리 없이 팔았다. 상점 문이 닫혀 헛걸음하고 돌아간 손님이 없었고…… 가영은 거기까지 헤아리다가 서류 가방을 찾던 남자를 떠올리며 그가 남긴 전화번호를 들여다보았다. 그리고 잠시 후 작은 유미를 데리

고 밖으로 나가 동네를 한 바퀴 돌았고, 종종 들르는 국숫
집에서 비빔국수를 한 그릇 사 먹고 난 뒤에는 다시 상점
으로 돌아왔다. 그때 도신이 전화를 걸어왔다.

"서울역에 내려서 택시 타고 들어가는 길이라고 알리려
고요."

"네, 조심히 오세요."

도신은 언제나처럼 존대어를 썼고, 가영은 종종 그래왔
듯 질문을 아꼈다. 엄마와 어린 딸이 멀리 떨어져 지내며
어쩌다 한 번씩 서로 얼굴을 보게 될 만한 사정이야 수만
가지 경우의 수가 있을 수 있겠지만, 어느 경우라도 모녀
가 서로 간절히 바라서 일어나지는 않았을 것이었다.

가영은 누렁이의 밥을 챙겨주고 난 후 피아노 연주곡을
작게 틀어놓고서 유리병에 담긴 메모들을 카운터 테이블
위에 쏟았다. 어제는 아홉 장의 메모가 있었다. '잘 들러 갑
니다' '사장님 건강하세요' '좋은 봄날 다녀감' '유미 짱!' 등
등의 글귀 속에서 가영은 아마도 어느 영화나 책에서 옮
겨 왔을 흥미로운 한 문장을 만났다. '나는 종종 오션 비치
에 가곤 했다.'* 가영은 이 짧은 발견의 순간에 매료됐다.
아이폰의 음성 메모 앱을 열어서 여섯 번, 모두 다른 톤으
로 그 문장을 되풀이해 읽으며 녹음해보았다. "나는 종종
오션 비치에 가곤 했다. 나는, 종종, 오션 비치에, 가곤, 했

유미

다아……"

오늘의 메모는 네 장뿐이었다. 누렁이를 그린 크로키 하나, '오늘은 구경만. 다음에 또 올게요'가 하나. 나머지 두 장을 펼쳐두었을 때 커플로 보이는 젊은 남녀가 안으로 들었다. 시계를 보니 저녁 8시경이었다. 그들은 매우 기분이 좋은 상태로 보였는데 상점 이곳저곳을 휴대폰 카메라로 찍으며 아이처럼 계속 키들키들 웃었다. 그리고 아무것도 사지 않은 대신에 가영에게 초콜릿볼 두 개를 남기고 명랑한 모습으로 떠났다.

가영은 다시 남은 두 장의 메모지 앞으로 돌아왔다. 한 장에는 물음표와 느낌표가 하나씩 있었다. 나머지 한 장에는 또박또박 힘주어 쓴 글씨로 이런 글귀가 적혀 있었다.

작은 유미가 담요 속에 은메달을 숨겨놓은 걸 봤어요. 전 모른 척해주었어요. ^-^   ―윤진이가

가영은 낮에 퀼트 주머니를 사 간 아이의 이름이 윤진이였구나, 하고 생각하며 누렁이에게로 다가갔다. '아이가 장난을 친 건 아닐까? 상상을 적은 건 아닐까?' 누렁이의 담요를 들춰보니 과연 동그랗고 은빛으로 반짝이는 물건이 있기는 했다. 하지만 그건 메달은 아니었다. 접해 있는 양

면을 비틀어 열도록 만든 손거울인 듯했다. 가영은 그걸 열어보려다가 그만두었다. 도신에게 전해 들은 말이 없으니 도신의 물건은 아닐 듯했다. '이게 남자가 찾던 그 물건이라면……' 가영은 동그란 은빛 손거울이 서류 가방에서 미끄러지는 장면을 떠올려볼 수 있었다. 누렁이가 그걸 입에 물고 제 담요 속에 숨겨놓는 장면도. 어쩌면 자신이 희소식을 전하는 사람이 될지도 모른다는 생각에 미리 조금 기뻤다. 가영은 우선은 메시지를 남겨보기로 했다. 사진을 찍은 뒤에 '찾으시는 게 혹시……'라는 메시지와 함께 전송하자 곧 전화가 왔다.

"맞아요, 제 거예요."

남자가 그렇게 말하고는 다급히 덧붙였다. "30분 내로 거기로 갈 수 있는데요. 괜찮으시다면요."

"거울인가요?"

"시계예요. 양복 주머니에 넣고 다니는 옛날 시계요. 시간은 맞지 않을 거예요. 비싼 물건은 아니지만 제가 꼭 사례하고 싶습니다. 당장 열어서 확인해보셔도 돼요."

"아뇨, 맞겠죠. 오세요."

"예."

상점 밖으로 택시가 한 대 와 멈춰 섰다. 누렁이가 안으로 막 들어서는 도신에게로 달려가 겅충대며 주위를 맴돌

유미

고 힝힝 소리를 냈다. 도신은 피곤한지 힘없이 웃었다.

"아휴, 미안해라. 얼른 집에 들어가봐야죠? 들어가요."

"사장님 여기서 저랑 같이 누구 좀 기다리셔야 해요."

"응? 아, 택배 와요?"

"혹시 이틀 전에 가죽으로 된 서류 가방 보고 가신 분 기억하세요?"

"사람은 기억 안 나고, 가방이야 잘 알죠. 부산 사는 내 남동생한테 주고 온 길이니까. 근데, 왜요?"

"아하! 가방 임자는 따로 있었네요. 그거 살 뻔했던 분이 낮에……"

도신이 카운터 테이블 위에 흩어져 있는 메모들을 정리해 파일에 챙겨 넣는 동안 가영은 낮에 있었던 일들을 전했다. 도신이 다 듣고 나서 "오늘은 온종일 좀 이상한 날이네" 하고는 피식 웃었다.

도신이 꿀차를 두 잔 만들어 와 가영에게 한 잔 건네주었다. 두 사람은 카운터 테이블 안쪽에 나란히 앉았다. 누렁이가 도신을 졸졸 쫓아다니다 곁에 기대앉아 꾸벅꾸벅 졸기 시작했다. 동그란 은색 시계는 테이블 위에 놓였다.

"이상한 사람 같진 않았는데, 그래도 상황이 보편적이진 않아요. 그죠? 세상일에는 만약의 만약이라는 것도 있으니까, 그 남자가 와서 괜한 허튼수작 부리며 돌변하기라도 하면요, 사장님이 예전에 강도 잡던 실력, 그거 제가 믿어 보겠어요."

가영이 그렇게 말하자 도신이 "아, 믿음, 그거 좋지요. 바람직하지" 하고 농담조로 장단을 맞추었다.

"근데 또 만약의 만약이라는 것이 있어서 그분이 무슨 이야기든 하려고 드신다면, 전 좀 들어볼까 봐요. 궁금하잖아요. 유미가 뭘 찾아낸 건지."

"그래요. 그래볼까요?"

그들은 따뜻한 찻잔을 두 손으로 감싸들고 어두워진 바깥을 내다보며 아직 도착하지 않은 이야기를 기다렸다.

* 리베카 솔닛, 『멀고도 가까운』, 김현우 옮김, 반비, 2016.

유미

예측할 수 없이 낯설고, 아름답게

전기화
(문학평론가)

기준영의 세번째 소설집 『사치와 고요』에는 미묘하고 세세한 기미들이 가득하다. 분명히 존재하지만 콕 집어서 말하기는 어려운, 되어가지만 아직 된 것은 아닌 조짐들이 얽혀드는 장면을 통과할 때마다 우리는 우리를 둘러싼 세계의 분위기가 소설을 읽기 전과는 조금 달라졌다고 느끼고, 심지어 뜻밖의 위로마저 전해 받는다.

『사치와 고요』에 실린 아홉 편의 소설에 제각각의 상실이 나타난다는 점에서 출발해보자. 소설 속 인물들에게 해피 엔딩은 함부로 약속되지 않으며, 상실은 쉽게 뒤집히지 않는다. 다만 상실을 경험한 인물들은 그 이후를 살고 있으며, 그 시간을 견뎌내다 보니 예기치 못한 우연들을 마주하기도 한다. 어쩌면 우연이란 기준영의 소설이 인물에게 건네는, 그리고 삶이 인간에게 건네는 최선의 선물일지 모른다. 소설 안에 우연이 깃드는 순간 인물을 둘러싼 주변의 기미는 어느새 이전과는 조금 다른 방식으로 배열된다. 뒤틀려버린 채 무한히 연장될 것만 같았던 일상의 관성은 의도치 않게 흩뜨려지고, 정확히 무엇이 바뀌었다고 말하기는 어려우나 분명 이전과는 무언가 조금 다른 상태로 인물은 이동해 있다.

그렇다면 이렇게 말해볼 수 있을까. 우리는 기준영의 소설을 통해 기미들의 섬세한 변화를 체험하고, 그 체험 이후 우리의 일상을 조금 다르게 감각할 수도 있다고. 이제 우리는 미처 파악하지 못했던 미세한 기미들에 둘러싸인, 미지의, 그리고 미정의 가능성으로 가득한 공간에 놓인 우리 자신을 발견하게 된다.

1.

첫번째 소설 「마켓」은 '시연'이 담당 의사로부터 자연유산 사실을 전해 듣는 것부터 시작된다. 병원 문을 나서 택시를 타고 돌아오던 시연은 도시의 풍경을 초현실적인 느낌으로 바라보다가 집에 도착할 즈음엔 남편 '지섭'과의 이혼을 결심한다. 다소 갑작스럽게 느껴지는 그 결심의 기저에는 무엇이 있을까. 어쩌면 그녀는 지금 자신이 처한 상황으로부터 최대한의 거리 두기를 시도하는 것일까. 그것은 그녀의 삶이 와르르 무너지도록 내버려두지 않기 위해 스스로를 방어해보려는 안간힘일까.

시연의 이혼 이야기를 최대한 아무렇지 않게 넘긴 지섭은 보름 후 출장을 떠나고, 지섭이 떠난 다음 날 시연의 집에는 지섭의 전화를 받은 시어머니가 방문한다. 자신이 임신한 상태라고 오해하는 시어머니 앞에서 스스럼없이 연기하던 시연은, 시어머니와의 대화 속에서 "저한테도 좋은 점이 있어요"라거나, "저도 잘하는 게 있어요"라며 스스로를 옹호하고 긍정하는 뜻밖의 시도를 해보기도 한다(p. 25). 그러나 다음 날, 친언니의 연락을 기다리던 시연은 자신이 아이를 유산하게 된 것은 어쩌면 아이가 스스로 태어나지 않기로 한 선언이 아니었을까 생각하며 자책하게 된다. 구두 매장 점원으로 일하다 지섭과 결혼한 이후, 자신의 가족을 "수치스러운 얼룩처럼 취급한 다른 가족의 질서 속에서 새 삶을 시작"(p. 29)해야 했던 시연. 이제 스물다섯 살이 된 그녀에게 생이란 구경꾼들의 판단과는 달리 결코 녹록한 것이 아니었다. 수시로 닥쳐오는 모멸감도 제법 매끈하게 넘겨온 시연이지만, 아이를 떠나보내는 과정만은 천연덕스럽게 넘겨버릴 수 없던 것이다.

이튿날, 벚나무 아래에서 남편의 꿈 이야기를 전해 듣던 시연은 남편이 자신과 같은 꿈을 꾸었음을 알고 놀람과 죄책감, 그리고 남편에 대한 사랑을 느낀다. 그러나 시연은 사랑한다는 말 대신, 그녀가 지금 할 수 있는 말, '보고 싶다'는 말을 한다. 시연의 보고 싶다는 말은 까닭 모를 안도감으로 다가온다. 현재 눈앞에 부재한 남편을 보고 싶어 하는 마음은, 마치 시연이 버거운 현재를 포기하지 않으려는 마음의 발현처럼 느껴지기 때문이다. 사람은 '얻은 것뿐 아니라 잃은 걸 통해서도 무언가를 배우고자 하면 배운다'는 말은 스스로를 향한 자기실현적 예언이 아니었을까.

이제 그녀는 자신이 잃은 것을 통해 무엇이라도 배워보겠다는 생의 의지를 조금씩 되살리고 있는 것 같다. 그 회복의 의지를 끌어올린 계기를 하나로 규명하기란 불가능하다. 그녀에게 닥친 상실이 필연이 아니었듯 회복도 필연이 아니므로 명확환 인과관계를 부여할 수 없기 때문이다. 다만 "한 번뿐인 꽃잎들"(p. 35)이 떨어지는 소설의 마지막 장면은 시연을 둘러싼 조짐들이 서서히 변해가는 장면처럼 느껴진다. 변화는 시연 자신에 의해 선언되는 대신, 조짐들의 변화를 통해 관찰되고 예감된다.

한편 「여기 없는 모든 것」은 '인주'와 '이석'이 주말 오후 한 카페에서 맥주와 무알코올 칵테일을 시키는 장면에서 시작된다. 카페에 앉은 다른 커플의 대화를 엿듣던 인주와, 그 대화 속에서 단어를 가지고 와서 인주에게 장난을 거는 이석, 이 둘은 어떤 관계일까? 소설이 진행되면서 점차 알게 되지만, 이 장면은 이석과 인주가 맺어나갈 10여 년에 걸친 관계의 결절점 가운데 하나이다. 이들의 관계를 명확하게 정의하기란 쉽지 않은데, 어쩌면 「여기 없는 모든 것」은 바로 그러한 종류의 관계, 분명한 명명 없이 스며들어버린 관계를 그려내는 듯하다. 소설에서 인주와 이석은 서로의 삶에 얽혀들며, 이미 얽혀든 채로 때로는 성기고 때로는 긴밀한 관계 맺음을 계속해나간다.

이러한 긴밀함의 조짐은 인주가 이석에게 자신의 어머니 생신날 '애인 노릇'을 해달라고 부탁하고 이석이 그 부탁을 들어주는 데에서 나타났는지도 모른다. 혹은 이석이 인주의 반려견 화장터에 동행하고 "그렇게 예상치 못한 방식으로 하루가 저물어간 탓에 [……] 인주의 그 '복잡한 사정'의 일부가"(p. 44) 된 순간이야말로 결정적이었을지 모른다. 혹은 두 사람이 함께 인주 어머니의 집에 방문한 시점이 가장 확실한 얽힘의 단서일지도 모르며, 혹은 휴대폰 메시지 앞에서 초조해하던 인주를 보던 이석이, "하루 한낮에 자기도 모르게 타인의 삶 깊숙이 발을 들여놓았다는 걸"(p. 65) 알아차린 순간이야말로 가장 구체적인 얽힘의 단서였을지 모른다.

적지 않은 시간 동안 친밀해지고 소원해지기를 반복하는 사이, 두 사람은 서로를 '최초의 자리'에 놓기를 반복한다. 서로가 각기 다른 순간을 최초의 기억에 가져다 둔다는 것, 그리고 매번 다른 순간들이 그 최초의 자리에 호출되곤 한다는 것은 이들의 관계를 하나의 단선적 내러티브로 설명할 수 없다는 진실을 부드럽게 드러낸다. 이렇게 되어야만 한다고 의도한 적 없고 이렇게 될 줄은 몰랐으나 돌이켜보니 이러했던 순간들 속에서, 어떤 순간들은 미처 누설되지 못한 기미로 잔존하고, 어떤 순간들은 새로이 발굴되어 최초의 자리 위에 살며시 놓인다. 그러니 「여기 없는 모든 것」은 인주와 이석이 카페에 들어서는 장면에서부터 시작하는 소설이지만, 사실 인주와 이석의 이야기는 매번 다른 첫 장면과 함께 새롭게 씌어질 수 있는 셈이다. 그렇다면 이 소설은 인주와 이석에 관한 소설이자, 무한개의 잠재적 배열을 가지고 있는 관계-쓰기에 관한 소설이자, 어쩌면 소설-쓰기에 관한 은유로도 읽어볼 수 있을 것이다.

2.

「비둘기와 백합과 태양에게」의 화자인 '은하' 또한 "이 야기의 시작을 매번 다른 장면, 다른 톤으로 떠올"리는 인물이다. 이 소설에는 여러 종류의 상실이 나타나는데, 우선은 소설의 화자인 은하가 4인조 중견 록밴드 '히아신스' 의 공연장에서 대학 생활의 거의 전부가 담겨 있는 USB를 분실하는 사건이 소설 전체를 관통한다. 이 사건에 깃드는 우연의 연쇄 속에서, 은하는 "가까운 사람과 먼 사람이 한 데 얽혀"드는 한 시절을 경험한다(p. 127). 은하의 말처럼 상실에서 비롯된 "과장, 비약, 왜곡, 축약하게 된 내 감정들"(p. 124)은 아주 성가신 것이지만, 동시에 그 감정들은 오직 '그' 상실을 직접 체험한 자만이 오롯이 소유할 수 있고, 어쩌면 소중하다고까지 할 수 있다. 소설이 진행됨에 따라 '상실'은 뜻밖의 색채를 띠며, 우리로 하여금 그 의미를 조금 다르게 해석하게끔 이끈다.

소설에서 은하는 USB를 잃어버리고, 은하의 친구 '한진' 은 아르바이트 자리를 잃고 히아신스를 사랑하던 한 시절을 떠나보내며, 히아신스의 키보디스트 '태오'는 밴드와 함께하던 시절을 작별한다. 그러나 이 여러 종류의 상실들은 뜻밖의 사건들의 연쇄로 연결되며, 그 연결은 예상 밖의 장면들로 이어져, 인물들의 상실을 이전과는 다른 방식으로 의미화하도록 이끈다. 각자의 상실을 손에 쥔 채 태오처럼 "서로 미안해하지 맙시다"(p. 127)라는 말을 건네고, 상대로부터 그 말을 건네받는다면, 상실을 경험한 자들의 손 위엔 이제 상실을 대신할 위안이 쥐여져 있을 것이다.

무언가를 주고받는 행위는 「축복」에서도 중요하다. 소설은 '해선'과 '동수' 부부, 그리고 그들의 아들인 '보경'의 이야기처럼 시작되지만, 이야기가 전개되면서 드러나듯이 실상은 동수가 아버지의 애인 '양 여사'의 초대를 받아 아들과 함께 그 댁에 방문하고 돌아오는 이야기이다. 이 소설에서 그리는 축복이란 무엇일까. 그것은 동수가 부자간의 정을 회복해가는 과정에 깃드는 것은 아닌 듯 보이며, 오히려 동수가 양 여사의 동생 '준모 씨'와 나누게 되는 뜻밖의 대화에 스미는 것처럼 보인다. 동수가 준모 씨에게 무엇이라도 도움이 되고 싶다는 마음을 전하자, 준모 씨는 동수에게 양털 점퍼를 건네고 동수는 그 점퍼를 아내 해선에게 전한다. 점퍼를 입어본 해선의 말을 참고한다면, 어쩌면 축복이란 "생각보다 잘 맞고, 보기보다 따뜻한"(p. 192) 형태로 우리에게 깃드는 것일까?

어쩌면 이 소설을 통해 우리는 말해볼 수 있을 것이다. 무언가를 주고받는 행위는 우리의 생각보다 더 중요하다고. 물론 그 행위는 자주 실패하고, 오인되고, 서걱거리고,

해설 | 예측할 수 없이 낯설고, 아름답게

예상과는 다른 방식으로, 뜻밖의 순간에 이루어지곤 한다. 우리는 자신이 건넨다고 믿는 것과는 다른 것을 상대에게 건네기도 하며, 상대에게 건네받는 것 또한 상대가 의도한 것과는 완전히 다른 것일 수 있다. 그러나 바로 그 의외성 이야말로 축복의 본질일 수 있다는 비밀을 「축복」은 우리 에게 속삭여주는 듯하다.

이어서 의외의 우연이 축복처럼 스며드는 소설 「완전한 하루」를 읽어보자. 「완전한 하루」는 '주현'과 '민규' 두 인물 의 시점을 교차하는 방식으로 짜인다. 주현은 사업으로 인 해 큰 빚을 지게 된 약혼자와 파혼한 뒤 내상을 입은 채로 일상을 견뎌나간다. 그러던 중 회사 과장의 소개로 민규를 만나게 되고, 이후 그의 사무실에도 방문하게 된다. 이 지 점에서 소설은 민규의 시점을 도입하여, 그가 주현의 방문 을 받는 그 하루를 어떻게 맞이하는지 보여준다. 민규는 젊은 시절 '클라라와 한슨'이라는 만화를 창작하여 제법 성 공을 거두었지만 만화를 영화화하는 데 실패한 경험이 있 는 인물이다. 또한 그는 3년 전 자신의 형수였던 사람과 함 께 와이오밍으로 도피해 서로를 클라라와 한슨으로 부르 며 1년의 시간을 보내고 돌아온 경험도 있다.

「완전한 하루」는 민규와 주현이 대화를 통해 서로를 알 아가고 미끄러져가는 과정을 섬세하게 그려내면서, 서로

가 서로를 바라보는 시각과 속내를 교차해나간다. 그렇게 대화의 물결을 타는 동안 두 사람 모두 조금은 다른 곳으로 이동한 듯 보인다. 이를테면 주현은 민규와의 대화 도중 "넘어질 데서는 버티고 엄한 데"(p. 151)에 와 있는 자신을 발견하고, 민규는 '클라라와 한슨'보다 덜 잘할 수 있는 일을 하겠다는 다짐을 밝히게 되니 말이다. 어느덧 주현은 민규와의 만남에 의미를 부여하고자 하며, 민규는 자신에게 질문을 던지는 주현을 "아름다운 불청객"(p. 154)으로 해석해보기에 이른다.

주현은 민규가 와이오밍에서 보냈던 시절에 관한 이야기를 들으면서, 그 이야기 안에 슬며시 자신의 모습을 넣어본다. 그러다 주현은 갑자기 사무실로 들어온 강아지를 사슴으로 착각하기도 하는데, 이 귀여운 착각은 민규의 이야기 속에 등장한 '갑자기 튀어나온 어린 사슴'을 덧씌워 눈앞의 현실을 해석한 데에서 비롯된 것이다. 비 오는 오후, 민규의 사무실에서 대화를 나누던 주현이 갑작스러운 강아지의 출현을 의미심장한 징조로 번역하고 웃음을 터뜨리는 장면은 이후에 이어질 다양한 이야기를 향해 무한히 열린 채 비밀스러운 생기를 띤다. 그러니 우리는 이 소설에서 두 사람의 상실 그 자체보다는, 서로 다른 상실을 경험한 두 사람이 우연하게 도착한 "이 낯선 곳"(p. 153)에서 "무언가 더 시작"(p. 146)되려 하는 조짐을 믿어보는 데 조금 더 집중해볼 필요가 있을 것이다.

3.

상실의 체험을 가장 서늘하게 각인시키는 소설 「들소」는 '고푸름'이라는 초등학생 소녀를 화자로 전개된다. 푸름은 집주인 할아버지 할머니의 호의 덕분에, 마당이 있는 주택 방 한 칸에 어머니와 함께 세 들어 살게 된다. 집주인 노부부의 호의는 열여섯 살에 실종된 그들의 둘째 딸 이에스더와 푸름의 엄마의 생김새가 비슷하다는 점에 기대고 있다. 이사 온 집과 전학 온 학교에 적응해가는 푸름의 일상은 쉴 새 없이 닥쳐오는 삶의 자극들을 받아들이면서 섬세하고 내밀하게 짜여간다. 그 감각은 때로는 두려움으로, 때로는 아름다움으로 엮인다.

이를테면 생기 넘치고 다정하던 집주인 할머니가 갑자기 집 안 한가운데에서 멈추어 선 채 입술을 다물고 떠는 장면을 볼 때, 푸름은 두려움을 느낀다. 하지만 그런 할머니 앞에서 푸름은 이에스더가 되어 춤추며 할머니에게 닥쳐왔던 운명에 비밀스러운 위로를 시도해보기도 한다. 한편, 새로운 학교에서 만난 친구 '길우'가 소설을 읽는 장면을 보면서 푸름은 그의 아름다움에 현혹된다. "소년의 얼굴은 해사하고, 소년의 얼굴과 몸에 드리워져 이 모든 일을 낱낱이 함께 호흡하는 햇살은 곡식을 무르익게 하고 과일에 즙이 차오르게 하는 그 빛과 같다"(p. 210). 이 아름다운 문장은 그 자체로 푸름이 길우를 바라보는 지극히 탐미적이고 사적인 시선을 대변한다.

그러나 자신에게 행운석을 건네주었던 길우가 학예회 당일 새벽에 쓰러져 응급실에 실려 갔다는 소식을 듣게 된 푸름은 "감당할 수 없는 무언가가 어마어마한 진동을 내면서"(p. 220) 자신에게 돌진해오는 듯한 느낌을 받는다. 집주인 할머니의 기억을 부분적으로 앗아버릴 정도로 큰 충격이었던 이에스더의 실종 사건처럼, 푸름 또한 길우에게 닥친 사건을 통해 운명의 폭력성을 체험하는 것이다. 「들소」에서 제시하는 운명이란, 인간의 삶에 돌진해 순식간에 모든 것을 황폐화한 뒤에 유유히 사라져버리는, 그리고 언제 다시 들이닥칠지 모르는 들소와도 같다. 그러니 푸름 어머니의 말마따나 그러한 조건 속에 영영 노출될 수밖에 없는 인간이란, "고귀하고, 또 아주 우스운"(p. 215) 존재일지 모른다. 푸름은 그러한 인간으로서의 조건을 막 경험해 나가는 중이다.

자신의 의지와는 무관하게 닥쳐오는 우연적인 사건들

에 상시적으로 노출되는 취약성은 인간이 처한 항구적인 조건이다. 그 조건은 비단 취약하다고 가정되는 어린아이의 시절뿐 아니라 성인이 된 이후로도 지속된다. 폭력적으로 닥쳐온 사건에 치여 "이런 기막힌 일들이 왜 나한테 일어났는지 잘 모르겠는 기분으로 아침에 눈을"(p. 155) 뜨는 이에게도 시간은 꾸역꾸역 밀려온다. 기준영의 소설은 상실을 운명처럼 경험한 이들의 시간 위에 우연들을 계속해서 덧대어준다. 운명이라는 상흔에 덧대어지는 우연은, 소설 속 인물들을 운명이라는 이름으로 옥죄는 대신 수많은 우연 위에서 움직여지게끔 만든다.

여기에서 이 소설집의 표제작인, 신비롭고 아름다운 소설 「사치와 고요」를 이어서 읽어보자. 소설은 미주가 어느 5월 휴게소에서 부딪힌 괴한에게 왼쪽 복부를 찔리는 데에서 시작한다. 단지 "희박한 확률로 운이 나빴기" 때문에 벌어져버린 사건 이후, 미주의 상처는 점점 아물어가지만, 사실 "그 외의 거의 모든 것이 전과 같지 않"은 시간을 보내게 된다(p. 70). 이를테면 미주는 이사한 빌라에서 소소하고 아기자기하게 일상을 꾸려보려 했던 소망을 지연시킨 채, 빌라의 방범 장치를 최신품으로 교체하고도 뜬눈으로 밤을 지새우는 일상을 지속한다. 그러던 중 미주는 죽은 엄마의 친구였던 '세리 이모'와 연락을 주고받게 되고,

잠깐 만났던 '상운'이라는 남자로부터 전화 한 통을 받기도 한다. 그 전화를 계기로, 한 전원주택의 보모로 일하러 가게 된다.

전원주택에서 미주는 육십대 부인과, 그녀의 딸이 돌보는 의붓자식 '계은'과 '훈'을 만난다. 전원주택에 도착한 당일, 미주는 심통을 부리는 계은의 옆에서 아릿한 안도감을 느끼며 잠에 빠져든다. 오랫동안 불면을 겪어오던 미주가 잠으로 빠져드는 장면은 깊은 안도감을 준다. 어떤 필연성도 없이 자신에게 닥쳐왔던 불운 이후로 매 순간을 불안으로 감각해온 미주에게는, 자신을 지금과는 다른 곳으로 데려가 다른 종류의 감각을 느끼게 해줄 무언가가, 자신을 환기시켜줄 다른 존재가 절실하게 필요했을 것이다. 이 집에서 미주는 "쓰러져 주저앉게 된 곳에서 문단속을 하고 있느니 차라리 한데서 문제들이 저를 선택하도록 스스로를 열어 허락"하고 "너무 애쓰지 않는 당분간"의 시간을 가져볼 수 있을까(p. 88).

괴한의 습격이 불쾌하게 열어젖힌 그녀의 감각들, 아무리 미세한 조짐이라도 감지할 만큼 예민하게 돋아버린 미주의 감각은, 소설의 후반부로 갈수록 의외의 순간들에서 야릇하고도 다정한 징조들을 발견해내며, 자신을 둘러싼 세계를 낯설지만 생생하게 감각하는 쪽으로 열린다. 그리

해설 | 예측할 수 없이 낯설고, 아름답게

고 소설의 마지막에서 미주가 마치 환각을 경험하듯, "그녀가 아는 죽음과 슬픔과 사랑, 또 깊숙이 이해할 수 없는 다른 삶과 고통, 환희가 수많은 사람의 형상으로 목마에"(pp. 96~97) 올라타는 모습을 그려내는 장면은 신비롭고 기묘한 기미들로 가득하다. 어쩌면 미주는 스스로 만들어낸 환상의 회전목마를 돌리며 자신의 운명 또한 그 목마에 태워보고 있는 것일까.

돌아가던 회전목마가 멈추어 서고 목마에서 내린 뒤 미주가 마주할 삶의 모양은 어떨지 알 수 없다. 다만 납득할 수 없는 사건을 불운이라는 이름으로 받아들여야만 했던 미주에게 깃든 우연이 또 다른 우연들로 무한히 연결되기를 바라게 된다. 미주는 자신에게 닥친 불운 앞에 멈추어 과거를 향해 소급해 들어가는 대신, 불운 위에 덧붙는 다른 우연들에 스스로를 내어주는 선택을 내린다. 그리고 그 선택과 함께, 미주를 둘러싸고 있던 기미의 배열은 이미 달라지기 시작한 것 같다.

「망아지 제이슨」의 인물들 또한 여러 우연 위에서 움직이고 있다. 소설은 화자인 '동희'와 일곱 살 소년 '태은'의 첫 만남에서 시작된다. 동희는 태은에게 "태은아, 반가워. 당분간 여기서 나랑 일리아랑 같이 지내게 될 텐데 괜찮겠니?"(p. 223)라고 인사를 건네고, 이어 자신을 '항아 친구 동희'라고 소개한다. 동희, 태은, '일리아' '항아' 그리고 태은을 동희에게 데려다주고 사라지는 '줄리'까지. 여러 인물이 한꺼번에 등장하는 소설의 첫대목에서 이들의 관계를 완벽히 파악하기란 불가능하다. 그러나 태연하게 진행되는 소설을 좇다 보면 서서히 이들의 사정에 다가가게 된다.

서울에서의 삶을 버텨오던 동희는 회사를 사직한 뒤, 덴버에 사는 친구 항아의 제안으로 미국에서 함께 여름을 보내기로 계획한다. 그러나 항아가 급한 일정으로 한국에 들어오면서 동희의 계획이 틀어지는데, 동희는 덴버행을 포기하지 않고 항아 없는 덴버에서 시간을 보내보기로 결정한다. 그곳에서 동희는 항아의 하우스메이트이자 소설가인 일리아와 함께 머문다. 그리고 일주일 정도 시간이 지날 즈음, 동희는 항아로부터 과거 자신과 일리아를 구해준 적이 있는 한국인 남자의 아들 태은을 잠시 맡아달라는 부탁을 받게 된다. 이렇게 둘이 만나게 된 것이니, 동희와 태은의 조우는 아주 여러 우연의 중첩 위에서 이루어진 셈이다.

이후 동희와 태은은 한국어를 알아들을 수 없는 사람들 사이에서 한국어로 서로만이 알아들을 수 있는 말들을 암호처럼 주고받기도 한다. 이를테면 태은이 동희의 일기에서 '시련'이라는 단어를 발견하는 장면은 의미심장하다. 이

　　　　　해설 | 예측할 수 없이 낯설고, 아름답게

후 죽은 어머니를 그리워하는 태은에게 위로를 전하려 할 때, 동희는 '시련'이란 단어를 다시 가지고 와서 '힘들고 비바람이 막 불어오지만, 그 상황에서 쓰러지지 말자는 마음을 힘껏 더한 것과 비슷한 것'이 시련이라면서 자신만의 고유한 정의를 담아 건네기 때문이다.

다만 「망아지 제이슨」에서 이렇듯 마음을 주고받는 행위는 한국어 사용자인 동희와 태은 사이에서만 일어나는 것은 아니다. 소설에서는 외국어의 생경함을 가로지르면서 상대의 마음을 향해 넘어져보려는 시도들도 자주 나타나기 때문이다. 동희가 일리아에게 그녀의 말을 '완전히 이해'한 것만 같은 착각을 담아 건네고, 콜린으로부터 '조금은 이해'한 것 같다는 착각을 건네받는 장면에서 중요한 것은 동희가 일리아를, 콜린이 동희를 과연 얼마나 이해했는지 그 이해의 정도를 따져보는 데 있지 않을 것이다. 오히려 그 이해의 말들을 주고받는 마음 사이에 흐르는 따스한 기미, 그 기미의 온도야말로 중요하다고 말해볼 수 있을 것이다.

4.

이제 이 온기를 소설집을 닫는 마지막 소설 「유미」의

독법으로도 이어보고 싶다. 소설의 제목이기도 한 '유미'
는 옷과 가방, 생활용품과 다기 세트 등을 파는 빈티지 가
게의 이름이자, 가게 유미의 주인인 '장도신'이 키우는 강
아지의 이름이기도 하다. 도신은 손님으로 알게 된 '가영'
에게 이틀간 가게를 맡기고 부산에 있는 딸을 만나러 간
다. 가영이 가게를 봐주던 두번째 날 오후, 가게에는 강아
지 유미의 비밀을 알고 있던 초등학생 '윤진'과, 자신이 두
고 간 것을 애타게 찾는 중년 남성이 들른다. 그날 저녁 가
영은 윤진의 메모를 통해 강아지 유미의 담요 안에서 중년
남성이 찾던 물건을 발견하고 그에게 연락을 한다. 그리고
부산에서 돌아온 도신과 함께 그 남성이 도착하기를 기다
린다.

　이 소설이 풍기는 조용하고 다정한 특유의 분위기는 가
게 안팎으로 깃드는 기미들을 가영이 가만가만 짚어내는
데에서 마련되는 것 같다. 물론 감각은 되어도 완전히 파
악되지 않은 기미들도 있다. 가영이 처음 유미에 들렀던
날 목격한 도신의 눈물이나, 취업 준비생으로서의 가영의
처지, 얼핏 비치는 가영과 부모의 관계 같은 것 말이다. 그
러나 소설은 두 인물들이 지닌 내밀한 사정 쪽으로 성급하
게 다가서지 않는다. 오히려 서로에게 존대어를 쓰고, 서
로를 향한 질문을 아끼는 조심스러운 태도야말로 「유미」

를 지탱하는 제1원칙처럼 보인다. 그렇다면 도신과 함께 중년의 남성을 기다리던 가영이 하는 말, "만약의 만약이라는 것이 있어서 그분이 무슨 이야기든 하려고 드신다면, 전 좀 들어볼까 봐요"(p. 271)라는 말은 「유미」의 세계를 완성하는 한마디가 아닐까. 상대의 이야기에 대한 호기심과 애정 어린 궁금함을, 만약에 만약이라는 것이 있어 상대에게서 먼저 이야기가 흘러나온다면 들어보겠다는 부드러운 다짐으로 바꾸어보는 조심스러움이 「유미」의 분위기를 구성한다. 가영과 도신에게 "아직 도착하지 않은 이야기"(p. 271)는 과연 어떤 것이었을까. 궁금함을 안고 소설집을 닫는 독자들에게, 『사치와 고요』에 실린 아홉 편의 소설들은 '만약의 만약이라는 것'이 있었던 덕에 흘러들어온 이야기는 아니었을까.

　기준영의 소설에서 막무가내로 닥쳐온 불운 앞에 주저앉은 인물들의 삶은 딱딱하게 굳어가기도 하지만, 그들의 일상에는 뜻하지 않은 일들이 시작되기도 한다. 이 새로운 우연이 행운인지 불운인지는 아직 알 수 없으며, 어쩌면 그것은 모든 우연의 연쇄반응이 끝나기 전까지는 확정할 수 없는, 아마도 영원히 알 수 없는 문제일지 모른다. 이는 기준영의 소설이 독자들을 의외의 온기로 감싸는 데 능숙한 만큼이나, 독자들로 하여금 서늘한 긴장으로 세계를 감각하도록 이끄는 데 능숙한 것과도 관련된다. 다만 분명한 것은 우연은 운명이라는 이름 안에 스스로를 가두려는 인물들의 경계를 자꾸만 흔든다는 점이다. 기준영의 소설에서 우연은 인물을 둘러싼 기미들을 부드럽게 흔들면서 굳어버린 세계의 협소함을 수정한다. 스스로를 회복해내겠다는 인물의 결단이 인용되지 않더라도, 인물 자신과 인물을 둘러싼 세계의 기미가 바뀌어간다는 것을 소설을 읽는 우리는 감각할 수 있다.

미처 발아하지 않은 채로도, 감각되기 이전의 상태로도 이미 한 공간을, 한 사람의 일부를 분명하게 구성하는 기미들. 드러나지 않았다고 하여 없는 것이 아니듯, 우리의 삶에는 언제나 온갖 종류의 기미들이 비밀스럽게 깃들어 있다. 기준영은 이러한 변화를 섬세하게 감각하고 건져내어 아름다운 문장으로 조탁한 뒤, 우리로 하여금 그 감각을 함께 통과하게 해준다. 우리는 그렇게, "각자의 자리에서 따로 또 함께"(p. 253) 기준영의 소설을 통과한다. 언제나 우리의 일부를 구성해왔지만 인지되지 못했던, 우리를 둘러싼 기미의 배열들은 기준영의 소설을 통과할 때마다 변해간다. 예측할 수 없는 방식으로 낯설고, 아름답게.

작가의 말

때로 낮에 넘어졌던 자리가 어떤 문장을 쓰게 되리라는 예감 같은 것이었음을 밤이 되기 전에 알아차립니다. 무엇을 발아래 두고 무엇을 나무 위로 날려 보내야 할지가 완전히 뒤바뀌기도 합니다.

아홉 편의 소설을 다 읽고 났을 때 믿는다는 것, 아름다움에 관한 소망이 이야기 밑에서 변주되고 있다는 걸 깨달았습니다. 뭔가 불안하기도 한 그 느낌은 인물들의 맥박이기도 합니다. 생명, 뛰는 것. 그러니 좋지 않은 상황에서도 자신의 좋은 점을 잃지 않으려는 분들께 이 소설이 가닿기를 바랍니다. 땀과 눈물, 그리고 사치와 고요가 우리와 함께하기를.

한 권의 책이 나오기까지 생각과 뜻, 상상을 나누었던 분들께 고맙습니다. 작품 속에 간간이 음악을 명시해두었어요. 단편 하나를 막 읽고 난 후, "그래, 이 곡을 들으며 뭘 좀 먹어야겠네" 하는 미지의 누군가를 떠올려봅니다.

P.S. 사람들이 수수께끼로 가득 차 있다는 생각을 멈출 수가 없어요.

2020년 여름
사랑하고 질문하는 마음을 담아
기준영

작가의 말

수록 작품 발표 지면

마켓 『현대문학』 2017년 5월호
여기 없는 모든 것 〈문장 웹진〉 2017년 3월호
사치와 고요 『문학동네』 2019년 가을호
비둘기와 백합과 태양에게 『황해문화』 2017년 여름호
 (발표 시 제목은 「장미와 백합과 비둘기와 태양에게」)
완전한 하루 『한국문학』 2019년 상반기
축복 〈문장 웹진〉 2019년 4월호
들소 『악스트』 2019년 11/12월호
망아지 제이슨 『문학과사회』 2018년 여름호
유미 『문학3』 2020년 1호